NICOLE BRAUN
Osterlämmer

ERINNERUNGSLÜCKEN Ostern 1965: Johann Veit kehrt auf der Suche nach Antworten nach Wickenrode zurück – 27 Jahre nachdem er unter falschem Verdacht aus dem Dorf gejagt wurde. Sein Gedächtnis verwehrt ihm den Zugriff auf die Ereignisse, die zu seiner Vertreibung führten. Doch kaum ist er wenige Tage im Ort, wird der alte Kneipenwirt tot aufgefunden – die Kehle wie bei einem geschlachteten Osterlamm sauber durchtrennt. Die Dorfgemeinschaft ist sicher, dass Johann Veit zurückkehrte, um Rache zu üben. Edgar Brix und Albrecht Schneider halten zu ihm und wollen helfen, seine vergrabenen Erinnerungen zu heben. Einer kennt die Details der Vergangenheit, die im Dunkel liegen, doch der hüllt sich jenseits des Atlantiks in bleiernes Schweigen: Edgars Vater Conrad Brix. Nur allmählich entblättert sich die Wahrheit und Edgar muss erkennen, dass Erinnerungen nicht objektiv sind und die Vergangenheit ein Konstrukt sein kann.

Nicole Braun wurde 1973 in Kassel geboren und ist beruflich schon in einige Rollen geschlüpft: Tischlerin, Dozentin oder Betriebswirtin. Die Liebe zum Schreiben hat alles überdauert. Die Autorin lebt in der geschichtsträchtigen Region zwischen Meißner und Kaufunger Wald und selbstverständlich spielen auch ihre Krimis vor dieser märchenhaften Kulisse. Dort durchstreift sie mit ihren Hunden den Wald, auf der Suche nach Inspiration für mörderische Geschichten und düstere Tatorte. Wenn sie nicht an einem Krimi arbeitet, gibt sie Workshops für kreatives Schreiben und singt als Frontfrau einer Coverband.

Bisherige Veröffentlichungen im Gmeiner-Verlag:
Elendsknochen (2018)
Elsternblau (2017)
Heimläuten (2016)

NICOLE BRAUN
Osterlämmer
Kriminalroman

SPANNUNG

GMEINER

Immer informiert

Spannung pur – mit unserem Newsletter informieren wir Sie
regelmäßig über Wissenswertes aus unserer Bücherwelt.

Gefällt mir!

Facebook: @Gmeiner.Verlag
Instagram: @gmeinerverlag
Twitter: @GmeinerVerlag

Besuchen Sie uns im Internet:
www.gmeiner-verlag.de

© 2019 – Gmeiner-Verlag GmbH
Im Ehnried 5, 88605 Meßkirch
Telefon 0 75 75 / 20 95 - 0
info@gmeiner-verlag.de
Alle Rechte vorbehalten
1. Auflage 2019

Lektorat: Claudia Senghaas, Kirchardt
Herstellung: Mirjam Hecht
Umschlaggestaltung: U.O.R.G. Lutz Eberle, Stuttgart
unter Verwendung eines Fotos von: © Terrorkind / photocase.de
Druck: CPI books GmbH, Leck
Printed in Germany
ISBN 978-3-8392-2367-3

Lamm Gottes,
du nimmst hinweg die Sünde der Welt,
gib ihnen die ewige Ruhe.

WICKENRODE, SOMMER 1938

Die Kirchturmglocke schlug zur halben Stunde. Karl-Friedrich Hochapfel hatte Bücher auf dem Altar ausgebreitet. Kaleidoskopartige Farbkleckse wanderten über die Seiten. Die Sonne stand bereits tief am Horizont.

Nach einem kargen Abendbrot hatte Pfarrer Hochapfel sich in die Kirche zurückgezogen. Eine Wand aus verbrauchter Luft hatte ihn aus dem Pfarrhaus vertrieben. In dieser Affenhitze brachte er die notwendige Konzentration für die Predigtvorbereitung nicht zustande. Der Kirchenraum war schlecht beleuchtet, aber wenigstens kühl.

Hochapfel guckte unzufrieden auf seine Notizen: wenige Zeilen, unzusammenhängende Sätze. Ihm fehlte die rechte Inspiration und von Nordwest näherte sich ein Gewitter. Nach Wochen drückender Hitze stünde dem Ort einiges bevor.

Es klopfte an der Kirchentür.

Hochapfel ignorierte das Geräusch und starrte auf sein Geschreibsel.

Das Klopfen steigerte sich zum Hämmern.

Hochapfel seufzte und ließ den Stift sinken. »Ich komm ja schon«, murmelte er. Es laut zu sagen, hätte nichts gebracht, kein Mucks drang durch die dicken Mauern und die massive Tür nach außen.

Er öffnete einen Türflügel einen Spalt, damit er den Störenfried sehen konnte. Ein warmer Luftzug streifte sein Gesicht und trug einen Schwall Alkoholdunst in Hochapfels Nase. »Du bist betrunken, so kommst du hier nicht rein.«

Fritz Veit drückte mit dem gesamten Körpergewicht gegen die Tür, Hochapfel wurde einfach zur Seite geschoben.

Veit stolperte in die Kirche, seine Schritte hinterließen ein Echo. »Ich muss mit dir sprechen, un wenn's das Letzte is, was ich tu.«

Hochapfel verfolgte, wie Veit am Trog mit dem Weihwasser vorbeiwankte. Er nahm vom Herrn am Kreuz keine Notiz und beim Versuch, den Körper auf eine Kirchenbank zu wuchten, legte er sich beinahe lang hin.

Seufzend trottete er hinter Fritz Veit her. Er sandte dem Gekreuzigten einen verzweifelten Blick und setzte sich, eine Bank zwischen sich und dem Alkoholisierten als Sicherheitsabstand, nieder.

»Sinn wir allein?«, flüsterte Veit.

»Ganz sicher.«

»Wirst du über das, was ich dir spreche, stilleschweigen?«

»Willst du die Beichte ablegen?«

»Ne, ich brauch Rat, kinne Beichte. Also: Wirst du stilleschweigen?«

»Wenn du es wünschst, werden nur wir zwei und der Herr wissen, was hier gesprochen wurde.«

»Schwör!« Veit reckte den Kopf nach vorne und kniff die Augen zusammen.

»Es gibt nur einen, dem ich zum Schwur verpflichtet bin. Mein Wort muss dir genügen.«

Veit kratzte sich am Kinn, seine rauen Hände machten ein schabendes Geräusch auf den Bartstoppeln. »Also gut.« Er zog ein fleckiges Taschentuch hervor und wischte sich die Stirn. »Ich komm grad uss der Kneipe.«

»So?«

»Erst wollt ich's gar nit glauben. Aber dann honn ich de Flasche Holunderblut gesehen. Un der Heinrich hot mir gesprochen, wos der Wagner für Reden geschwungen hot, und da wurd mir ganz übel.«

»Und da musstest du die Übelkeit mit einigen Schnaps hinunterspülen.« Hochapfel gab sich Mühe, nicht missbilligend zu klingen. Der Versuch misslang.

Das vertrauliche Flüstern kam Veit in der Aufregung abhanden: »Jo. Du hättst au gesoffen, wenn du insehen müsstest, dass dinn Sohn gar nit dinner is.« Seine Stimme hallte durch den Kirchenraum.

Hochapfel spürte, wie sich jeder einzelne Muskel in seinem Rücken anspannte. »Wie bitte? Hat der Wagner das etwa behauptet?«

»Diese ahle Schässmade, diese ahle.« In Veits Aufregung hatte sich Verzweiflung gemischt.

»Fritz, bitte! Du bist in einer Kirche!«

»Ach, hör doch uff.« Veit winkte ab. Trotzdem senkte er die Stimme. »Ne Pulle Holunderblut hat hä rumgehen lossen. ›Uff sinnen kommenden Enkel‹, hot hä gesprochen. Geprahlt hot er, dass hä der Urvadder von dem ganzen Dorfe is. Erst honn ich gedacht, de Lump wollt damitte sprechen, dass hä der Vadder von dem Kind is, dass de Magda trägt. Aber dann honn ich's kapiert.«

Hochapfel konnte sich die Szene lebhaft vorstellen. Ihm blieb trotzdem schleierhaft, was Veit ihm sagen wollte. »Was hat das mit der Flasche Holunderblut zu tun?«

»Der Vadder reicht das Blut an den Sohn weiter. Es wär minne Uffgabe, dem Johann uff sinn Kind 'ne Pulle Holunderblut usszugeben. Der Wagner hot eine Flasche middegebrohd und sie lautstark durch de Kneipe geschwenkt. ›Für minnen Enkel‹, hot hä gebrüllt.«

»Bist du sicher, dass du es nicht falsch verstanden hast? Das Kind ist ja noch nicht mal geboren.«

»Es geht ja nit um Johanns Kind. Wos kann man do falsch verstehen? Ich honns ja geahnt, aber ich wollt's nit wahrhaben.«

»Du meinst, das könnte der Grund sein, warum die Luise sich umgebracht hat? Weil euer Johann vom Wagner war?«

Veit nickte. »Und schau den Bengel doch an! Hä sieht mir überhaupts nit ähnlich.«

Das stimmte. Hochapfel lehnte sich in der Bank zurück. Er hatte nicht bemerkt, dass seine Hände den Stoff der Soutane kneteten. Das grobe Gewirk hatte die verschwitzte Haut in den Innenflächen wundgescheuert.

Ihm kam ein Gedanke. Er brachte es nicht über sich, ihn laut auszusprechen. Er presste die Worte, gerade noch verständlich, durch die Zähne. »Aber dann ist der Johann mit seiner Halbschwester verheiratet.«

»Hostest jetze? Kannste jetze verstehn, wie's mir grad gehen tut? Ich kann dir sprechen, uss allen Wolken bin ich gefallen. Am liebsten wär ich gleich hoch zum Wagner und hät dem Deiwel den Rest gegeben.«

»Fritz, nein!« Hochapfel dachte nach. Er hätte es sogar verstehen können. »Warum bist du stattdessen zu mir gekommen?«

Veit knickte im Rücken ein, der Kopf sank ihm auf die Brust. »Weil der Johann das erledigen tut«, nuschelte er in den Kragen seiner Jacke.

Hochapfel sprang auf. »*Was*? Du lässt deinen Sohn in sein Unglück rennen?« Er hörte die eigenen Worte von den Kirchenwänden abprallen und erschrak. Er setzte sich und wiederholte flüsternd: »Du lässt deinen Sohn in sein Unglück rennen?«

»Hä is nit mein Sohn.«

»Bis vor einer Stunde war er's noch. Du hast den Jungen großgezogen und jetzt lässt du ihn zum Mörder werden?« Hochapfel stutzte, als er sich das sagen hörte. Dieser Satz hatte einen gravierenden Fehler: Johann, ein Mörder? Niemals. Der Junge war vielleicht ein wenig dumm, grobschlächtig und ungelenk auch. Aber ein Mörder? Soweit Hochapfel sich erinnern konnte, hatte Johann keiner Fliege je etwas zuleide getan. »Der Johann kann das gar nicht, den Wagner zur Strecke bringen. Egal, was der gesagt hat.«

»Richtig.« Veit hatte den Kopf erhoben.

Eine Entschlossenheit war in seinem Gesicht aufgetaucht, die Hochapfel in Panik versetzte.

»Uss diesem Grund werd ich es zu Ende bringen.«

»Nein«, flüsterte Hochapfel.

»Doch. Ich geh jetze hinnerher und werd erledigen, was der Johann mit Sicherheit nit geschafft hot. Aber alle wern denken, dass hä es war.«

»Und dann?«

»Dann muss hä das Dorfe verlassen. Hä kann doch nit mit sinner Halbschwester in Sünde leben. Wie soll das gehen?«

Da sprach der Veit die Wahrheit. Johann und Magda, hochschwanger vom Halbbruder. Das durfte keinen Tag länger gehen. Freiwillig würde Johann seine Magda niemals im Stich lassen. Hochapfel kamen die Bilder von der Hochzeitsfeier ins Gedächtnis. Getraut hatte er die zwei im Angesicht des Herrn. Sie hatten im Garten der Veits gefeiert, an einem herrlichen Sommertag. Die beiden jungen Leute waren so verliebt. Ein Glückstag war das gewesen – wäre das gewesen –, wenn der Wagner nicht, voll wie eine Haubitze, mit jedem gröhlend auf seinen Sohn und seine Tochter angestoßen hätte. Der Besuch Veits warf ein anderes

Licht auf diesen Tag und Hochapfel schämte sich, dass er es hatte nicht wahrhaben wollen. Wie alle. Wie viele Situationen wie diese hatte es zwischenzeitlich gegeben, wie oft hatten ihn Frauen in der Beichte angefleht, den Männern nichts zu erzählen und die Kinder der Unzucht trotzdem zu taufen. Hochapfels Magen krampfte sich zusammen, als er die Entschlossenheit in Veits Gesicht sah. Irgendwann musste es genug sein. »Du hast recht«, flüsterte er. »Diese Unzucht muss jemand beenden.«

»Danke«, wisperte Veit. Er kämpfte sich ungelenk hoch und taumelte aus der Kirche.

Das Stundenläuten der Kirchturmuhr mischte sich in das Krachen eines einschlagenden Blitzes. Karl-Friedrich Hochapfel saß in der Bank und flehte seinen Herrn am Kreuz um Beistand an. Er blieb sitzen, bis ihm die Beine einschliefen. Das Kreuz, das von der Decke hing, warf einen langen Schatten. Der Herr schwieg beharrlich.

Das Gewitter war wenige Kilometer entfernt. Das Zittern der Bleiverglasung in den Kirchenfenstern klirrte leise durch den Kirchenraum. Das Echo des Donnergrollens kroch über die Berghänge und fing sich im Talkessel. Hochapfels Gedanken sprangen hin und her. Eine Frage der Zeit war es gewesen, bis Wagner bekam, was er verdiente. Dass Veit die Gelegenheit nutzte, diesem Unhold die Quittung zu präsentieren und Johann und Magda vor einem Leben in Sünde zu bewahren, schien Hochapfel die einzige Lösung zu sein. Wenn sich die Brut vermehrte, die Karl Wagner in die Welt gesetzt hatte, und der böse Samen aufging, war das Dorf am Ende voll mit solchen wie ihm: Mädchenschänder, Erpresser, gewalttätige Trunkenbolde. Er schaute zum Kreuz. »Du kannst es trotzdem nicht gutheißen, richtig?«, flüsterte Hochapfel. Er erhielt keine Antwort.

Das Grollen folgte den Blitzen in kürzer werdenden Abständen wie ein böses Omen. Übles Ungemach dräute über dieser hereinbrechenden Nacht. Schon von Amts wegen hatte Karl-Friedrich Hochapfel jeder Form von Gewalt nichts entgegenzusetzen. Das ganze Dorf würde über den Pfarrer lachen, wenn der sich zwei Streithammeln in den Weg stellen wollte.

Ich werde jemanden um Hilfe bitten müssen.

Die Hitze außerhalb der Kirche traf ihn wie ein Hammerschlag. Der Pfarrer blieb an der Kirchenmauer stehen und wischte sich den Schweiß von der Stirn. Es gab nur einen, der am Ende eines solchen Tages nüchtern zu Hause anzutreffen war: der Jude. Ausgerechnet den hatte Hochapfel in der letzten Predigt so unverhohlen geschmäht, dass es Brix zu Ohren gekommen sein musste. Das Grollen rollte durch die Hänge und schien mit seinem Schall die Hitze aufzuwirbeln. Unter Hochapfels Soutane rann der Schweiß, und der schwere Stoff klebte wie ein Panzer.

Einige Minuten später stand er vor dem Haus des Juden. Der Hintereingang und die Praxisräume waren dunkel, aus den Fenstern des Wohnhauses drang Licht. Karl-Friedrich Hochapfel öffnete das Gartentörchen und schlich bis zur Haustür. Er atmete tief ein und klopfte an.

Im Türspalt tauchte das Gesicht eines Jungen auf. Bei genauerem Hinsehen erkannte der Pfarrer den älteren der beiden Arztsöhne. »Sag, Gutmund, ist dein Vater zu Hause?«

Der Junge schüttelte den Kopf. Er starrte das Kreuz an, das vor der schwarzen Brust des Pfarrers baumelte.

Hochapfel legte die Hand über das Kreuz. »Ist er bei einem Patienten?«

Wieder schüttelte der Junge den Kopf.

So ging das nicht. »Ist deine Mutter zu Hause?«

In dem Moment näherte sich die Stimme einer Frau. »Wer ist denn da, Gutmund?«

Der Junge sagte keinen Ton. Hinter ihm tauchte das Gesicht von Helene Brix auf.

»Oh!« Mit einem Besuch des Pfarrers schien sie zu allerletzt gerechnet zu haben.

»Doktor Brix ist nicht zufällig zugegen?«

»Nein. Aber er kann zu Ihnen kommen, wenn er zurück ist. Ich weiß nicht, wo er hingegangen ist. Seine Tasche steht noch im Flur, er kann also nicht weit sein.«

Die Hoffnung auf Unterstützung schwand. Sein Gott schien Karl-Friedrich Hochapfel eine Lektion erteilen zu wollen. *Wenn du leichtsinnig jemanden in seinen Racheplänen bestärkst, dann sieh auch zu, dass du das geradebiegst.*

»Er muss nicht bei mir vorbeikommen. Es ist ja nichts Schlimmes passiert.« *Noch nicht.*

»Wie Sie meinen.«

In Helene Brix' Blick konnte Hochapfel lesen, dass sie es ihm nicht abnahm. Er verabschiedete sich rasch, bevor sie auf die Idee kam, nachzuhaken.

Als er wieder am Gartentor ankam, hörte er, wie die Haustür hinter seinem Rücken ins Schloss fiel.

Auf der Straße warf er einen Blick in den Himmel. Gewitterwolken schoben sich unter den Horizont, nur noch wenige Minuten, dann würde es stockdunkel sein. Karl-Friedrich Hochapfel spürte einen Druck im Rücken, der ihn zur Eile mahnte; längst konnte alles zu spät sein und Fritz Veit oder sein Sohn Johann hatten Fakten geschaffen. Gleichzeitig kam es Hochapfel vor, als renne er vor eine Mauer aus Zweifeln. Was konnte er schon ausrichten, wenn die Kerle ernsthaft aufeinander losgingen? Seitdem überall diese Hakenkreuze aufgetaucht waren, war die Stimmung ruppiger denn je. Die Fäuste flogen rascher, die Beleidigungen saßen lockerer und allenthalben offenkundiger Hass. Seit es so geworden war, hatte Karl-Friedrich Hochapfel die Kirche immer seltener verlassen und betete doppelt so lang wie sonst. Bloß die Kerle mit den Knüppeln verschwanden nicht. Sie krochen aus sämtlichen Löchern und vermehrten sich wie die Ratten.

Am liebsten wäre der Pfarrer zurück in seine Kirche geschlichen, hätte sich vor das Kreuz geworfen und den Allmächtigen über das Schicksal von Johann und Fritz Veit und Karl Wagner entscheiden lassen. Ein gewaltiger Blitz ließ ihn zusammenzucken. »Ist ja gut«, murmelte er, »ich geh ja schon.«

Widerwillig erklomm er die Gasse zum Haus von Karl Wagner. In sämtlichen Fenstern waren die Vorhänge zugezogen. Er meinte erkennen zu können, dass sie sich hinter den Scheiben bewegten. Er wurde beobachtet.

Er drückte sich im Schatten der Fassaden entlang. Das Haus von Karl Wagner war unbeleuchtet. Er schlich daran vorbei, bis sich am Ende des Grundstücks die Gasse teilte. Ein Teil lief geradeaus, der andere bog in einem scharfen Knick ab. Linkerhand lag das Haus von Albrecht Schneider. Rechts davon, oberhalb der Straße, der Hof der Söders. Hochapfel kämpfte sich weiter die Gasse hinauf. Seine Beine waren wie mit Blei gefüllt.

Im Hof vor Albrecht Schneiders Haus klopften die Kaninchen wild im Stall. Das Gewitter, dachte Hochapfel.

Er bemerkte zwei Schatten im Innenhof. Er hielt den Atem an und drückte sich gegen die Hauswand des angrenzenden Hauses. In der Küche der Schneiders waren die Vorhänge zugezogen, dahinter schien dumpf das Licht. Hatten die nicht bemerkt, was in ihrem Hof vor sich ging? Hochapfels letzte Hoffnung schwand, dass ihm jemand die Bürde abnehmen würde, sich einmischen zu müssen; hinter den Gardinen regte sich nichts.

Er trat genau so weit nach vorne, bis er unentdeckt um die Hausecke in den Innenhof linsen konnte.

Was er sah, verschlug ihm den Atem. Er zuckte zurück, schloss die Augen und fasste das Kreuz um seinen Hals. Sauer drängte es die Speiseröhre hinauf, er schluckte es hinunter und richtete den Blick in den Himmel. *Was für eine Prüfung hältst du für mich bereit?* Die Antwort war ein Grollen. Mit größter Umsicht drückte Hochapfel den Körper an die Hauswand und schob den Kopf um die Ecke herum.

Im Innenhof kniete einer auf dem Pflaster. Hochapfel erkannte die grobschlächtige Statur: Karl Wagner. Davor stand, den Rücken zu Hochapfel, ein anderer Mann. Er hielt eine Axt in der Hand. Wie ein Scharfrichter hob er sie in Zeitlupe.

Mein Gott, lass mich nicht allein. Ein Blitz zuckte durch die Szene. Hochapfel erkannte das Profil von Fritz Veit. *Und ich habe ihn dazu getrieben!*

Hochapfel nahm all seinen Mut zusammen. Er erhob das Bein zum Schritt, als sich aus dem Schatten des gegenüberliegenden Hauses zwei Gestalten lösten. Eine hielt sich im Hintergrund, die andere trat bis an den Rand des Laternenscheins, blieb aber im Dunkeln stehen. Hochapfel kniff die Augen zusammen, außer Umrissen konnte er nichts erkennen. Der hochgewachsene Körper verharrte einen endlosen Moment. Er war Hochapfel so nahe, dass er ihn in seinem Versteck bemerkt haben musste. Wenn die beiden schon länger im Schatten des Hauses gestanden hatten, hatten sie Hochapfel auf jeden Fall die Gasse hinaufkommen sehen.

Niemand kümmerte sich um die Anwesenheit des Pfarrers. Der Mann, der vorgetreten war, fixierte das Geschehen im Innenhof. Er wisperte etwas, gerade so laut, dass die Worte Fritz Veit mit der erhobenen Axt und den lauschenden Pfarrer erreichen mussten. Hochapfel traute seinen Ohren nicht. Zwei Worte waren es, die ihm das Blut in den Adern gefrieren ließen.

»Tu es!«

Die Axt sauste nieder.

SAMSTAG, DER 3. APRIL 1965

Johann Veit tauchte an Edgars Geburtstag auf.

Edgar war mit der dumpfen Hoffnung zu Albrecht gegangen, Fiona dort anzutreffen. Seit sie ihn in einer harmlosen Umarmung mit einer anderen Frau erwischt hatte, strafte sie ihn mit Schweigen. Edgars Zuversicht war also gering. Dennoch hatte er sich vorgenommen, den Umständen zum Trotz einen gemütlichen Abend mit Albrecht zu verbringen.

Stattdessen saß Johann Veit in der Küche.

Albrecht sah aus, als wäre ihm ein Geist begegnet, und so wie Edgar die Geschichte erinnerte, die sich vor 27 Jahren genau an dieser Stelle abgespielt hatte, entsprach das irgendwie den Tatsachen.

Johann Veit saß am Tisch, die schaufelgroßen Hände auf die Platte gelegt und den riesigen Körper auf einen Stuhl gequetscht. Edgar dachte, wenn Veit aufstünde, schlüge er mit dem Kopf an die Decke.

Albrecht schlich durch die Küche wie ein Tiger im Käfig. Johann Veit und Edgar sahen ihm hilflos dabei zu. Edgar rechnete damit, dass Albrecht jede Sekunde aus seinem eigenen Haus stürzen würde. Glücklicherweise behielt er die Nerven.

»Meinen herzlichen Glückwunsch zum Geburtstag«, sagte Johann Veit mit einer erstaunlich weichen Stimme in Anbetracht seines grobschlächtigen Äußeren.

»Danke«, antwortete Edgar schlicht, weil ihm nichts Klügeres einfiel. Nach einer Pause fügte er hinzu: »Das ist ein sehr unerwarteter Besuch, nicht wahr, Albrecht?«

Albrecht Schneider zuckte zusammen. Er seufzte ergeben und setzte sich zu Edgar und Johann Veit an den Tisch. »Ja«, sagte er, »unerwartet.«

»Ich wollte Ihre Feier nit stören, aber wo hätte ich denn hingehen können?« Johann Veit sprach mit einem seltsamen Dialekt, den Edgar nicht zuordnen konnte.

Statt Veits Frage zu beantworten, zuckte Albrecht die Schultern.

Edgar sah ein, dass er das Gespräch übernehmen musste, wenn er etwas aus Johann Veit herausbekommen wollte. »Wieso kommen Sie nach all den Jahren ausgerechnet jetzt zurück?«

»Peer Fram ist verschwunden. Die Polizei wollte mir keine Auskunft geben. Ich habe nur erfahren können, dass er zuletzt hier war.«

Edgar tat es leid, dass er die Wahrheit nicht schonender verpacken konnte, also legte er die Fakten auf den Tisch. »Peer Fram ist tot.«

»Oh.«

Ein Blick in Veits Augen genügte und es tat Edgar noch mehr leid. »Was sollte Fram hier herausfinden, was Sie nicht schon wissen? Ich meine, Sie waren doch in jener Nacht dabei.«

Albrecht nickte bekräftigend.

»Mir ist ein kompletter Tag wie ausradiert«, sagte Veit kleinlaut. »Ich weiß noch, dass ich Streit mit Karl Wagner in der Kneipe hatte, danach ist alles weg. Ein oder zwei Tage später las mich eine holländische Zirkustruppe auf der Landstraße auf. Da wusste ich noch nit mal mehr meinen Namen. Immerhin fiel der mir einige Wochen später wieder ein.«

»Sie sind mit denen nach Holland gegangen?« Jetzt bekam der Besuch von Peer Fram einen Sinn und der seltsame Dialekt von Veit ebenfalls. »Und warum haben Sie Fram hierhergeschickt?«

Veit schüttelte den Kopf. »Nein, ich war das nit. Er hat *mich* aufgesucht. Er sollte mir mitteilen, was er im Auftrag von jemandem, den er nicht preisgeben durfte, recherchiert hatte. Er hat mir erzählt, dass mein Kind bei der Geburt starb und meine Frau wenig später. Ich hatte keine Ahnung, dass er hat herkommen wollen, um herauszufinden, wie es damals weiterging. Und er ist tot, sagen Sie?«

Albrecht machte ein Geräusch, als habe er Zahnschmerzen.

Diese Unterhaltung weiterführen zu müssen, würde an Edgar hängen bleiben. »Letzten Sommer kam er her und stellte unangenehme Fragen. Ihr Vater hatte wohl Angst, dass Sie hier auftauchen könnten, wenn Fram mit Antworten zu Ihnen zurückkehren würde.«

Veit saß mit offenem Mund da. »Mein Vater?«

»Er hat Fram getötet und später sich selber.«

Wieder gab Albrecht ein schmerzvolles Geräusch von sich. Edgar hätte ihm diese Unterhaltung am liebsten erspart. Aber genauso wie Johann Veit konnten sie alle nicht vor der Wahrheit davonlaufen.

Veit nickte traurig. »Ich habe so etwas befürchtet. Ich hatte nur viel früher damit gerechnet, dass er sich das Leben nehmen würde. So wie meine Mutter.«

»Sie können sich demnach an das erinnern, was Ihnen Karl Wagner an jenem Abend in der Kneipe zu verstehen gab?«

Veit schaute zu Boden. »Ja, leider. Das habe ich leider nit vergessen. Wie konnte mein Vater nur all die Jahre mit der Schande leben? Also … ich meine den Mann, der mich großgezogen hat.«

»Ich habe ihn nur kurz kennengelernt. Glauben Sie mir, er konnte es nicht. Er hatte sich in die Jagdhütte im Wald zurückgezogen und hauste dort ohne Kontakt zum Dorf.«

Edgar überlegte, wie er die Wahrheit abfedern konnte, dass es Fritz Veit gewesen war, der Karl Wagner erschlagen hatte, doch Johann Veit kam ihm zuvor.

Er legte die Hände vor das Gesicht und murmelte: »Er hat mit dem Mord an Karl Wagner dafür gesorgt, dass ich das Dorf verlassen musste, oder?«

Edgar wartete, bis Veit die Hände wieder sinken ließ, und nickte.

Albrecht sah aus, als ob ihm alles Blut aus dem Körper gewichen sei. Es war an der Zeit, ihn aus dieser Situation zu erlösen. Edgar stand auf, holte drei Flaschen Bier aus dem Kühlschrank, öffnete sie und stellte sie auf den Tisch. »Ich glaube, wir haben für heute alle genug. Haben Sie eine Unterkunft?«

Albrecht hob den Kopf. Sein Blick sagte: Komm nicht mal im Traum auf die Idee, mich zu fragen.

Edgar mochte sich nicht vorstellen, was los wäre, wenn er Veit bei sich wohnen ließe. Eine andere Lösung musste her. Mit gespielter Zuversicht verkündete Edgar: »Ich kümmere mich darum.«

DIENSTAG, DER 6. APRIL

Wie ein Lauffeuer fraß sich die Neuigkeit von Johann Veits Rückkehr durch das Dorf und hinterließ statt verbrannter Erde eine Schneise bleiernen Schweigens.

Edgar versuchte, sich durch Geschäftigkeit abzulenken, doch die Beklemmung wich selbst in der Sprechstunde keine Sekunde von ihm. Diese alles beherrschende bedrückende Stimmung kroch wie die Feuchtigkeit, mit der der April seine Aufwartung machte, in sämtliche Ritzen. Edgar hatte auf die Bauernregel vertraut, die nach einem harschen Winter ein mildes Frühjahr versprach, und keine neuen Briketts bei Lukas bestellt. Die Fröste waren mit dem März gegangen, nun prasselte der Regen unaufhörlich auf das Tal nieder und Ostern stand vor der Tür. An einen sparsamen Umgang mit Brennmaterial war kein Gedanke zu verschwenden: Der Ofen bollerte und kämpfte vergeblich gegen die Feuchtigkeit in den Räumen an. Die hatte sich genauso hartnäckig in den Winkeln der Praxis eingenistet wie das mulmige Gefühl, das jeder Kranke in Edgars Behandlungszimmer trug. Von heute auf morgen war Schluss mit der Neugierde. Niemand bohrte indiskret oder fiel wie sonst mit der Tür ins Haus. Edgar konnte seinen Patienten die Fragen förmlich von der Stirn ablesen: »Hat er mit Ihnen gesprochen? Was will er hier? Und warum nach all den Jahren?« Doch die Fragen blieben unausgesprochen und die Patienten stumm. Und wenn sich einer getraut hätte, den Mund aufzumachen, was hätte Edgar denn antworten sollen?

Mehrmals in den letzten Tagen hatte er das Notizbüchlein aus der Schublade geholt und darin gelesen. Auch an diesem Morgen saß er in seiner Praxis und ging vor Beginn der Sprechstunde ein weiteres Mal die Notizen durch, die er im Sommer des letzten Jahres angefertigt hatte. Damals war er sicher gewesen, die Sache sei für alle Zeiten ausgestanden. Hätte er jemals geglaubt, dass Johann Veit zurückkehren und damit die Geschichte wieder von vorne anfangen würde? Die Gedanken schweiften ab und die Notizen verschwammen vor seinen Augen.

Sein erster Versuch, Johann eine Unterkunft zu besorgen, hatte Edgar in das örtliche Gasthaus »Brauborn« geführt. Sabine Noll hatte mit einer knappen Geste Richtung Ausgang gedeutet, nachdem Edgar ihr flüsternd über die Theke sein Anliegen unterbreitet hatte. Zumindest hatte sie dafür gesorgt, dass binnen Stundenfrist das gesamte Dorf über Veits Rückkehr im Bilde war.

Gudrun Pfeiffer hatte ebenso wenig glücklich dreingeschaut, aber die Frau, die es in puncto Größe und Grobschlächtigkeit locker mit Johann Veit aufnehmen konnte, besaß das Herz eines Ochsen und ließ sich erweichen; am Tag seiner Ankunft hatte Veit die Kammer auf dem alten Speicher der Mühle bezogen. Seitdem grübelte Edgar, wie diesem unwürdigen Zustand ein Ende zu setzen war, ohne das ganze Dorf gegen sich aufzubringen. Dass Veit weder einen Ofen noch eine Waschgelegenheit zur Verfügung stand, bereitete Edgar genauso Magenschmerzen wie die Tatsache, dass er ihm verschwiegen hatte, dass vor wenigen Monaten Piotr Luschek auf dem Speicher tot aufgefunden worden war. Obendrein konnte der Zweimetermann an keiner Stelle aufrecht stehen und die Stiege auf den Dachboden schwankte unter seinem Gewicht, als bräche sie jeden Augenblick zusammen.

Edgars Blick hob sich von den Aufzeichnungen im Notizbüchlein und folgte den Regentropfen, die die Außenseite der Scheiben hinabbrannen. Auf der Innenseite sammelte sich Kondenswasser auf der Laibung und troff auf die Fensterbank. Überall hatte Edgar Handtücher hingestopft. Mittlerweile trockneten die auch nicht mehr. Wenn der Regen nicht bald nachließe, würde das Dorf in Schlamm und Traurigkeit ersticken und der Dorfarzt mit ihm. Dieser verdammte verregnete April! Edgar konnte sich keine Vorstellung darüber abringen, wie so eine Schlammschlacht zu einer besinnlichen Osterzeit werden sollte.

Grübelei führt dich nirgendwohin, sagte er stumm zu sich selber. Er klappte das Notizbüchlein zu und riskierte einen hoffnungsvollen Blick in das Wartezimmer.

An diesem Morgen wartete dort nur einer: Georg Fuhrmann hatte mit seinen Gummistiefeln eine Spur aus Matsch von draußen hereingetragen. Unter der Jacke, die an der Garderobe hing, hatte sich eine Pfütze auf dem brüchigen Linoleum gebildet.

Edgar verwarf die Idee, Fuhrmann darum zu bitten, die Stiefel vor dem Behandlungszimmer auszuziehen. Das Aroma, das ihnen entsteigen würde, war lästiger, als den Wischmopp schwingen zu müssen, der um die Ecke bereitstand.

Kaum hatte Edgar die Frage: »Sind die Wunden gut verheilt?« ausgesprochen, sah er sich dem entblößten Hinterteil von Fuhrmann gegenüber.

Edgar setzte sich auf einen Hocker und rückte an Fuhrmanns Kehrseite heran. Die Schrotkugeln, die er ihm mühselig hatte aus dem Fleisch pulen müssen, hatten ein Muster hinterlassen, das wie ein Unfall mit roter Farbe aussah. Edgar hatte die Kugeln gezählt – vierundzwanzig Stück.

Entgegen der sonst bei ihm vorherrschenden Prahllaune hatte Fuhrmann über die Ursache der Verletzung geschwiegen. Edgar vermutete, dass 24 Schrotkugeln im Hinterteil nicht auf eine Heldentat zurückzuführen waren, mit der er sich hätte brüsten können.

Edgar untersuchte die rosa Hautwülste, die sich auf den Einschusslöchern gebildet hatten. Die Haut war trocken und rundherum leicht gerötet. Fuhrmann verfügte über das, was man in dieser Region als »gutes Heilfleisch« bezeichnete. Eine von Fuhrmann in Heimarbeit mit Angelschnur geflickte Wunde hatte Edgar zuletzt lediglich aufgefrischt und desinfiziert. Selbst davon war mittlerweile nichts mehr zu sehen. Wie es zu der fragwürdigen Häufung an Verletzungen kam, behielt Fuhrmann stets für sich, die Erklärung »Jagdunfall« musste Edgar genügen.

Heute kam Fuhrmann ohne langes Drumherumgerede zur Sache. »Na, honn Se den ahlen Schlawiner bei das Gudrun unnergebracht? Die hot au vor nix Manschetten.«

Wenigstens einer, der mit der Sprache rausrückte und nicht stumm wie eine Kaulquappe rumsaß, dachte Edgar. »Sie war so freundlich, ihm die Kammer auf dem Speicher zur Verfügung zu stellen, bis etwas Besseres gefunden ist.«

»Hä will doch nit etwa länger bleiben?«

»Wieso nicht?«

»Das gibbet nur Ärger.«

»Aber er ist unschuldig aus dem Dorf vertrieben worden, das sollte sich doch mittlerweile rumgesprochen haben.«

»Das mein ich nit.«

»Sondern?«

»Na immerhin war's sinn Ahler, der das Dorf mit dem Mord an dem Käsekopp schlecht hat ussehen lossen. Das wird hä au nit loswerden.«

»Das werden wir ja sehen.« Edgar wurde diese Unterhaltung mit dem Hinterteil von Fuhrmann lästig. Er erhob sich. »Sie können die Hose wieder anziehen. Die Wunden sind gut verheilt. Versprechen Sie mir, demnächst bei der Jagd besser aufzupassen. Scheint ein wirklich gefährliches Hobby zu sein, so oft, wie es Sie dabei erwischt.«

Fuhrmann schien nicht über seine Jagdunfälle plaudern zu wollen. »Honn Se emme nit gesprochen, dass es besser wär, sich zu verdünnisieren?«

»Wieso sollte ich das tun?«

»Vor Ihnen muss hä Respekt honn. Wie de übrigen Liede au.«

»Ach ja? Davon habe ich in den letzten Monaten noch nicht allzu viel gemerkt.«

»Wie seinerzeit vor dem Juden. Dem hot sich au kinner getraut, innen Weg zu stellen.«

»Dem Juden?«

»Na, Ihrem Vadder.«

Edgar erinnerte sich dumpf an diese Anrede. Er vermutete, dass es eine Zeit gegeben haben musste, wo sie weniger despektierlich, vielleicht sogar mit Achtung verwendet wurde, bis dann die Jahre kamen, die sie zwangen, das Dorf zu verlassen. »So? Und weil mein Vater so eine Respektsperson war, hat man uns auch wie Hunde fortgejagt.«

»Der Jude … also Ihr Vadder hots Ihnen nit gesprochen? Sie honn kinne Ahnung, oder?«

Edgar fahndete in Fuhrmanns versoffenen Augen danach, ob der es lediglich darauf anlegte, ihn zu provozieren.

Fuhrmann glotzte gelangweilt zurück.

»Na, offensichtlich habe ich weniger Ahnung als Sie. Wollen Sie meine Wissenslücke nicht füllen?«

»Ne. Wenn hä es Ihnen nit gesprochen hot, wird hä sinne Gründe gehobt honn.«

Edgar musste den Impuls gewaltsam unterdrücken, Fuhrmann achtkantig vor die Tür zu setzen. Was für eine Frechheit, hier reinzuschneien und solche nebulösen Behauptungen aufzustellen. Edgar bemühte sich, gelassen zu wirken, aber er spürte, wie ihm die Enge im Brustkorb die Worte aus dem Mund presste. »Wir sind hier fertig. Noch ein paar Tage Salbe drauf und in einer Woche können Sie wieder ohne Kissen sitzen.«

»Vielleicht hilft Ihnen Ihr neuer Freund, de Vergangenheit uffzurollen.«

»Vielleicht kümmern Sie sich um Ihre eigenen Probleme.« Vorbei war es mit Edgars Beherrschtheit.

Fuhrmann grinste ihn dreist an. »Ich bin gleich bi den Nolls, Wild im Brauborn abliefern. Hä könnt ja do unnerkommen.«

Jetzt kam der Kerl plötzlich mit einem solchen Angebot um die Ecke. »Dort hatte ich bereits gefragt. Und wenn man mir so viel Respekt entgegenbringt, wie Sie meinen, wird eine erneute Frage von Ihnen kaum etwas ändern, oder?«

»Fragen kost ja nix.«

Edgar konnte sich kein Dankeschön abringen. Er hielt Fuhrmann stumm die Hand zum Abschied hin.

Der erfasste sie mit eisernem Griff. »Nix für ungut, Herr Doktor. Es war halt 'ne böse Zitt damals. Un der Johann weckt böse Erinnerungen.«

Fuhrmann stand auf und ging, ohne sich umzudrehen.

Edgar verfolgte, wie jeder seiner Schritte Brocken lehmiger Wickenröder Erde auf dem Fußboden verteilte. Ein Seufzen drängte sich aus tiefstem Herzen nach oben und verschaffte sich geräuschvoll Luft. Wie sehr war er all das leid: die Andeutungen, das vielsagende Schweigen und die bohrenden Blicke. Das alles machte ihn müde. Edgar brachte nicht den Elan auf, den Besen rauszuholen, nicht, den Ofen zu heizen, und schon gar nicht, sich auf den Weg zu Albrecht zu machen, um ihn zu fragen, ob er etwas mit Fuhrmanns Andeutungen anfangen konnte. Außerdem hatte er das in den letzten Tagen mehrfach vergeblich versucht. Albrecht zog es vor, sich zu verdrücken und die Wunden, die die Erinnerung aufgebrochen hatte, bei der Witwe Helferich zu lecken. Wie ein alter Gockel ließ Albrecht sich betüddeln, seit die Helferich ihm die Kissen auf dem Sofa aufklopfte und ihn mit Keksen und Kuchen vollstopfte. In diese traute Zweisamkeit hereinzuplatzen, war das Letzte, was Edgar gebrauchen konnte. Vielleicht, weil Zweisamkeit mit Fiona in so unerreichbare Ferne gerückt war. Eine weitere Nacht mit Fiona war genauso wenig vorstellbar wie Sonnenstrahlen, die durch die Wolken brachen.

Ziemlich wehleidig heute. Muss an diesem Scheißwetter liegen.

Er ging zum Fenster, wischte mit dem Ärmel die Feuchtigkeit auf der Innenseite weg und schaute in eine trübe Suppe. Das war nicht das richtige Wetter, um Zuversicht und Tatendrang zu entwickeln.

Dem Rest des Ortes schien es nicht anders zu ergehen, denn nach einer weiteren Stunde hatte sich kein Patient ins Wartezimmer verlaufen. Edgar schloss die Praxis vor der Zeit. Er heizte die Wohnstube ein und ließ sich mit der Tageszeitung am Couchtisch nieder. Das Zeitungspapier wellte sich und die Polster der Sessel fühlten sich klamm und kühl an. Er breitete die Zeitung aus und fahndete nach einem Artikel des Journalisten Eugen Bock. Seit Wochen hatte er von dem nichts gehört und gelesen. Dem musste der Schock in allen Gliedern steckengeblieben sein; die Geliebte tot in den Armen halten zu müssen, haute den abgebrühtesten Journalisten für eine Weile aus der Spur. Seitdem Bock sich zurückgezogen hatte, berichtete niemand mehr über die Vorgänge in Hirschhagen. Darüber, dass das Gelände der stillgelegten Sprengstofffabrik von vielen gerne als Müllhalde benutzt wurde, auf der man mit der illegalen Entsorgung von giftigen Flüssigkeiten bis hin zu Altgummi dreckiges Geld verdienen konnte. Und niemanden schien es zu scheren. Dabei hätte ein Aufschrei durch die Bevölkerung gehen müssen, als bekannt wurde, dass das Grundwasser hoch belastet war. Aber die Dörfler steckten ihre Köpfe lieber in die lehmige Scholle und wälzten die Sorgen, die das Auftauchen von Johann Veit nach all den Jahren mit sich brachte.

Edgar bemühte sich, sich einzureden, dass er auf die Andeutungen von Fuhrmann nichts gab. Dennoch wanderten seine Gedanken ständig weg von der Zeitung und hin zu dem Satz: »Sie haben keine Ahnung, oder?« Wie oft hatte Edgar diese Worte in den letzten Monaten hören müssen? Eigentlich immer, wenn die vergangenen zwanzig Jahre zur Sprache kamen. Die Zeit, die er in den USA verbracht hatte und in der die Ereignisse in Deutschland an ihm vorbeigegangen waren. Natürlich hatte er keine Ahnung. Woher auch? Acht war er gewesen, hatte mitten in der Nacht seinen Koffer packen müssen, um zwei Stunden später heimlich in einer schwarzen Limousine aus dem Dorf gebracht zu werden. Er hätte nicht im Traum daran gedacht, dieses Nest jemals wiederzusehen. Und er wäre niemals in das Flugzeug gestiegen, hätte ihm das Leben nicht derart übel mitgespielt. All die Pläne seines Vaters hatte er im Handstreich durchkreuzt; eine Karriere als Mediziner in einem Vorzeigekrankenhaus in Neuengland, das war es, was in den Augen von Conrad Brix das einzig Erstrebenswerte für seine Söhne war. Jeden Augenblick, in dem Edgar das Ziel des Vaters infrage gestellt hatte, hatte der alte Brix ihn mit jener Missachtung gestraft, die diese vermeintliche Ausgeburt an Tugend in all den Jahren geradezu perfektioniert hatte. Sich morgens hinter einer Zeitung zu verkriechen und seine Umwelt mit Schweigen zu strafen; das Wort »Versager« hätte nicht unmissverständlicher im Raum stehen können.

Bis nach Deutschland war Edgar geflohen, um dem Schweigen des Vaters zu entrinnen, und was bekam er stattdessen? Verschwommene Andeutungen! Wenn ihm das wenigstens dabei helfen würde, Johann Veits Erinnerung auf Trab zu bringen. Edgar hatte von solchen Fällen von Gedächtnisverlust in den Fachzeitschriften gelesen, die ihm sein Bruder Gutmund regelmäßig schickte. Ehemalige Insassen von Konzentrationslagern hatten über das Phänomen berichtet. Das Gedächtnis tilgte die Erinnerung, um seinen Besitzer vor Erlebnissen zu schützen, die zu schmerzhaft waren, um mit ihnen weiterzuleben. Wie oft hatte Edgar sich gewünscht, vergessen zu können und nicht jedes Mal beim Geräusch quietschender Autoreifen bis ins Mark zu erschrecken.

Ein Klopfen an der Tür riss ihn aus den Gedanken.

Als ob er durch Edgars Grübeleien auf den Plan gerufen worden war, stand Johann Veit vor der Tür. »Frau Pfeiffer geht's nit gut. Wäre es wohl möglich, dass Sie mitkommen?« Veits Aussprache war eine Mischung aus Deutsch in holländischem Singsang mit dem hartnäckigen nordhessischen »nit« geworden.

Du wirst genauso wenig jemals wieder dazugehören wie ich, dachte Edgar, unsere Sprache verrät uns als Vaterlandsflüchtlinge. »Was hat sie denn?«

»Ich weiß auch nit. Wollte mir eben bei ihr in der Küche Wasser heiß machen, da kippt sie beinahe vom Stuhl. Und Sie wissen, dass es da kein Halten gibt.« Johann Veit grinste schief.

»Warum haben Sie nicht angerufen? Sie hätten sich den Weg sparen können.«

»Die Telefone sind tot.«

Edgar trat einen Schritt zurück in den Flur und hob den Hörer vom Apparat. Kein Ton drang aus der Muschel, auch nach mehrmaligem Drücken der Gabel nicht.

»Stimmt, tot«, sagte er. »Warten Sie kurz. Ich hole meine Tasche.«

Johann Veit hatte recht gehabt. Gudrun Pfeiffer war ganz weiß um die Nase und saß zittrig auf dem Küchenstuhl, der unter dem Gewicht der Frau bebte.

Edgar fühlte ihren Puls, der fest und normal war, und maß den Blutdruck, der sich im Rahmen ihres Körpervolumens bewegte. Er fragte sie, ob sie etwas Falsches gegessen habe. Sie schüttelte den Kopf. Gudrun Pfeiffer war nie ausgeprägt mitteilsam, aber im Augenblick kam sie Edgar vor wie ein verschrecktes Kaninchen, und das war im Angesicht dieses weiblichen Haudegens ein Grund zur Sorge.

Veit hatte einen Kaffee aufgesetzt und Edgar wartete ab, bis Gudrun Pfeiffer einige Schlucke genommen hatte. »Haben Sie überhaupt schon etwas gegessen?«

Sie schüttelte den Kopf. Ein braunes Haarnetz war ihr halb heruntergerutscht und offenbarte einen unfrisierten Schopf.

Edgar wandte sich an Veit. »Könnten Sie uns wohl einen Augenblick allein lassen? Ich möchte Frau Pfeiffer abhören.«

Veit trollte sich mit sorgenvoller Miene.

Edgar musste Gudrun Pfeiffer nicht abhören. Unter ihrem panzerartigen Korsett in dezenter Fleischfarbe drangen gleichmäßige Atemzüge an sein Ohr. In diesem Brustkorb, auf den manche Opernsängerin neidisch gewesen wäre, war alles in bester Ordnung.

Edgar wurde das Gefühl nicht los, dass sie über irgendetwas in der Gegenwart von Johann Veit nicht mit der Sprache rausrücken wollte. »So, Frau Pfeiffer, jetzt erzählen Sie mir mal, was los ist.«

Sie hielt mit ihren Männerhänden die Tasse wie ein Schraubstock umklammert. Der Kaffee zitterte darin. »So was honn ich in all den Jahren nit erlebt, das können Se mir glauben.«

»Was meinen Sie?«

Sie griff in die Tasche ihrer Kittelschürze, zog ein verknautschtes Blatt Papier heraus und reichte es Edgar. Der musste es nicht erst auseinanderfalten, um zu ahnen, was darauf geschrieben stand. Er tat es trotzdem. Der Text überstieg seine schlimmste Befürchtung.

»Ostern steht vor der Tür. Und du weißt, was man an Ostern mit den dummen Schafen macht.«

»Ich honn schon vieles durch. Wenn Se wie ich allein 'ne Mühle führen, dann müssen Se sich alszus gegen de Kerle behaupten. Aber sowas honn ich nit erwartet.«

»Sie haben Johann nichts davon erzählt?«

»Ne, der Junge is onnehin so durch den Wind. Was wolln die denn? Hä tut doch niemandem was.«

Edgar versuchte, ein unangebrachtes Schmunzeln zu unterdrücken. Der »Junge« war im gleichen Alter wie Gudrun Pfeiffer und ihr obendrein von Größe und Statur her ebenbürtig. Aber die Bezeichnung »Mann« hatte Gudrun Pfeiffer wohl für Kerle reserviert wie den, der sich oberhalb des Kasseler Bergparks auf eine Keule stützte.

Edgar untersuchte den Zettel. Schreibmaschine auf einem ordentlichen, weißen Blatt Papier. »Haben Sie eine Vermutung, wer dahinterstecken könnte?«

»Hier im Ort kommt doch kinner uff die Idee, ’ne Schreibmaschine zu benutzen. Ich kenn doch minne Pappenheimer.«

Gudrun Pfeiffer stand fest wie ein Baum im Leben, aber Edgar merkte, dass die Drohung ihr Angst eingejagt hatte. »Ich überlege mir schleunigst, wie wir den Johann woanders unterbringen können.«

»Ach, Herr Doktor, das will ich doch gar nit. Ich honns dem Jungen versprochen, dass hä bei mir wohnen darf, und nu zieh ich den Schwanz nit in.«

»Das verstehe ich, aber wenn der Johann rausbekommt, dass Sie bedroht werden, bleibt der keine Minute länger bei Ihnen.«

»Sie werns ihm aber nit sprechen.«

»Wenn Sie das wollen, halte ich mich an meine Schweigepflicht. Nur finde ich, dass er wissen muss, was vorgeht. Es geht ja immerhin um ihn.«

»Aber nit heute. Ich honn emme Bradkartuffeln zum Middach versprochen und die soll der Junge au bekommen.«

Edgar drückte Gudrun Pfeiffer den Unterarm, der dick war wie sein Bein. »Ich mache mich erst mal auf die Suche nach einer anderen Unterkunft und dann sehen wir weiter.«

Sie sah ihn dankbar an.

»Machen Sie sich keine Sorgen. Ich hab schon mehrere von diesen Briefen erhalten und nie ist etwas passiert.« Als Edgar seine eigenen Worte hörte, fiel ihm auf, dass das eine faustdicke Lüge war. Menschen waren gestorben, das konnte er kaum ernsthaft leugnen. Trotzdem ließ er die Unwahrheit im Raum stehen.

Er packte die Tasche, verabschiedete sich mit dem Versprechen, sich zu melden, und verließ die Mühle.

Vor der Tür wartete Johann Veit unter dem Schleppdach des angrenzenden Schuppens. Der Regen prasselte auf das Blech. Die wenigen Schritte bis zum schützenden Dach reichten aus, dass Edgar das Wasser die Stirn herunterrann. Er klaubte ein Taschentuch aus der Manteltasche und wischte sich über das Gesicht.

Johann Veit stand da, mit offenem Mund, es kam jedoch kein Ton heraus.

Edgar stellte die Tasche ab. Er nutzte die Zeit, bis Veit die richtigen Worte gefunden hatte, um ihn zu mustern.

Veit musste früher einer dieser Kerle gewesen sein, die weit bis in die zwanziger wie ein Bengel aussahen. Zu groß geraten, mit Schaufeln statt Händen, dem Kreuz eines Ochsen und einem ebensolchen Gemüt. Weiche Gesichtszüge auf einem unproportionierten Schädel und darauf weißes Haar, das kein Kamm zu bändigen vermochte. So mochte er früher ausgesehen haben, Edgars Erinnerung lieferte nur noch Schemen. Jetzt stand dort ein Mann, dem das Leben das Gesicht zerfurcht hatte. Das dünne Haar mit Pomade an den Schädel geklebt und die Kleidung nicht wie früher verschlissen, sondern gepflegt und passend für den unförmigen Leib. Und trotzdem war etwas geblieben: Eine Haltung, die verriet, dass der Körper im Wachstum zu wenig Nährstoffe erhalten, zu hart gearbeitet und zu enge Kleidung getragen hatte, und blaue Augen, die wie zwei kleine Bergseen aus zerfurchtem Gelände strahlten.

Johann Veit waren scheinbar die richtigen Worte eingefallen. »Bin ich schuld?«

Edgar überlegte, was er wohl meinen konnte. Er antwortete taktisch mit einer Gegenfrage: »Am Zustand von Frau Pfeiffer?«

»Auch.«

Edgar startete einen weiteren Versuch, vermintes Gelände zu meiden. »Sie können nichts dafür, dass Frau Pfeiffers Kreislauf heute nicht auf der Höhe ist.«

»Und kann ich etwas dafür, dass mein Vater tot ist? Und Peer Fram? Hätte ich früher zurückkommen sollen? Hätte ich wegbleiben sollen?«

Hätte ich das Auto im gleißenden Licht der tiefstehenden Sonne nicht auf die Kreuzung lenken sollen?

»Solche Dinge liegen nicht in unserer Hand. Und sich im Nachhinein selbst dafür zu bestrafen, was andere getan haben, ist nicht nur müßig, sondern führt zu nichts Gutem. Irgendwann ist es Zeit, nicht noch mehr Schlechtes in die Welt zu tragen, nur weil man in der Vergangenheit festhängt.« Edgar war, als spräche er zu sich selber.

Johann Veit nickte. »Aber es ist so schwer. Und alle gucken mich so an. Dabei kann ich mich nit erinnern, nur glaubt mir das keiner.«

»Doch. Ich glaube Ihnen das. Und wenn Sie möchten, begleite ich Sie dorthin, wo Sie Ihre Erinnerung wiederfinden können.«

»Und wo soll das sein?«

»Na, zum Beispiel dort, wo Sie Ihren Vater zuletzt getroffen haben.«

»Ich weiß ja noch nit mal, wo das war.«

Edgar hob seine Tasche und berührte Veit am Arm. »Aber ich kenne jemanden, der das wissen müsste. Haben Sie ein wenig Vertrauen.«

Edgar spannte den Schirm auf und ließ Veit vor der Mühle stehen. Er kämpfte mit dem Impuls, auf schnellstem Wege in seine Praxis zurückzukehren. Stattdessen tat er etwas, womit er sich selber überraschte: Er marschierte rüber zum »Brauborn«.

Reinhold Noll stand hinter der Theke, erkannte ihn, stutzte und schaute demonstrativ weg. »Den nassen Schirm russ!«

Gut, dachte Edgar, dann eben auf die unhöfliche Art. Er musste sich über den Trotz wundern, der von irgendwo aus der Tiefe seiner Eingeweide aufstieg. Er war nicht gekommen, um den Duckmäuser zu geben, und er würde nicht gehen ohne eine Lösung für sein Problem.

Er verließ den Gastraum und stand im Flur. Er spannte den Schirm auf und platzierte ihn vor dem Aufgang zu den Fremdenzimmern. Sicher würde er niemanden behindern, es parkten kaum Autos vor dem »Brauborn«. In diesen verregneten Ostertagen gab es wohl nur wenige Besucher.

Vor der Tür zur Gaststube atmete Edgar tief durch, trat ein, hängte den Mantel an die Garderobe und stellte die Tasche darunter ab.

Reinhard Noll war selbst dann noch krampfhaft darum bemüht, Edgars Blick auszuweichen, als der an der Theke direkt vor ihm Platz genommen hatte.

»Was gibt es denn heute zu essen?«

»Alles nit koscher.«

»Meinen Sie Ihre Speisekarte oder die Gesamtsituation?«

Ein Zucken huschte über das Gesicht des Gastwirts. Er hob den Kopf und sah Edgar direkt in die Augen. »Ich spreche vom Essen. Aber vielleicht wissen Sie ja mehr als ich.«

Edgar konnte ein Schmunzeln nicht unterdrücken. »Herr Noll, können wir bitte mit diesem Spielchen aufhören. Ich bin gekommen, weil ich Hunger habe und mit Ihnen reden muss. Und außerdem könnte ich ein Bier gebrauchen.«

»Sie trinken Alkohol?«

»Himmel, ja! Ich bin Jude, kein Moslem.«

»Na dann.« Noll schien sich ein wenig zu entspannen. Er hielt ein Glas unter den Zapfhahn und konzentrierte sich darauf, wie die goldene Flüssigkeit hineinströmte. Wie nebenbei bemerkte er: »Es gibbet das Übliche. Bradkarduffeln, Weggewerk, Spiegelei, Gurchke.«

WECKEWERK! Sobald Edgar an die fettige, zur Unkenntlichkeit zerkleinerte Fleischmasse dachte, rebellierte sein Magen. »Na, das klingt doch hervorragend.«

Noll stellte das Glas vor Edgar auf die Theke und wandte sich der Durchreiche in seinem Rücken zu. »Binie! Einmal de nordhessische Platte. Für den Herrn Doktor 'ne extra Portion Weggewerk.«

Zwischen den Schiebetüren tauchte das gerötete Gesicht von Sabine Noll auf. »Für welchen Herrn …? Ach herrje!« Ihr Kopf schnellte zurück wie der einer Schildkröte in den Panzer.

Edgar fragte sich, ob die neuesten Entwicklungen im Ort diese Reaktion bewirkten oder die Tatsache, dass er zum engen Kreis derer gehörte, die wussten, dass Sabine Noll ihrem Mann nicht immer ganz treu gewesen war. Wahrscheinlich schämte sie sich selber in Grund und Boden, dass sie zur endlosen Reihe von Lukas Söders Eroberungen gehörte. Aber dieses Kapitel war seit letztem Sommer Geschichte und zumindest, was Edgar anging, war längst

Gras darüber gewachsen. Lukas konnte sich bei seinem Verschleiß an Liebschaften bestimmt schon gar nicht mehr daran erinnern.

Noll verschränkte die Arme oberhalb des gewaltigen Bauches und lehnte sich vor. »Ich honn doch gesprochen, dass der Johann hier nit wohnen kann.«

»Woher wissen Sie, dass ich danach fragen wollte?«

»Der Schoppen-Schorsch war hier. Hot Wild gebracht. Un gefracht, ob ich's mir nit doch nochemal überlegen will.«

»Und wollen Sie?«

»Eijentlich nit.«

»Und uneigentlich?«

»Sprechen Se mit dem Vadder. Wenn der inwilligt, kann hä die ahle Mägdekammer honn. Aber nur bis Gründonnerstag, dann is minne Bude voll un mir brauchen jeden Platz.«

Etwas über eine Woche, besser als nichts. Von jenseits des Tresens wehte der Geruch von Kümmel und Schweinefett heran. Edgar schaute skeptisch auf den Teller, den Reinhold Noll vor ihm abstellte. Im Fett schamm eine grauweiße Masse, die aus Teilen vom Schwein bestand, über die Edgar lieber gar nicht nachdenken wollte. Darüber hatte Sabine Noll, wahrscheinlich aus ästhetischen Gründen, ein Spiegelei platziert. Lediglich die Bratkartoffeln lockten mit knusprigem Braun. Edgar rang sich durch zu kosten und stellte nach zwei Gabeln fest, dass es besser schmeckte, als er gedacht hatte. Kaum hatte er den Teller zur Hälfte geleert, kehrte die Erinnerung zurück: Das Zeug lag einem wie Steine im Magen.

»Schmeckets nit?«

»Doch, doch. Ist hervorragend, aber die Portion ist einfach zu groß.«

Noll nahm ihm den Teller weg. »Noch'n Schoppen?«

Am liebsten hätte Edgar einen Schnaps bestellt, aber er spürte das Bier bereits. »Danke, ich gehe mal hoch zu Ihrem Vater, wenn ich darf.«

»Den Weg kennen Se ja.«

Eine schmale Stiege hinter dem Thekenbereich führte in den Anbau, der die Wohnräume der Nolls beherbergte. Der Gang nach oben über die wackeligen Stufen glich immer noch einem Himmelfahrtskommando. Im Obergeschoss sah alles genauso aus wie bei Edgars letztem Besuch, und das war Monate her. Der alte Noll war tief in das durchgesessene grüne Polster gesunken. Der klapprige Körper wirkte wie mit dem Sessel verwachsen.

»Ach, der Herr Doktor. Womit honn ich so hohen Besuch verdient?« Er hob den krummen Zeigefinger in die Höhe. »Nein, sprechen Se's mir nit … es geht um den Johann.«

»Sie haben es erraten.« Edgars Worten folgte ein saures Aufstoßen. Er hielt sich die Hand vor den Mund.

»Oh weia. Honn Se den Nordhessenteller gehabt. Das is nur was für ingefleischte Schwinnefresser. Un da sind Se wohl nit in Übung, was?«

»Nein, da bin ich nicht …«, Edgar konnte ein Rülpsen nicht mehr unterdrücken.

»Se wissen doch noch, wo der Schnaps steht. Brockhaus L-M. Kippen Se uns ma einen in.«

Edgar ließ alle seine guten Vorsätze fahren und kramte hinter dem Folianten eine Flasche hervor, holte zwei Schnapsgläser aus der Vitrine und schenkte ein.

Der alte Noll hielt sein Gläschen lange vor die Nase, bevor er es sich in den Schlund kippte. Edgar nippte erst zaghaft, stellte fest, dass der Schnaps hervorragend schmeckte, und trank den Rest auf ex. Er setzte sich gegenüber dem alten Noll auf das Sofa und wartete ab.

»Von mir uss kann der Johann hier wohnen. Was hot dann der Reinhold gesprochen?«

»Er sagt, er könnte in die Mägdekammer ziehen.«

»Ha!« Der Alte wackelte mit dem Kopf. »Das sieht dem Reinhold ähnlich. De ganze Hütte leer, aber bloß kinn Zimmer hergeben. De Mägdestube is uff halber Treppe und bi der Deckenhöhe konn der Johann von Glücke sprechen, wenn er sich nit den Schädel inschlagen tut.«

»Das wäre ausreichend. Es soll ja nur für ein paar Tage sein. Ich glaube nicht, dass der Johann länger hierbleiben will.«

»Ich honn gehört, hä konn sich nit erinnern. Stimmet denn das?«

Edgar überlegte, woher diese Information stammte, immerhin kam der alte Knispel so gut wie nie aus seinem Sessel raus. Dann fiel Edgar ein, dass Noll nur eine Etage über dem zuverlässigsten Umschlagplatz für Neuigkeiten aus dem Ort saß. »Ja, das stimmt. Und ich glaube ihm das.«

»Das is sone Sache mit der Erinnerung.« Die zittrige Stimme des Alten wurde brüchig. »Manchesmoh denk ich au, es wär doch besser, alles zu vergessen.« Die trüben Augen starrten an Edgar vorbei ins Leere und der magere Brustkorb hob und senkte sich schwer.

Lass ihn weiterreden, dachte Edgar.

»Ich honn in letzter Zitt öfters von dem verrückten Pfarrer geträumt.«

»Von Herrn Hochapfel?«

»Genau von dem. Tauchte in minnem Traum uff, mit erhobenem Zeigefinger, und murmelte alszus: Niemals vergessen. Niemals vergessen.«

Das waren exakt die Worte, die Karl-Friedrich Hoch-apfel gebetsmühlenartig wiederholte, seit er direkt neben Fritz Veit gesessen hatte, als ihm dessen Gehirn ins Gesicht gespritzt war. Auf Edgars Bitten hin hatte man den Pfarrer aus der Psychiatrie entlassen und im Altenstift des Nach-barortes untergebracht. Edgar hatte gehofft, dass die Nähe zur Heimat seinen Zustand bessern würde, doch der Pfarrer wiederholte die Worte: »Niemals vergessen« in einer end-losen Schleife und blieb darüber hinaus stumm. Die glei-che Reaktion auf ein traumatisches Erlebnis wie Johann Veits Erinnerungslücke. So hatte eben jeder sein Päckchen zu tragen.

Der Blick vom alten Noll tauchte aus dem Nichts auf und heftete sich wieder an Edgar. »Im Traum stand hä do und sah mich an und mir lief's eisekahle den Rücken runner. Ich werd doch nit verrückt uff minne ahlen Tage, oder?«

Schon bei bei ihrem letzten Treffen hatte Edgar festge-stellt, dass Noll für sein biblisches Alter erstaunlich gut bei-einander war. Seine Erinnerung an jene Nacht, in der Fritz Veit den Karl Wagner erschlagen hatte, war so klar gewe-sen, als seien erst wenige Wochen vergangen, dabei waren es in Wahrheit 27 Jahre. »Machen Sie sich keine Sorge. Man träumt schon mal schlecht. Und der Dauerregen schlägt uns allen aufs Gemüt.«

»Da sprechen Se wos. Wenn das so weitergeht, fangen Se besser an, 'ne Arche zu bauen. Da kann dann der Johann au inziehen.« Ein kleines verrücktes Kichern flog durch den Raum.

Edgar musste grinsen. Der alte Noll war vielleicht äußer-lich ein Greis, aber innendrin immer noch ein pfiffiger Knei-penwirt.

Auf dem Heimweg machte Edgar einen weiteren Abstecher zur Mühle und überbrachte die guten Nachrichten. Gudrun Pfeiffer sah nicht annähernd so erleichtert aus wie erwartet. Sie schien es als persönliche Niederlage zu empfinden, dass ein alberner Drohbrief sie derart aus dem Tritt gebracht hatte.

Vielleicht hatte der unaufhörliche Regen die Haut über dem Schneid von Gudrun Pfeiffer dünngewaschen, dachte Edgar. Der Gedanke kam ihm wie eine Entschuldigung für die eigene Antriebslosigkeit vor.

Veit bedankte sich überschwänglich und Edgar versprach ihm, für den morgigen Mittwoch einen Ausflug zu dem Ort zu arrangieren, an dem Veit das letzte Wort mit seinem Vater gewechselt haben musste. Dass er dazu alle Überzeugungskunst würde aufbieten müssen, um Albrecht herumzubekommen, behielt er für sich. Vor allem, weil er nicht die geringste Ahnung hatte, wie er das anstellen sollte.

Edgar stellte fest, dass aus Albrechts Kamin Rauch aufstieg. Er hatte erwartet, dass der sich wie so oft in letzter Zeit zur Witwe Helferich zurückgezogen hatte – zu »Marie«, wie Albrecht sie nannte. Wenn er das sagte, klang das Sanfte in seiner Stimme fremd in Edgars Ohren.

Edgar klopfte an der Tür, wartete ein »Herein« gar nicht erst ab. Aus der Küche schlug ihm eine Geruchsmischung aus kokelndem Holz und nassem Hund entgegen. Kuno lag zusammengerollt in einer Ecke, das Fell stand strubbelig ab wie bei einem Teddy, den man aus dem Waschtrog gezogen hatte.

Albrecht kniete vor dem Holzofen und stocherte mit einem Schürhaken im Feuer herum. »Alles klamm. Der Kamin zieht nicht, das Holz ist feucht, selbst die Zeitung ist zum Anzünden nicht zu gebrauchen.« Er stützte sich am Ofen auf und hievte sich ächzend nach oben. »Wenn das Wetter nicht bald besser wird, fällt Ostern ins Wasser. Kannst doch da draußen nirgendwo Eier verstecken.«

Edgar hatte das bevorstehende Osterfest verdrängt. Seine Gedanken wurden von Johann Veit oder Fiona beherrscht. »War Fiona eigentlich am Samstag hier?«

Albrecht kniff ein Auge zusammen, als habe er Rauch hineinbekommen. »Warum fährst du nicht einfach hin? Ach ja, der Herr Doktor fährt ja nicht.«

Edgar hasste es, wenn Albrecht ihn so nannte. Er wollte etwas entgegnen, doch Albrecht ließ sich nicht in die Parade fahren.

»Weißt du, ich bin's leid, der Puffer zwischen euch beiden zu sein. Da tut ihr immer so erwachsen, aber wenn es drauf ankommt, benehmt ihr euch wie die Kleinkinder.«

Da hatte Edgar wohl mit einer simplen Frage in ein Wespennest gestochen. Ihm kam ein Verdacht. »Hattest du Streit mit Marie Helferich?«

»Misch dich nicht in Sachen ein, die dich nichts angehen.«

Aha, also: ja.

Albrecht seufzte, deutete auf einen freien Platz am Tisch. »Ein Bier?«

Klang wie ein Friedensangebot. Edgar hätte zu gerne angenommen, doch der Obstbrand vom Noll wirkte nach. »Ich hatte schon ein Bier und einen Schnaps. Muss ja noch in die Praxis nachher.« Er hauchte in die hohle Hand und schnupperte daran, wie zum Beweis, dass er mehr als genug gehabt hatte. Einen fettigen Rülpser konnte er nicht rechtzeitig unterdrücken.

»Aha. Weckewerk und Schnaps. Ist nichts für deinen schwachen Magen. Was machst du denn beim Noll?« Albrecht klaubte sich eine Flasche Bier aus dem Kühlschrank und setzte sich neben Edgar an den Tisch.

»Stell dir vor, ausgerechnet der Fuhrmann hat ein Wort für den Johann eingelegt. Der kann vorübergehend im Brauborn wohnen.«

»War wohl nicht so komfortabel bei der Pfeiffer unter dem undichten Dach, was?«

»Die Pfeiffer hätte den Johann gern bei sich behalten, aber sie hat heute Morgen einen Drohbrief erhalten – sehr eindeutig formuliert.«

»Ja, hört das denn nie auf?« Albrecht stampfte mit dem Fuß auf. »Irgendein Idiot findet sich immer, der glaubt, er müsse die Welt retten.«

Albrechts Laune hatte sich offensichtlich erneut in den Keller verzogen. Wenn er es Johann Veit nicht versprochen hätte, hätte Edgar seine Bitte vertagt. Er wartete ab, bis sein Freund die Hälfte des Bieres getrunken hatte und die tiefe Querfalte auf der Stirn verschwunden war. »Wäre es dir wohl möglich, den Johann und mich zu der Stelle zu begleiten, zu der du ihn damals geschickt hast, um seinen Vater zu treffen? Vielleicht kommt dort die Erinnerung zurück.«

Albrecht hatte die Flasche an den Mund genommen, jetzt ließ er sie wieder sinken. Er äffte Edgar in spitzem Ton nach: »Wäre es dir wohl möglich? Wäre es dir wohl möglich?« Die Flasche knallte auf die Tischplatte. »Ja, zum Teufel, hab ich denn eine Wahl?« In seine Stimme hatte sich Verzweiflung gemischt und Edgar tat es unvermittelt leid, dass ausgerechnet er es war, der in den alten Wunden herumwühlte. Aber wenn er Albrecht nicht um diesen Gefallen bitten durfte, wer sonst?

»Nein«, antwortete Edgar mit Bedacht, »du hast keine Wahl, falls du willst, dass es irgendwann ein Ende hat.«

»Das hast du mir im letzten Sommer schon erzählt. Und was ist danach passiert? Wie viele Tote haben wir beerdigt? Wie viel Leid ist über dieses Dorf gekommen? Und jetzt fängt alles wieder von vorne an.«

»Das glaube ich nicht. Es war einfach nicht abgeschlossen. Jetzt, wo Johann wieder hier ist, haben wir wirklich die Gelegenheit, ein für alle Mal einen Schlussstrich zu ziehen.«

»Soso. Der Herr Doktor hat aber einen Haufen kluger Ratschläge auf Lager. Hörst du dir eigentlich selber beim Reden zu? Hast du mal deinen alten Herrn angerufen und ihn gefragt, wie seine Telefonnummer in den Besitz von dem toten Holländer gekommen ist?«

Edgar sah Albrecht ins Gesicht und schaute mitten rein in diese Mischung aus Wut und Verzweiflung, und er verstand, dass Albrecht keine Wahl blieb außer der Flucht nach vorne. Ein weiterer Vorstoß würde bloß Schaden anrichten, der vielleicht nie wiedergutzumachen wäre. »Du hast vollkommen recht. Das mit den Schlussstrichen ist nicht so einfach, wie es aussieht. Was hältst du davon, wenn wir uns gegenseitig helfen, statt uns Vorwürfe zu machen? Ich verspreche dir: Egal, was mit Johann Veit passiert, du musst nie wieder eine einsame schicksalhafte Entscheidung treffen.«

Albrecht trank das Bier in einem Zug aus und rülpste herzhaft. »Dein Wort in Gottes Ohr.«

»Ich hatte in den letzten Monaten das Gefühl, dass der für alles, was aus Wickenrode kommt, taub ist.«

»Zumindest extrem schwerhörig.« Albrecht lächelte, dann seufzte er. »Du musst aber dem Lukas für die Fahrt das Kaltblut und den Karren abschwatzen. Und wenn das morgen noch genauso in Strömen regnet, geh ich nirgendwohin.«

»Abgemacht!« Edgar willigte ein, bevor Albrecht es sich anders überlegte. »Ich mach mich mal los.« Sein Antrieb, schon wieder bei Lukas betteln zu gehen, war eher mäßig.

»Grüß schön. Ich bleib sitzen.«

Edgar war halb aus der Küchentür, als er ein Räuspern im Rücken vernahm.

»Ach … nächsten Samstag kommt Fiona und bringt was zum Essen mit.«

Edgar brauchte sich nicht umzudrehen, das breite Grinsen in Albrechts Gesicht konnte er in dessen Stimme hören. Na gut, er hatte dem alten Kerl eine Reise in die Vergangenheit abverlangt, nun durfte der eine Gegenleistung erwarten. Und wenn es nur war, dass Edgar sich am Riemen riss, um diese Chance nicht zu versauen. Vor dem Vorfall mit Sabine Rottluff hätte Edgar lediglich Fionas furchtbares Essen tapfer in sich hineinzuschaufeln und es in den höchsten Tönen loben müssen, um sie gnädig zu stimmen. Heute verließ Edgar die Küche in der Gewissheit, dass das nicht ansatzweise ausreichen würde.

Lukas stand neben seinem alten Herrn Friedberg Söder im Garten. Mit den Gummistiefeln knöcheltief in den Matsch eingesunken, mühten sie sich zu zweit, eine Schubkarre voll mit Hühnermist zu bewegen. Vorn schob der Alte, hinten zog Lukas und wenn es nicht in Strömen geregnet hätte, hätte Edgar das Bild durchaus noch eine Weile zum puren Vergnügen genossen. Er winkte über den Zaun, um die Aufmerksamkeit der beiden zu gewinnen.

Lukas Söder bemerkte ihn und ließ die Schubkarre los. Der alte Söder geriet ins Straucheln und der Hühnermist ergoss sich im Garten. »So ein verfluchter Schissdreck, verdammichter!«

»Lass gut sinn, Vadder«, beruhigte Lukas ihn. »Geh schon ma rinn in die Stube, ich kümmer mich um das Elend.«

Edgar fragte sich, ob er damit gemeint war.

Der alte Söder verschwand fluchend Richtung Haus. Bei jedem Schritt schmatzten die Gummistiefel und ein ums andere Mal wäre er beinahe steckengeblieben. Das Fluchen ließ erst nach, als die Tür hinter ihm zufiel.

Lukas hatte sich derweil zum Gartenzaun vorgekämpft. Seine sonst so ordentlich drapierte Stirnlocke hing triefnass vom Schädel. »Du kommst doch nit bei dem Schisswetter russ, um nett zu plaudern.«

Edgar hasste es, wie einfach er zu durchschauen war. »Albrecht und ich brauchen morgen den Karren und einen Chauffeur.«

»Ach, und wohin soll's gehen?«

Am liebsten hätte Edgar geantwortet, dass ihn das gar nichts anginge, dann fiel ihm ein, dass Kaltblut und Karren nicht mehr Albrecht gehörten und es Lukas sein würde, der sie kutschieren musste. »Wir wollen mit dem Johann in den Wald fahren. Zu der Stelle, an der er vermutlich das letzte Mal seinen Vater getroffen hat. Um die Erinnerung auf Trab zu bringen.«

Lukas ballte die erhobene Faust. »Dem sinne Erinnerung kann ich au uff andere Weise uff Trab bringen.«

»Lukas!«

»Is doch wahr. Der soll sehen, dass er sich zum Teufel scheren tut. Seit der widder im Ort is, schläft der Vadder schlecht.«

Das konnte Edgar sich lebhaft vorstellen. Immerhin war es der alte Söder gewesen, der die Hetzjagd auf Johann vorweg angeführt hatte. Ins Jagdfieber gebrüllt hatte er die Meute mit seinen Parolen. Edgar war ihnen mit seinem älteren Bruder Gutmund gefolgt, so wie es der Vater ihnen aufgetragen hatte; um Bescheid zu geben, falls die Verfolger Johanns Fährte finden würden. Doch die waren in die entgegengesetzte Richtung gelaufen und Johann Veit war entkommen. Bilder drängten sich auf, die Edgar eine Gänsehaut machten. Bilder von dem, was mit Johann Veit geschehen wäre, wenn die ihn erwischt hätten. Albrecht hatte damals gar keine Wahl gehabt. Hätte er Johann einem wütenden Mob zum Fraß vorwerfen sollen? Die wollten doch nur einen Schuldigen, damit ein Mord gesühnt war, für den beinahe jeder im Ort ein Motiv gehabt hatte. Vermutlich sogar der Söder, wenn man nur tief genug kramte, denn beim Wagner hatte das halbe Dorf Schulden oder sonst wie eine Rechnung offen.

»Weißt du, Lukas, wenn deinen Vater das schlechte Gewissen plagt, wäre es ein Grund mehr, Johann Veit zu unterstützen.«

Lukas stutzte. Er zog den Kragen nach oben, wischte sich mit der Haarsträhne einen Schwall Wasser aus dem Gesicht. »Is ja gut, ich fahr euch. Wann soll's dann morgen losgehen?«

»Ich mach die Praxis um zwölf zu, danach können wir los. Wird ja so früh dunkel und bei Dämmerung sollten wir besser zurück sein.«

»Verrätste mir au, wo's hingehen soll?«

»Das kann ich dir nicht genau sagen. Irgendwo nach Norden in den Wald.«

»Na, dann ess ma schön den Teller leer heut Abend, damitte wir morgen nit mitsamt dem Gaul im Matsch versinken tun.«

»Das werd ich machen.« Edgar hob die Hand zum Abschied. Er eierte auf dem schlüpfrigen Kopfsteinpflaster die Gasse hinunter.

In seinem Rücken schmatzten Lukas' Gummistiefel, dann knallte eine Tür.

Edgar schmunzelte in sich hinein. Noch ein Sohn, der lieber die Bürde des Vaters trug, als gemeinsam die Vergangenheit zu beackern. Daran würden die Deutschen ewig zu knabbern haben. Nun ja, jetzt gerade war es Edgar nützlich.

Auf dem Heimweg prasselte der Regen so unnachgiebig auf Edgars Schirm, als wolle er sagen: Ich höre erst auf, wenn auch du dich der Vergangenheit stellst.

MITTWOCH, DER 7. APRIL

In den letzten Monaten hatte sich vor allem eines als unheilbringende Verbindung erwiesen: der Fuß von Heiner Brand und Gummistiefel.

Auf Edgars Plan standen wie jeden Mittwoch terminierte Operationen. Unspektakuläre Sachen: Warzen ausschneiden, Furunkel eröffnen, alte Wunde auffrischen, wenn die nicht heilen wollten, vereiterte Fußnägel ziehen – wie den von Heiner Brand vor gut einem Jahr. Mittlerweile fehlte Brand der gesamte Zeh. Er hatte stur alle Ratschläge ignoriert und den Fuß wiederholt samt frischer Wunde in denselben miefigen Gummistiefel gesteckt. Nicht mal eine böse Blutvergiftung und ein Aufenthalt in der Klinik, wo man den Zeh amputieren musste, konnten Brand eine Lehre sein.

Brand hatte keinen Termin an diesem Morgen. Heute schleifte ihn seine Ehefrau Elsbeth am Kragen in die Praxis und übergab ihn an Edgar mit den Worten: »Hier! Den können Se behalten. Machen Se mit dem, was Se wolln. Heimkommen muss hä nit mehr.« Sie machte auf dem Absatz kehrt und ließ Edgar und Brand im Wartezimmer stehen.

Edgar sah die beiden Patienten mit Termin entschuldigend an. Die lächelten milde. Brand und seine Elsbeth sorgten seit Monaten für Gesprächsstoff im Ort, das wusste man wohl mittlerweile zu schätzen und wartete gerne etwas länger.

»Kommen Sie erst mal mit ins Sprechzimmer.«

Brand hüpfte auf einem Bein vor Edgar her.

Edgar deutete auf die Behandlungsliege und Brand wuchtete sein Hinterteil darauf. Bevor er sich hinlegen konnte, zog Edgar zuerst den Gummistiefel vom gesunden Fuß. Der Geruch von überreifem Käse stieg ihm in die Nase, Edgar hatte sich damit abgefunden, dass der Dauerregen eine Menge gewöhnungsbedürftiger Düfte mit sich brachte. Dann atmete er tief ein, hielt die Luft an und zerrte an dem anderen Gummistiefel.

Brand schrie auf.

»Sie haben schon wieder Zeitungspapier reingestopft? Sagen Sie mal, sind Sie von allen guten Geistern verlassen?«

Brand wimmerte: »'s war nass do drin. Irgendwas musst ich doch rinstoppen.«

»Sie hätten alles Mögliche in den Schuh stopfen dürfen, aber nie und nimmer Ihren Fuß.« Edgar war laut geworden. Insgeheim ärgerte er sich über Elsbeth Brand, dass die die Stiefel nicht längst entsorgt hatte. Der Fuß roch nach verfaultem Fleisch. Edgar spürte eine Welle von Übelkeit aufsteigen. »Beißen Sie jetzt fest die Zähne zusammen.« Er lüpfte mit einer Klemme die feuchte Socke an, schnitt sie mit der Schere auf und pellte sie vom Fuß. Bei dem, was darunter zum Vorschein kam, taumelte er einen Schritt zurück. Er hob die Hände in die Luft, um Brand zu signalisieren, dass er das, was von seinem Fuß noch übrig war, auf keinen Fall anrühren würde. »Ich kippe da jetzt alles an Jod drüber, was ich habe, gebe Ihnen eine Spritze gegen die Schmerzen und lasse einen Krankenwagen kommen.«

Brand hob den Kopf und sah ihn fragend an. »Wieso denn einen Krankenwagen?«

»Amputationen mach ich nicht hier in der Praxis.« Mehr Informationen hatte Brand nicht verdient, sollte er sich ruhig den Kopf zermartern. Bestimmt würde man ihm den gesamten Fuß abnehmen müssen. »Sie bleiben, wo Sie sind, ich gehe telefonieren.«

Edgar stapfte durch das Wartezimmer bis in den Flur zum Wohnbereich und griff nach dem Telefonhörer. Er überlegte kurz, ob er Brand besser gleich in die Psychiatrie bringen lassen sollte, dann besann er sich und nahm den Hörer ans Ohr. Die Leitung war noch immer tot. Ihm blieb nichts anderes übrig, als die wartenden Patienten zu bitten, ob einer von ihnen für Brand den Krankentransport spielen könnte. Gunther Jäger bot sich an und Edgar hielt es für vertretbar, dessen Termin wegen der schlecht verheilenden Hundebisse von Erdmann zu verschieben.

Vor der Abfahrt versorgte er Brand mit einer Spritze, die einen Elefanten betäubt hätte, und setzte einen kurzen Brief für den Arzt im Stadtkrankenhaus auf, in dem er ihm riet, Brands Geisteszustand ebenfalls einer Prüfung zu unterziehen. Insgeheim kannte Edgar das Ergebnis: Der Mann verfügte über die nordhessische Sturheit eines Esels und akuten Mangel an Grips.

*

Die Kirchturmuhr läutete gerade zur Mittagszeit, als Edgar vor Albrechts Tür stand. Albrecht hatte keine Lust, lange herumzudrucksen: Ein Ausflug in den Wald kam auf keinen Fall infrage. Der Regen plödderte auf die Straße, seine Gelenke fühlten sich an, als würden sich bei jeder Bewegung Eisenspäne darin abreiben, und seit Tagen wurde er morgens überhaupt nicht mehr wach.

Edgar guckte ihn enttäuscht an.

»Ein andermal«, bemühte sich Albrecht, »versprochen.«

»Jaja«, seufzte Edgar.

»Ich hab das schlechte Wetter nicht bestellt«, meinte Albrecht sich verteidigen zu müssen.

Vor dem Gasthaus wartete Johann Veit. Albrecht glaubte, in dessen Gesicht milde Enttäuschung lesen zu können, die rasch Erleichterung wich. Albrecht konnte gut nachvollziehen, dass hinter dem Wunsch nach Erkenntnis die Angst lauerte, was diese zutage fördern konnte. Manche Erinnerung war in der Vergessenheit besser aufgehoben.

»Darf ich euch wenigstens auf ein Bier einladen?«, fragte Johann Veit.

Edgar nahm zu Albrechts Überraschung sofort an.

Sie folgten Veit in die Gaststube. Der Raum war leer. Veit ging vor bis zu einem Tisch in einer hinteren Ecke.

Reinhold Noll hatte ihren Einzug mit gehobener Augenbraue verfolgt. Seine Miene entspannte sich, als er ihre Platzwahl in der Ecke registrierte. Auch ohne Veit wären sie an Nolls Tresen nur bedingt willkommen gewesen, vermutete Albrecht.

Ohne dass sie etwas bestellt hätten, trat Reinhold Noll mit einem Tablett und drei Gläsern Bier an den Tisch. »Schnaps?«, fragte er in die Runde. »Ihr seht so aus, als könntet ihr einen gebrauchen.«

Möglicherweise hatte Albrecht den Blick des Gastwirts falsch gedeutet. »Gerne«, knurrte er. Er fühlte sich so müde, dass er die Zähne kaum auseinanderbekam.

»Au was zum Beißen?«

Edgar lehnte eilig ab, Albrecht und Johann Veit taten es ihm gleich.

»Stell noch'n Schoppen dazu.« Hinter dem Zapfhahn knarzte eine Stimme, deren Besitzer nicht auszumachen war. Der lichte Schopf vom alten Noll wippte über dem Tresen. Es dauerte eine Ewigkeit, bis der eingesunkene Greis dahinter zum Vorschein kam.

»Vadder! Ich honn dir doch gesprochen, du sollst die Stiege nit allein runnermachen. Du brichest dir noch das Genick.« Reinhold Noll eilte seinem Vater zu Hilfe, packte ihn am Arm und führte ihn mit sanfter Gewalt bis an den Tisch.

»Dann isses halt endlich vorbi. Da oben zu versauern is ja au kinn Leben.«

Noll platzierte seinen Vater am Tisch. »Ich bring gleich 'ne ganze Flasche.«

»Guter Junge!« Die knittrige Pergamenthaut warf eine Landschaft aus Falten um die trüben Augen. »Ihr schaut nit grad zufrieden drein«, wandte er sich an die Männer am Tisch.

»Wir haben versucht, Johanns Gedächtnis aufzufrischen.« Albrecht kniff die Mundwinkel ein, was ohne langwierige Ausführungen zu verstehen geben sollte, dass der Plan nicht funktioniert hatte.

»Mensch, Junge, hoste dann echt kinne Erinnerung mehr?« Der Noll guckte Johann an, als wolle er sagen: Guck mich an, alt wie ein Elefant und weiß noch alles!

Johann schaute betreten drein und blieb eine Antwort schuldig.

»Aber dass du mit dem ahlen Wagner hier Streit hottest, das haste nit vergessen, oder?«

Johann wiegte den Kopf leicht von rechts nach links. »Ich weiß manchmoh nit, was Erinnerung is un was man mir gesprochen hat.«

Albrecht stellte fest, dass zwei Sätze Unterhaltung mit dem alten Noll ausgereicht hatten, um Johanns Dialekt zu reaktivieren.

»Ich seh noch, wie der Wagner die Flasche auf den Tisch knallt und ich hör ihn lachen. Dieses Lachen. Das hab ich als im Ohr. Und danach ist die Erinnerung weg.«

»Ich honn versucht, dich zurückzuhalten. Aber du warst voll wie 'ne Haubitze. Wie'n Osse biste dem Wagner hinnerher. Dich hätt kinner uffhalten können nit.«

Johann sah den alten Noll an, als spräche der von jemand anderem. Und tatsächlich war das zum Teil die Wahrheit. Was hatte der noch letzten Sommer über den Johann gesagt: Ein rechter Simpel sei er gewesen. »Nit besonnersd helle.« Nun, scheinbar hatte Johann in der Fremde einiges dazugelernt, denn der, der nun mit ihnen am Tisch saß, war nicht mehr der Dorfdepp, über den sich alle lustig machen konnten.

»Herr Noll, wer von denen, die damals dabei waren, ist denn noch am Leben?«, fragte Edgar.

Reinhold Noll trat an den Tisch, verteilte Schnapsgläser und stellte die Flasche in die Mitte. »Finden Se nit, dass der Vadder genug Uffregung hotte?«

»Is gut, Reinhold, Kreuzworträtsel lösen beschleunigt nit grad den Puls.«

Albrecht schenkte eine Runde ein und der Noll kippte den Schnaps hinunter wie Wasser, dann spülte er mit einem Schluck Bier nach.

Albrecht nippte vorsichtig am Schnapsglas und bewegte die Flüssigkeit im Mund. Bevor es zu brennen begann, kippte er den Rest hinterher. »Ist kein schlechter.«

»Traut der Gizzkragen sich natürlich nit, de billige Plörre uff den Tisch zu stellen, wenn sinn Vadder dabi is«, flüsterte der Alte verschwörerisch und kniff ein Auge zu. Er hatte seinen Stock zwischen die Beine gestellt und beide Hände auf den Knauf gelegt. Es sah so aus, als ob er ohne diese

Stütze nach rechts oder links vom Stuhl kippen würde. »Es sinn nit mehr so ville übrig. De allermeisten sinn im Krieg geblieben. Un den Fasshauer und den Kuhfuß hots Platzek uffem Gewissen.« Er schaute an die Decke. »Kann von Glücke sprechen, dos sich 's Binie um mich kümmern tut, sonst wär ich au schon hin.«

Albrecht hielt es für müßig, ihm zu widersprechen. Er wartete ab, was Noll aus dem Gedächtnis kramen würde.

»Also, wir warn hier, der Reinhold un ich. Und der Wagner und der Johann. Der alte Söder wollte dazwischengehen. Der Schoppn-Schorsche gehörte zu dieser Zitt zum Inventar, der hot den Söder zurückgehalten. Der Fritz Veit kam erst später dazu, da war de Schose schon rum. Un wenn ich nit irre, is der Rest, der an dem Abend hier war, nit mehr am Leben.« Er nahm seine gichtgekrümmten Finger zu Hilfe und zählte noch mal durch. »Ne, das war's.«

»Es gibt also niemanden mehr, der über das berichten kann, was an dem Abend zwischen dem Zeitpunkt geschehen ist, an dem Johann die Kneipe verlassen hat und Karl Wagner erschlagen wurde«, sinnierte Albrecht.

»Niemand außer Pfarrer Hochapfel«, warf Edgar ein. »Der muss Fritz Veit zwischen dessen Besuch in der Kneipe und dem Mord getroffen haben.«

»Ja, und das liegt tief in Hochapfels Erinnerung vergraben. Er wird nie wieder darüber sprechen können.«

Johann Veit schaute fragend in die Runde.

Der alte Noll hob an, etwas zu sagen. Albrecht ging dazwischen, bevor Johann die Fakten um das Ableben seines Vaters auf eine Art und Weise erfuhr, die man keinem Kind antun sollte, egal wie alt es mittlerweile war. »Du weißt ja, dass dein Vater sich erschossen hat.«

Johann nickte traurig.

»Und dass der Pfarrer unmittelbar danebensaß?«

Johann schüttelte den Kopf.

»Nun, er saß nicht ganz freiwillig daneben.«

Johann stutzte.

»Dein Vater hat ihn aus dem Pfarrhaus entführt. Das ging wohl ziemlich ruppig ab. Es sah so aus, als wolle er den Pfarrer mit in den Tod reißen, hat es sich am Ende aber doch anders überlegt. Vielleicht wollte er, dass jemand dafür sorgt, dass du die Wahrheit erfährst. Leider waren seither aus Hochapfel nicht mehr als zwei Worte herauszubekommen.«

Johann sah Albrecht fragend an.

»Niemals vergessen.«

»Niemals vergessen?«

»Ja, das ist das Einzige, was er seitdem gesagt hat.«

»Das stimmt nit«, die Stimme vom alten Noll klang wie ein rostiges Scharnier.

Alle Köpfe drehten sich in seine Richtung.

»›Lamm Gottes, du nimmst hinweg die Sünden der Welt‹, hot hä gesprochen.«

»Wann hat er das gesagt?« Edgar hatte sich gespannt vorgelehnt.

»Hä besucht mich alszus in minnen Träumen.«

Ein Ausatmen wanderte der Reihe nach um den Tisch.

Reinhold Noll war zu der Gruppe herangetreten. »Der Vadder träumt schlecht. Der Schlaf is im Alter nit mehr so tief.« Hinter dem Rücken seines Vaters drehte der Zeigefinger eine Runde auf Höhe der Schläfe.

»Reinhold! Ich weiß genau, was du da tust. Ich bin nit verrückt, ich bin nur alt.«

»Wie wäre es, wenn wir dem Pfarrer einen Besuch abstatten? Vielleicht kann die Begegnung bei beiden etwas in der Erinnerung wachrütteln.«

Edgar schaute zuversichtlich, doch Albrecht hörte den Zweifel in seiner Stimme. »Schaden tut es bestimmt nicht«, sagte er.

»Gut. Dann treffen wir uns morgen hier und fahren gemeinsam nach Helsa, wenn im Seniorenheim Kaffeezeit ist.«

»Grüßen Se de ahle Krähe von mir und sprechen Se emme, dass hä sich uss minnen Träumen verdünnisieren soll. Sonst kimm ich au ma des Nächtens vorbi!« Der alte Noll stieß ein Lachen aus, das wie eine Fehlzündung klang.

Sogar Johann musste schmunzeln, doch schon nach einer Sekunde verfinsterte sich seine Miene.

DONNERSTAG, DER 8. APRIL

Albrecht saß vorne neben Veit, dessen pomadige Haare am Himmel des BMW schubberten. Von außen machte es den Eindruck, als säße Veit in einem Spielzeugauto. Der Fahrersitz war bis zur letzten Raste nach hinten geschoben und trotzdem waren zwischen Lenkrad und Johanns Oberkörper nur wenige Fingerbreit Luft.

Edgar setzte sich auf den Rücksitz und stellte mit Genugtuung fest, dass das übliche Flattern im Magen ausblieb. Seit er einige Fahrten auf der Saxonette absolviert hatte, brach ihm nicht jedes Mal, wenn er Motorengeräusch hörte, der Schweiß aus. Heute war es der souveräne Fahrstil von Veit, der eine beruhigende Wirkung auf Edgar ausübte, obwohl Veit selber dreinschaute, als stünde ihm das jüngste Gericht bevor.

Nicht mal fünf Minuten dauerte die Fahrt bis zum Seniorenstift, das landläufig unter der Bezeichnung »Genese« bekannt war. Sie parkten den Wagen an der Straße vor dem Gebäude. Albrecht und Johann eilten durch den Haupteingang, um dem einsetzenden Regen zu entfliehen, Edgar blieb eine Weile davor stehen. Selbst mit allergrößtem Wohlwollen betrachtet, konnte das Bauwerk seine wechselhafte Geschichte schwerlich verbergen. Dieses beeindruckende Gebäude war mit Absicht auf einer Anhöhe errichtet worden, um den Machtanspruch der Herrenmenschen zu unterstreichen. Edgar erinnerte sich daran, wie die Hakenkreuzfahnen vor den Balkonen geweht hatten. 1938 war er ein

Kind gewesen. Heute fühlte er sich im Angesicht dieser Erinnerung kaum größer als damals.

Er atmete tief ein, hielt die Luft im gespannten Brustkorb und folgte Albrecht und Johann durch den Eingang.

Ludger Käse eilte ihnen im Flur entgegen. Die Kunde von dem ungewöhnlichen Besuch hatte ihn bereits bei ihrer Ankunft in seinem Büro erreicht. Er führte die Gruppe durch die Gänge und setzte sie auf dem Weg in den Speisesaal ins Bild. Viel Neues hatte er nicht zu berichten: Karl-Friedrich Hochapfel war in guter Verfassung, hatte jedoch seit der Verlegung von Merxhausen nach Helsa so gut wie nicht gesprochen. Das halbe Dorf hatte ihm bereits Besuch abgestattet, doch er hatte stets stumm vor sich hingestarrt.

Edgar traute seinen Augen kaum, als eine üppige Schwester Hochapfel zu ihnen an den Tisch brachte. Der bleistiftdürre Pfarrer hatte sich einen Kugelbauch zugelegt. Ob das das Ergebnis gut gemeinter Besuchskuchen war? Es konnte auch an der ungewohnten Alltagskleidung liegen, dass Edgar das Bäuchlein zum ersten Mal auffiel.

Die Schwester platzierte Hochapfel auf einem Stuhl. Er sank beinahe augenblicklich in sich zusammen und starrte auf die leere Tischplatte vor sich. Er trug einen grauen Pullunder über einem hellblauen Hemd und schien frisch rasiert und gekämmt worden zu sein. Jemand hatte ihm recht ruppig die Haare aus dem Gesicht gekratzt, die Wangen waren von roten Striemen überzogen. Edgar ließ das Bild auf sich wirken. Der alte Mann in Pantoffeln hatte nichts mehr gemein mit der ehrwürdigen Person, die Hochapfel noch vor wenigen Monaten gewesen war. Und selbst wenn man ihn in die schwarze Kluft gezwängt hätte, wäre dieser hier nicht der, dem man seine strengen Prinzipien ohne Widerworte abnahm.

Albrecht ging vor. Er beugte sich in das Blickfeld Hochapfels und wartete ab, bis dieser den Kopf hob und Albrecht trübe anblinzelte.

»Karl-Friedrich. Wie geht es dir? Wir wollten mal nach dir sehen. Schau, ich habe dir jemanden mitgebracht.«

Der Blick des Pfarrers folgte müde Albrechts ausgestrecktem Arm. Er sah Veit und Edgar an, dann sank sein Kopf wieder.

Albrecht setzte sich neben Hochapfel und winkte Veit näher. Der nahm auf der anderen Seite des Pfarrers Platz.

Edgar stand hilflos da, bis er den Servierwagen mit den Kaffeetassen und den Plätzchen entdeckte. Er entschied, sich nützlich zu machen, und füllte vier Tassen mit Kaffee und einen Unterteller mit Keksen und balancierte alles auf einem Tablett zum Tisch. Keiner der drei nahm Notiz von ihm. Albrecht und Johann fixierten Hochapfel, der seinerseits von der Tasse hypnotisiert zu sein schien, die Edgar vor ihm abstellte.

Edgar hielt das seltsame Schweigen nicht aus. Wie er es bei älteren Patienten häufiger tat, hob er die Stimme: »Herr Hochapfel? Können Sie mich verstehen?«

Eine Dame am Nachbartisch gab ein paar entrüstete »Ts, ts, ts« von sich, stand auf und setzte sich einen Tisch weiter weg. Edgar blieb bei der gewählten Lautstärke. »Herr Hochapfel?«

Der Pfarrer zuckte, als habe man ihn aus einem Tagtraum gerissen, hob den Kopf und sah Edgar geradewegs in die Augen. Edgar erschrak. Der Blick des Pfarrers war leer, als schaue er direkt durch ihn hindurch. Edgar ließ sich nicht entmutigen. »Herr Hochapfel, erinnern Sie sich an Johann Veit? Er ist hierhergekommen, um zu erfahren, was mit seinem Vater geschehen ist.«

Albrecht schien es Unbehagen zu bereiten, dass Edgar lauter sprach, als es der lauen Gesprächstemperatur im Raum angemessen war. Er sah Edgar an und schüttelte den Kopf.

Jetzt musste Albrecht ihm halt einmal vertrauen. »Sie sind der Einzige, der die letzten Stunden von Fritz Veit miterlebt hat, oder?« Edgar legte Nachdruck in seine Worte, als säße Hochapfel in einem Verhör. »Erkennen Sie Johann Veit wieder?«

Zumindest drehte sich der Kopf des Pfarrers in die Richtung von Veit und verharrte in dieser Position.

Edgar nippte an seiner Kaffeetasse, dann ließ er sie frustriert wieder sinken. Getreidekaffee! Ein Grund mehr, schnell zum Punkt zu kommen. »Herr Hochapfel, Sie waren damals vor Ort, als die Leiche von Karl Wagner gefunden wurde. Der Morgen, an dem Johann Veit aus dem Dorf fliehen musste. Herr Veit kann sich nicht mehr an das erinnern, was geschehen ist. Können Sie uns etwas über den Morgen berichten? Oder über den Abend davor? Hat Fritz Veit mit Ihnen gesprochen, bevor er Karl Wagner erschlagen hat? Ist das der Grund, weshalb er Sie entführt hat und mit in den Tod nehmen wollte?«

Albrecht langte über den Tisch und fasste Edgars Unterarm. Edgar hatte gar nicht bemerkt, dass seine Finger nachdrücklich auf die Tischplatte geklopft hatten. Er nahm Albrechts Hand von seinem Arm und warf ihm einen eindringlichen Blick zu. *Vertrau mir!*

Albrecht schaute unglücklich und auch Johann Veit machte den Eindruck, als wäre er lieber woanders.

»Es gibt nur einen Menschen, der Antworten liefern kann, und das sind SIE!« Edgar sah ganz deutlich, dass der Ringmuskel um Hochapfels Augen eine winzige Kontraktion vollführte; die Worte waren im Kopf des Pfarrers angekommen.

Die Frau, die einen Tisch weitergerückt war, stand entrüstet auf und verließ den Speisesaal.

Edgar atmete tief ein, um nachzusetzen, wurde aber jäh unterbrochen.

Ludger Käse kam herbeigeeilt. »Ich bitte Sie, Herr Brix! Sie müssen doch am besten wissen, dass das nichts bringt.«

Edgar presste die Zähne aufeinander, bis das Knirschen in seinem Kopf dröhnte. Er sprang auf. »Dann brechen wir das hier ab.«

Ludger Käse sah Edgar hart an. »Das halte ich für eine gute Idee.«

Albrecht war aufgestanden und hatte Edgar am Arm gepackt. »Wir kommen vielleicht ein andermal wieder«, sagte er mit entschuldigendem Zwinkern zum Heimleiter.

Edgar wurde wütend. »Bald. Wir kommen *bald* wieder.« Er wand den Arm aus Albrechts Griff und stürzte aus dem Raum schnurstracks Richtung Ausgang.

Vor der Eingangstür atmete er durch. Sein Puls klopfte im Hals und flachte nur allmählich ab. *Was ist bloß in mich gefahren?*

Albrecht und Veit traten aus der Tür. Albrecht wollte gerade ansetzen, etwas zu sagen, von dem Edgar sich gut vorstellen konnte, dass es keine Lobrede auf das Verhalten des Freundes war. Er kam nicht dazu: Von der Hauptstraße her heulten Sirenen. Ein Polizeiwagen raste Richtung Ortsausgang, kurz darauf folgte ein zweiter. Die Sirene wurde leiser, dann schwoll das Geräusch erneut an, als die Wagen die Steigung der Landstraße nach Wickenrode erreichten.

Albrecht starrte dem Krach hinterher und Edgar tat es ihm gleich. Albrecht zerrte ihn am Ärmel. »Los«, herrschte er ihn an wie einen unwilligen Gaul, »ich hab da ein ganz dummes Gefühl.«

Johann Veit öffnete den Mund, aber ihm schienen die Worte zu fehlen. Der Autoschlüssel, den er aus der Tasche nahm, entglitt seinen zitternden Fingern. Albrecht klaubte ihn mit einem tiefen Seufzen vom Boden auf und eilte samt Schlüssel davon. »Nun los!«, konnte Edgar hören, dann sagte Albrecht noch etwas, was im Schlüsselgeklapper unterging. Albrecht öffnete den Wagen und stieg ein.

Johann stolperte mehr, als er ging, Edgar folgte ihm, weil ihm keine andere Wahl blieb. Er hatte ein Bein im Wagen, als von der Straße her erneut Sirenengeheul anhob, um dann in Windeseile in den Kehren der Landstraße Richtung Wickenrode zu verschwinden. Dieses Mal war es ein Krankenwagen gewesen.

Am Ortseingang von Wickenrode trat Johann Veit so unerwartet auf die Bremse, dass Albrecht mit dem Kopf auf dem Armaturenbrett aufschlug. Das Knirschen von Glas tat Edgar in den Ohren weh. Er selbst konnte sich gerade noch am Beifahrersitz abstützen.

»Sag mal, spinnst du?« Albrecht hielt sich die Stirn. Die Brille hing ihm schief im Gesicht, ein Glas war zersplittert.

Veit schien ihn nicht zu hören. Er starrte auf die Szene, die sich unmittelbar vor ihnen auf der Berliner Straße abspielte.

Die Polizeiwagen standen mit offenen Türen in der Einfahrt vom »Brauborn«, der Krankenwagen hatte direkt dahinter mitten auf der Straße angehalten. Zwei Sanitäter sprangen gerade in die Kneipe.

Edgar bemerkte die hervortretenden Knöchel an Johann Veits Händen, die das Lenkrad umklammerten wie Schraubzwingen, die Arme zitterten unter der Anspannung. Der Mann war weiß wie eine Wand und Schweißperlen glänzten auf der Stirn.

Wenn nicht einer eingreift, wendet der den Wagen und rast davon, dachte Edgar.

Tatsächlich heulte der Motor auf, als Veit bei durchgetretener Kupplung auf das Gaspedal trat.

Albrecht war noch viel zu sehr mit den Folgen seines Aufpralls beschäftigt, um etwas von all dem bemerkt zu haben.

Edgar legte Veit von hinten eine Hand auf die Schulter.

Der Mann zuckte zusammen. »Verdammicht …«, wisperte er.

»Das muss nichts bedeuten.« Edgar wusste selber, dass das ein lahmer Versuch war, aber ihm fiel nichts Besseres ein. »Vielleicht gab es eine Schlägerei in der Kneipe.«

Albrecht hatte sich die Brille auf der Nase gerichtet und linste durch das heile Brillenglas. »Ach ja? Und dafür holen die die Kripo?«

Aus der Eingangstür der Kneipe arbeitete sich Kommissar Matthias Frank auf Krücken ins Freie. Er hatte eine ähnliche Gesichtsfarbe wie Johann Veit, sein Brustkorb hob und senkte sich unter schweren Atemzügen. Er schien mit der Übelkeit zu kämpfen.

Noch immer machte Veit keinen Mucks. Edgar konnte sich lebhaft vorstellen, welche Bilder in Veits Kopf Gestalt annahmen. Er musste sich etwas einfallen lassen, bevor Veit mitsamt seinen beiden Mitfahrern davonrasen und eine große Dummheit begehen würde.

Edgar stieg aus und öffnete die Fahrertür. »Kommen Sie mal raus an die Luft und atmen Sie tief durch.« Er versuchte behutsam, Veits Finger vom Lenkrad zu lösen.

Albrecht linste ungläubig durch die lädierte Brille. »Was ist denn eigentlich los?«

»Hilf mir mal lieber, ich glaube, der steht unter Schock.«

»Ich steh selber unter Schock!« Albrecht hatte sich eine Hand in den Nacken gepresst. »Ich hab das Gefühl, als hätte mir ein Pferd in den Rücken getreten.«

Diesen Jammerton kannte Edgar nicht von Albrecht. »Dann bleib besser, wo du bist.« Wie die Schale von einer Orange pellte er behutsam jeden einzelnen von Veits Fingern vom Lenkrad. Nachdem er die Hand gelöst hatte, nahm er sie fest in die seine und rieb sie. Sie war eiskalt. Er versuchte, den Blick von Veit einzufangen, doch der starrte regungslos durch die Windschutzscheibe. Edgar rubbelte ihm die Hand. »Kommen Sie, Sie müssen aussteigen.« Edgar hatte bei Tieren beobachtet, dass die die Schockstarre mit Bewegung aus den Muskeln vertrieben. Dieses Ruhigstellen von Unfallopfern hielt Edgar von jeher für einen großen Fehler. So hatte man es damals nach dem Unfall mit ihm gemacht. Er spürte noch immer das Zucken seiner Muskeln unter den Gurten, mit denen man ihn auf der Trage festgeschnallt hatte, dabei wäre er am liebsten, verletzt wie er gewesen war, im Dauerlauf in die Klinik gerannt, in die man seine Kinder gebracht hatte. In dieser erzwungenen Starre hatte sich der Schock in die Muskeln gefressen und hatte sie seitdem nicht mehr verlassen. In allen Fasern saß er und lauerte seitdem auf die kleinste Gelegenheit, sich zu zeigen. Das wollte er Veit ersparen. Er begann damit, die andere Hand vom Lenkrad zu lösen. Endlich drehte sich der Kopf von Veit zu ihm um, quälend langsam. Er sah ihn an und Edgar wurde schlecht. Das waren nicht die Augen eines erwachsenen Mannes, das war der Blick eines Kindes, das eine Höllenangst hatte.

»Ich muss hier weg«, wisperte er.

»Ihnen wird nichts passieren. Das verspreche ich.« Edgar hatte alles Feste in die Stimme gelegt, dessen er beim Anblick dieses panischen Riesen fähig war. Er rechnete damit, dass Johann Veit ihn niederschlagen und wie damals erneut zu Fuß fliehen würde.

Die Worte kamen beinahe unhörbar: »Die bringen mich um.«

»Keine Sorge, ich bin bei Ihnen. Vielleicht ist gar nichts Schlimmes geschehen. Kommen Sie, steigen Sie bitte aus. Sie müssen sich mal strecken und ein paar Schritte gehen. Bitte!«

Edgar spürte, dass Veit nachgeben würde. In dem Moment brüllte jemand über die Straße: »Da isser!«

Johann Veit trat auf das Gaspedal und der Wagen machte einen Sprung nach vorne. Edgar stürzte und schlug hart auf den Asphalt auf. Ein stechender Schmerz durchfuhr sein Schultergelenk.

Knallend legte Veit den Rückwärtsgang ein. In der Zwischenzeit hatte sich von hinten ein weiteres Fahrzeug genähert. Drehen war unmöglich. Wieder wechselte Veit den Gang, dann schoss der Wagen einige Meter nach vorne. Kommissar Frank hatte die Krücken zur Seite gepfeffert und war einbeinig die Treppe vor dem Eingang auf die Straße hinuntergesprungen. Mit der Unwucht seines Gipsbeins hüpfte er ungelenk direkt vor Veits Auto. Edgar wollte sich gerade die Hände vor die Augen halten, um den Aufprall nicht mit ansehen zu müssen, da kam der BMW mit quietschenden Reifen zum Stehen. Albrecht jaulte wie ein Hund.

Edgar versuchte aufzustehen. Beim Versuch, sich abzustützen, durchfuhr ein Schmerz seinen linken Arm, der ihm die Tränen in die Augen jagte. Er kämpfte sich hoch und stürzte Richtung Wagen. Albrecht hing schief im Sitz, Veit saß noch genauso da wie vorher. Die kräftigen Arme, die das Lenkrad umklammerten, hatten die Bremsung abgefangen.

Mittlerweile waren einige Leute aus der Kneipe gestürzt. Darunter zwei Uniformierte und ein Sanitäter.

»Hierher!«, brüllte Edgar und winkte wie wild dem Mann mit dem roten Kreuz auf der Jacke zu. Er fühlte Albrechts Puls. Kräftig und gleichmäßig. Vorsichtig fasste er unter sein Kinn und hob den Kopf. Die Brille war zu Boden gefallen, der Nasenbügel hatte lila Druckstellen auf den Innenseiten des Nasenrückens hinterlassen. Auf Albrechts Stirn wuchs eine Beule. Edgar konnte förmlich dabei zusehen, wie das Blut ins Gewebe schoss.

Albrechts Körper regte sich. »Au!«, knurrte er.

»Nicht bewegen.« Edgar hielt ihn mit sanftem Druck in der Position fest. »Kann sein, dass deine Wirbelsäule verletzt ist.«

»Die Brille ist kaputt«, murmelte Albrecht in der verkrümmten Haltung zwischen seinen Beinen.

»Wir kaufen dir eine neue«, flüsterte Edgar. Der Sanitäter war mittlerweile bei ihm angekommen. »Ich bin Arzt«, klärte Edgar ihn auf. »Der Mann braucht eine Halskrause.«

Ein Polizist hatte die Krücken vom Boden aufgehoben und sie Matthias Frank gebracht. Der Kommissar wackelte auf Edgar zu. »Wieso hab ich darauf keine Wette abgeschlossen? Wenn ich nach Wickenrode gerufen werde, können Sie ja nicht weit sein.«

Die zwei Polizisten, die aus der Kneipe gekommen waren, mühten sich, Johann Veit zum Aussteigen zu bewegen, doch der saß ans Steuer gekrallt wie ein Fels. Edgar verfolgte aus dem Augenwinkel, wie sich der Sanitäter Albrechts annahm, ihn vorsichtig im Sitz nach hinten kippte, nur um festzustellen: »Die Hand sieht aus, als sei sie gebrochen.«

»Oh nein«, entfuhr es Edgar, »nicht schon wieder!«

»Und was ist mit Ihrem Arm?« Matthias Frank deutete auf Edgars linke Körperhälfte.

Jetzt erst bemerkte Edgar, dass er die Schulter schief hielt. Er ruderte mit dem Arm. Es tat weh, aber es schien alles heil zu sein. Geprelltes Schultergelenk, weiter nichts.

»Soll ich mir das ansehen?«, fragte der Sanitäter, der sich um Albrecht kümmerte.

»Ist nicht so schlimm«, entgegnete Edgar, »kümmern Sie sich lieber um Herrn Schneider, das ist wichtiger.«

»Ich denke, den laden wir gleich ein.«

»Ich weiß, dass das nicht Ihr Bezirk ist, aber bringen Sie ihn bitte nach Kassel. Und einen schönen Gruß an Doktor Zeidler.«

Frank tippte Edgar auf die Schulter. »Vielleicht kümmern Sie sich mal um den Kneipier und seine Frau. Die sind, gelinde gesagt, ziemlich durch den Wind.«

»Was ist denn passiert?«

»Kommen Sie mit und schauen selbst.«

Was auch immer Frank damit meinen konnte, Edgar fragte sich, ob er es sehen wollte. Der Tumult hinter ihm ließ ihm keine Zeit, länger nachzudenken. Als ob Veit in seinem Wagen festgewachsen war, zerrten die Polizisten an ihm rum, bewegten ihn aber keinen Millimeter.

»Holt den Kerl endlich da raus und dann nichts wie in Gewahrsam mit ihm!«, herrschte Frank die beiden an.

Hätte Edgars Schulter nicht wie die Hölle gebrannt, hätte er sich zwischen Johann Veit und die Beamten gestürzt. »Aber er hat nichts getan. Er war die ganze Zeit bei uns.«

»So? Na, dann folgen Sie mir mal.« Frank hatte eine beängstigende Lakonie in seine Stimme gelegt. Auf die Krücken gestützt, humpelte er Richtung Eingang.

Im Gastraum saß Sabine Noll. Ihr sonst gut durchblutetes Gesicht sah aus wie ein Laken, ihr Körper wurde von heftigen Schluchzern geschüttelt. Reinhold Noll hielt sie im Arm. Der Kneipenwirt sah aus, als hätte ihm jemand alle Kraft aus dem Leib geprügelt. Hilflos wischte er seiner Sabine mit einem Taschentuch die Tränen aus dem Gesicht und murmelte ihr unverständliches Zeug ins Ohr.

»Ich bleib hier unten, wenn's recht ist«, sagte Frank zu Edgar. Er deutete mit einer Krücke auf die Stiege in das Obergeschoss und dann auf sein Gipsbein. »Gehen Sie ruhig hoch und schauen Sie es sich an. Aber nichts anfassen!«

Edgar ging bis zum Fuß der schmalen Treppe. Er blieb stehen. Mehrere Schuhe hatten klebrige Fußabdrücke auf den Stufen hinterlassen. *Die Wahl zwischen Tod und Teufel.* Die Stimme des Vaters hallte in seinem Kopf, hinterließ ein Echo wie der Schlägel einer Glocke. Edgar fasste sich an die Stirn, der Raum drehte sich um ihn. Übelkeit kroch ihm in die Brust. Er umklammerte das Treppengeländer und atmete tief durch. Er zog sich am Handlauf hoch, Stufe für Stufe. Ihm war, als würde der Sauerstoff mit jedem Schritt weniger. Endlich oben angekommen, stürzte ein Beamter an ihm vorbei und rempelte ihn an der Schulter an. Edgar spürte nicht mal den Schmerz, der da sein musste. Der Polizist hielt etwas von sich gestreckt, was in einen Schal gewickelt war. Seine Unterarme sahen aus, als habe er sie in einen Bottich mit Blut getaucht. Zielstrebig flog er mitsamt dem, was er in Händen trug, die Stiege herunter.

Edgar atmete tief ein, hielt die Luft an und bog um die Ecke in das Wohnzimmer.

Der alte Noll saß in dem Sessel, in dem er immer gesessen hatte. Der Sessel war nicht mehr grün. Noll starrte mit aufgerissenen Augen Richtung Fenster. Er schien breit zu grinsen, dabei war es eine Wunde, die quer über seinen Hals klaffte, lang und tief. Ein Schnitt, mit dem man ein Tier erlegte, der Mann musste binnen Sekunden verblutet sein.

Edgar blieb im Eingang stehen. *Tod und Teufel.* Wenige Stunden zuvor hatte Noll mit ihnen getrunken, jetzt saß er da, hingerichtet wie Schlachtvieh. Das Blut war überall hingespritzt, an die Wände, auf die Möbel. Die Zeitschrift, die auf Nolls Schoß lag, schwamm auf der Decke, in die der Leichnam eingewickelt war, auf einem See aus Blut.

Edgar stand auf der Schwelle in das Zimmer, keine zehn Zentimeter von ihm entfernt trockneten Blutstropfen am Türstock. Wie in Trance ging er zum Fenster. Er achtete nicht darauf, wo er hintrat. Den Raum zu betreten, ohne Spuren zu vernichten oder neue zu hinterlassen, war unmöglich. Eine unhörbare Stimme, der er gehorchen musste, führte ihn zum Fenster. Er machte es auf, atmete tief ein und ging hinüber zur Wanduhr, die friedlich vor sich hin tickte. Er öffnete das Uhrenglas und hielt das Pendel an. Mehr konnte er für den alten Noll nicht tun.

Von draußen drang ein Krach, als versuche jemand, einen Stier zu bändigen. Keine Worte, bloß unbändiges Brüllen. Edgar schaute aus dem Fenster. Die Polizisten zerrten an Veit herum. Der BMW wackelte, aber Veit bewegte sich keinen Millimeter. Er brüllte aus weit geöffnetem Mund, als gelte es, sein Leben zu verteidigen. Der Stoff seiner Jacke riss und ein Beamter landete rücklings auf der Straße.

Albrecht, der gerade in den Krankenwagen verladen wurde, hatte den Kopf auf der Trage verdreht und rief: »Der Johann war's nicht. Er war es nicht. So hört doch. Der

Junge ist unschuldig!« Dann ging sein Geschrei in einem Gurgeln unter. Eine Fontäne Erbrochenes schoss aus Albrechts Mund.

Edgar starrte fassungslos auf das Schauspiel, das sich eine Etage tiefer auf der Straße abspielte. *Tod und Teufel. Tod und Teufel.* Die beiden schienen sich in diesem Augenblick, mitten auf der Hauptstraße von Wickenrode, zu einem Tänzchen gebeten zu haben.

Edgar musste schleunigst das Zimmer und den Geruch von Blut verlassen. Er wankte die Stiege hinunter bis in die Gaststube.

Sabine Nolls Schluchzen war in ein leises Wimmern übergegangen. Auf einem Tisch lag der Schal, den der Polizist an Edgar vorbeigetragen hatte. Die dünne Schneide eines Ausbeinmessers ragte daraus hervor. Kommissar Frank saß neben Sabine und Reinhold Noll und rieb sich die Schläfen.

»Herr Veit war die ganze Zeit mit uns unterwegs«, sagte Edgar.

»Herr Noll ist seit Stunden tot. Das muss geschehen sein, bevor Sie Veit abgeholt haben. Das Messer haben wir gerade in seiner Kammer gefunden.« Der Beamte deutete mit einer Kopfbewegung auf den Schal auf dem Tisch.

»Der Vadder steht doch immer so früh uff. Ich honn emme heude morjen schon um fünfe in den Sessel gesetzt. Hätt ich nur mehr Zitt gehabt und hätt ihn im Bette gelassen, dann wär hä noch am …«, der Rest ging in Schluchzen unter.

Edgar fasste Sabine Noll am Arm und suchte ihren Blick. Er mochte nichts sagen und schüttelte stattdessen nur sacht den Kopf. Er wandte sich an Frank. »Von fünf Uhr morgens bis vor einer Stunde, als er gefunden wurde. Genug

Zeit für beinahe jeden, um das …«, er deutete mit dem Zeigefinger Richtung Decke der Gaststube, »zu tun. Und warum sollte Johann Veit so dumm sein und die Tatwaffe bei sich im Zimmer liegen lassen. Ehrlich, Herr Frank, so blöd ist niemand.«

»Da muss ich Ihnen leider recht geben, und wie Sie sich denken können, tue ich das sehr ungern. Aber im Moment gibt es nur drei Menschen außer dem Opfer, die zur Tatzeit in diesem Haus waren. Und das waren Herr und Frau Noll und Johann Veit.«

»Sicher? Hier kann doch jeder durch die geöffnete Tür rein- und rausspazieren.«

»Ich war den ganzen Morjen in der Küche. Da honn ich natürlich nit alles middebekomm.« Sabine Noll hatte zumindest ein wenig Farbe im Gesicht entwickelt.

»Un ich war unnerwegs«, ließ ihr Mann die Runde eilig wissen.

»Na also.« Edgar fühlte sich bestätigt. »Da könnte weiß Gott wer hier drin gewesen sein.«

»Leider muss ich Ihnen auch da recht geben. Allerdings haben Sie ja das Gem…«, Frank sah zu Sabine Noll, »Sie haben den Tatort ja gesehen. Es ist beinahe unmöglich, so eine Tat zu begehen und nicht über und über mit Blut besudelt zu sein.«

»Das trifft aber auch auf Johann Veit zu.«

»Ja, aber der hatte die Möglichkeit, sich zu reinigen, bevor Sie ihn abgeholt haben.«

Edgar hatte keine Lust auf dieses unnütze Geplänkel. »Ich geh mal raus, nach Herrn Schneider sehen.«

Vor der Tür angekommen, sog er wenige Atemzüge frische Luft ein. Die Gemüter schienen sich beruhigt zu haben. Johann Veit saß mit gesenktem Kopf, die Hände auf den

Rücken gezerrt, in einem Polizeiwagen und schluchzte wie ein Kind. Dem würde Edgar sich anschließend widmen. Erst wollte er nach Albrecht sehen, bevor der Krankenwagen losfuhr.

Albrecht lag mit glasigen Augen auf der Trage und säuselte vor sich hin.

»Was haben Sie ihm denn gegeben? Der ist ja völlig weggetreten«, fragte Edgar den Sanitäter.

Der zuckte die Achseln. »Der war ja nit behandlungsfähig in sinnem Zustand. Un außerdem eine Gefahr für uns.«

»Das ist ein alter Mann. Wenn Sie damit schon nicht klarkommen …«, den Rest schluckte er hinunter. Er beugte sich über Albrechts Gesicht. »Albrecht? Hörst du mich? Du wirst jetzt nach Kassel gebracht. Ich komme nachher vorbei. Bitte versuch, solange keinen allzu großen Ärger zu machen.«

»Johann …«, flüsterte Albrecht.

»Der wird in Gewahrsam genommen. Das ist alles furchtbar, aber es wird sich sicher aufklären.«

Albrecht wisperte etwas, was im Beruhigungsmittelrausch versank. Edgar hielt das Ohr an Albrechts Mund. »Kuno«, hörte er.

»Mach dir keine Sorgen. Ich kümmer mich um ihn.«

Albrecht seufzte leise, dann fiel sein Kopf zur Seite, der Mund klappte auf und ein sanftes Grunzen drang in gleichmäßigem Takt heraus.

Edgar näherte sich dem Wagen, in dem Johann Veit saß. Ein Polizist stellte sich ihm in den Weg. »Mit dem können Sie jetzt nicht sprechen.«

»Wieso das?«

»Erst wieder, wenn er vernommen wurde.«

»Wo bringen Sie ihn hin?«

»Der wird ins Präsidium gebracht und dort auch die Nacht verbringen, dann entscheidet der Richter.«

»Und wann kann ich mit ihm sprechen?«

»Das fragen Sie besser den Kommissar. Jetzt jedenfalls nicht.«

Über die Schulter des Beamten rief Edgar in den Wagen: »Machen Sie sich keine Sorgen. Das klärt sich alles auf. Sobald ich kann, bin ich bei Ihnen im Präsidium.« Es fühlte sich furchtbar an, aber er musste Veit seinem Schicksal überlassen.

Als er die Gaststube betrat, kam ein Polizist an den Tisch gewieselt, beugte sich zum Kommissar und flüsterte ihm etwas ins Ohr. Frank guckte erstaunt.

»Herr Noll, Sie schlachten hier im Haus?«

Noll entglitten sämtliche Gesichtszüge. »Äh, äh, ne.«

»Im Keller hängen vier Schafhälften.«

»Ja, is bald Ostern. Osterlämmer, verstehn Se das.«

»Wir sollten uns das gemeinsam ansehen. Kommen Sie mal mit.«

Noll warf seiner Frau einen Ich-hab-nix-gemacht-Blick zu und erntete dafür ein Stirnrunzeln.

Unter der Stiege, die ins Obergeschoss führte, stand eine Tür geöffnet, die Edgar noch nie aufgefallen war. Sie war in das Dreieck geschnitten worden, das sich unterhalb der Treppe ergab, und mit den gleichen Brettern verschlagen, die den Rest der Wand verkleideten. Die niedrige Tür führte über eine schlüpfrige Sandsteintreppe in einen schummrigen Keller. Edgar ging voran. Bis Frank mit seinem Gipsbein unten sein würde, würde es eine Weile dauern.

Unten roch es nach allem, was man erwartete: nasse Erde, feuchter Stoff und vergammelte Kartoffeln. Ein niedriger Gang führte in einen Raum, der erstaunlich hell war.

Ein vergitterter Lüftungsschacht ließ Licht und Luft vom Innenhof her eindringen. Der Boden war genauso wie die Wände bis auf Hüfthöhe gefliest. In der Mitte baumelten vier halbe Tierkörper von der Größe eines Schäferhundes an Haken – abgezogen und ausgeweidet. Lämmer. Der metallische Geruch von Blut tränkte die Luft.

In der Ecke hing ein besudelter Kittel. Frank wies den Beamten mit zwei Kopfbewegungen an, ihn zur Spurensicherung mitzunehmen.

»Woher stammen die Lämmer?«, fragte er.

»Die hot der Schoppn-Schorsch gebracht.«

»Georg Fuhrmann«, fügte Edgar zur Erklärung für Frank an. Zu Noll gewandt, sagt er: »Sie hatten gesagt, dass er Ihnen Wild verkauft hat.«

Noll guckte Edgar schnippisch an. »Ne. Gab kinn Wild, sondern Lamm. Passet ja au besser oder nit? Isses jetze ein Verbrechen, innem Gasthof für frisches Fleisch zu sorjen, oder was?«

»Nein, Herr Noll, das ist es nicht«, mischte sich Frank ein. »Fehlt hier etwas?«

Noll trat einen Schritt in den Raum und ließ den Blick schweifen. »Sieht nit so uss. Wobei …« Er ging auf eine Anrichte zu, die die besten Zeiten hinter sich hatte. Die Türen hingen schief in den Scharnieren, die Schubladen ließen sich bestimmt seit einer Ewigkeit nicht mehr schließen und die Platte war offensichtlich mit grobem Werkzeug traktiert worden. Noll zog mit geübtem Ruckeln die Schubladen auf. »Das Ausbeinmesser fehlt.«

»Aha!«, entfuhr es Edgar.

»Was: Aha?« Frank guckte genervt. »Das entlastet Johann Veit nicht im mindesten. Er hätte ohne weiteres das Messer von hier holen können.«

»Ja, hätte er«, Edgar gab sich Mühe, nicht süffisant zu klingen. »Aber jeder andere auch.«

»Wir werden sehen, Herr Brix. Im Moment ist und bleibt Veit unser Hauptverdächtiger.«

Ob dies der richtige Ort war, um Frank darüber aufzuklären, dass bei genauem Hinsehen auch Reinhold Noll als Erbe des Gasthofs ein astreines Motiv aufzuweisen hatte? Edgar verkniff sich einen Hinweis. »Wann darf ich Johann Veit sehen?«

»Frühestens heute am späten Nachmittag, wenn wir mit der Befragung durch sind.«

»Gut, dann werde ich im Präsidium sein.« Edgar wollte nicht eine Sekunde lang den Eindruck erwecken, dass er sich in dieser Sache von Frank hinhalten ließe. Der würde ihn erst loswerden, wenn die Unschuld von Johann Veit bewiesen und der wieder auf freiem Fuß war.

Edgar hatte noch immer den Geruch von Blut in der Nase, als er Lukas bat, ihn nach Kassel zu fahren, um Albrecht ein paar Sachen ins Krankenhaus zu bringen und Johann Veit zu sehen. Er erzählte Lukas das Notwendigste. Er verriet ihm nicht, wie man den Noll hingerichtet hatte; er hatte Frank versprechen müssen, dieses Täterwissen für sich zu behalten. Auch, dass Noll seit den frühen Morgenstunden tot sein musste, behielt er für sich. Das hatten ihm die Leichenstarre und die Zersetzung des Blutes verraten. Ohne zu zögern hatte Edgar diesmal »Hinweis auf eine nicht natürliche Todesursache« auf dem Totenschein vermerkt.

Die Zeit, die Lukas brauchte, um sich aus den dreckigen Arbeitsklamotten zu pellen und seinen Augenstern aus der Scheune zu holen, konnte Edgar nutzen, um Kleidung, Handtücher und Zahnbürste zusammenzupacken.

Albrechts Haustür war wie gewohnt unverschlossen. Kuno registrierte gähnend, dass nicht sein Herrchen zur Tür hereinkam, und drückte sich durch den Türspalt nach draußen, um den Innenhof zu inspizieren. Edgar ließ ihn gewähren und nahm die Treppe in das Obergeschoss. Er hatte seit Albrechts letztem Klinikaufenthalt Übung darin, in den Schränken seines Freundes zu wühlen, und fand schnell, wonach er suchte.

Er grübelte vor dem geöffneten Kleiderschrank, wie viele Tage Albrecht wohl würde überbrücken müssen, als sich Schritte über die Treppe näherten. Fionas Geruch erkannte er, bevor sie im Raum stand. Ihm klopfte das Herz bis zum Hals.

Sie blieb im Türrahmen stehen und funkelte ihn an wie einen Einbrecher.

»Ich … äh … also …«

»Gib dir keine Mühe«, unterbrach sie ihn trocken. Sie ging an ihm vorbei und er wich aus. Mit gezielten Griffen in den Kleiderschrank holte sie Kleidungsstücke heraus und legte sie in den Koffer, der aufgeklappt auf dem Bett lag.

»Kannst du es irgendwie hinbekommen, meinen Vater nicht ständig in Lebensgefahr zu bringen?«, ihre Stimme klang rau.

Er war nicht in Lebensgefahr. »Tut mir leid«, sagte Edgar.

»Tut mir leid? Mehr hast du dazu nicht zu sagen?«

»Was willst du denn von mir hören?«

Sie legte ein Hemd in den Koffer und ließ sich daneben auf das Bett fallen. »Ich weiß auch nicht.« Sie schaute ihn von unten an. »Blöde Situation, was?«

Edgar antwortete mit einer Grimasse, die ein Lächeln hätte werden sollen. In seinem Kopf ging alles durcheinander. War das gerade ein Friedensangebot gewesen? Nicht zu früh freuen, die Familie Schneider neigte bekanntlich zu unerwarteten Gemütsschwankungen. »Warum hast du es mich nicht erklären lassen?« Edgar war von seinem Mut selber überrascht.

»Die Umarmung war doch eindeutig, oder?«

»Die Frau wollte sich bei mir bedanken.«

»Ach, und dafür hängt sie dir am Hals wie ein Blutsauger?«

»Sie ist tot, Fiona. Sie hat nichts Falsches getan und jetzt ist sie tot.« Der Ball lag in Edgars Strafraum, er schoss ihn mit Vorsatz ins Aus: »Kriegen wir zwei irgendwie die Kurve?«

Sie klopfte sanft mit der flachen Hand mehrmals auf den freien Platz neben sich auf dem Bett.

Edgar nahm das Angebot mit weichen Knien an. So dicht war er seit jener Nacht im Februar nicht mehr an Fiona dran gewesen. Er konnte riechen, was er damals gerochen hatte, und es kribbelte ihn in den Fingern, einfach zu ihr hinüberzugreifen.

Sie knetete die Hände im Schoß. »Nur wenn du mir versprichst, dass du in Zukunft besser aufpassen wirst.«

»Ich kann kaum verhindern, dass sich eine Patientin bedankt.«

»Ich meinte, auf meinen Papa.«

Sie sah ihn mit einem Lächeln an, das Edgar hoffen ließ.

»Sorg einfach dafür, dass der alte Querkopf sich nicht ständig in solche Schlamassel manövriert.«

Edgar klaubte ihre ineinander verschränkten Hände aus ihrem Schoß, nahm sie in seine und drückte sie sanft. »Ich kann den alten Sturkopf schlecht vor sich selber schützen. Aber ich verspreche, dass ich mein Bestes gebe.«

»Gut!« Sie zog ihre Hände weg und sprang so schnell auf, dass Edgar einen Hüpfer auf der weichen Matratze machte.

Es hätte ihn auch gewundert, wenn sie es ihm so leichtgemacht hätte. Er sah zu, wie sie den Koffer mit Kleidung füllte.

»Wie lange wird er im Krankenhaus bleiben müssen?«, fragte sie.

»Das weiß ich nicht. Hängt davon ab, wie schwer seine Hand verletzt ist. Er hat vermutlich eine leichte Gehirnerschütterung, das dauert zwei, drei Tage, dann ist er wieder raus.«

»Gehirnerschütterung? Hoffentlich ist nicht noch mehr durcheinandergeraten da oben.« Sie schmunzelte kurz. Das Schmunzeln verschwand mit einem Schlag aus ihrem Gesicht. »Was ist denn überhaupt passiert?«

Edgar holte besonders tief Luft, um Zeit zum Nachdenken zu gewinnen. Fiona die ungeschönte Wahrheit zu erzählen, konnte ungeahnte Folgen haben, das hatte sie bereits mehr als einmal bewiesen. »Der alte Noll ist ermordet worden und Johann Veit ist der Tatverdächtige.«

»Nicht der alte Noll!«

»Leider doch.«

»Und war es der Johann?«

»Er könnte es gewesen sein. Aber ist das wahrscheinlich? Da kommt er in den Ort zurück, wird beäugt, als sei er der Leibhaftige in Person, und dann zieht er ausgerechnet in das Gasthaus ein, in dem er den alten Wirt ermorden will?«

»Stimmt, das klingt sehr unwahrscheinlich.« Sie begutachtete den Inhalt des Koffers und klappte den Deckel zu. »Wie ist es denn passiert?«

Edgar sah sie an und schwieg.

»Oh«, sagte sie. »So schlimm?«

Edgar nickte.

»Und die haben den Johann vom Fleck weg verhaftet?«

»Ja. Der arme Kerl sah so aus, als hätte er den Tag bereut, an dem er entschieden hat, zurückzukehren.«

»Das glaube ich gerne. Aber jetzt stell dir nur mal vor, die haben den Falschen? Dann rennt einer hier rum und …« Ihr Blick schwamm ins Unendliche. Die wiederkehrende Erinnerung stand wie ein Geist neben ihr. Plötzlich hatte sie es eilig. Fahrig schloss sie die Schnallen des Koffers, wollte ihn von Bett heben, wobei er ihr aus den Fingern glitt. »Nimm du ihn«, sagte sie erstickt und stürzte aus dem Zimmer.

Edgar hörte sie die Treppe runterpoltern. Ihre Schritte verschwanden durch die Haustür.

So dicht lag die Erinnerung unter der Oberfläche, dass ein Kratzer reichte und die Wunde brach wieder auf. Edgar konnte die Verzweiflung spüren; sie war im Raum hängen geblieben wie Rauch. Sie erfasste ihn mit klammen Fingern und drückte ihm die Kehle zusammen. Die Erinnerung war oft genug ein Reich, das einem die Flucht nicht gewährte.

Er griff den Koffer und folgte Fiona nach draußen. Die Beklemmung blieb ihm auf den Fersen.

Lukas stand auf der Gasse. »Meine Hilfe is ja dann nit mehr vonnöten, oder?« Der Ton klang gespielt beleidigt, gleichzeitig kniff er ein Auge zu. »Is ja au nit so, dass ich nichts Besseres zu tun hätte, als den Herrn Doktor durch die Weltgeschichte zu kutschieren.«

»Stimmt!«, brüllte es von jenseits des Gartenzauns. »De Hühner füttern sich nit von allein.« Friedberg Söder stiefelte zwischen den Obstbäumen herum und peilte in die Äste. Hin und wieder schnellte sein Arm vor, um mit gezieltem Schnitt altes Holz zu entfernen, das dumpf neben ihm im aufspritzenden Matsch landete.

Lukas verschwand maulend um die Ecke. Fiona saß bereits in ihrem Fiat und starrte geradeaus.

Edgar quetschte den Koffer auf den Rücksitz und nahm neben ihr Platz. »Alles in Ordnung?«, fragte er vorsichtig.

Sie schüttelte den Kopf und startete den Motor. »Nein, aber es wird besser.«

Edgar wusste genau, wovon sie sprach.

Ihr Besuch im Krankenhaus war schneller beendet als geplant. Der Leiter der Chirurgischen, Doktor Zeidler, nahm Edgar zur Seite und gab ihm unmissverständlich zu verstehen, dass er allmählich Zweifel daran hegte, ob Edgar als Arzt in Wickenrode nicht mehr Schaden anrichtete als Gutes bewirkte.

Im Angesicht von Patienten wie Albrecht und Heiner Brand konnte Edgar ihm kaum widersprechen. Zeidler erklärte kurz angebunden, dass Albrecht Ruhe benötigte, und ließ Fiona für ein paar Minuten zu ihm.

Sie kehrte beruhigt aus dem Krankenzimmer zurück; es ging Albrecht gut genug, um sich größere Sorgen um Kuno als um sein verstauchtes Handgelenk zu machen.

Noch auf dem Krankenhausflur klärte Fiona Edgar darüber auf, dass Kuno eine Weile bei ihm einziehen werde. Ihr schelmisches Lächeln sagte: Keine Widerrede, du hast einiges gutzumachen!

Der folgende Besuch im Polizeipräsidium war noch schneller beendet. Kommissar Frank behielt nur unter größter Anstrengung die Beherrschung und erklärte mit deutlichen Worten: Johann Veit habe eine Zelle demoliert, einen Beamten angegangen und Besuch werde er erst empfangen dürfen, wenn er wieder bei Sinnen sei.

Fiona fuhr mit Edgar zurück nach Wickenrode und setzte ihn an der Praxis ab. Sie wollte nachschauen, ob im Haus ihres Vaters alles in Ordnung war, und Kuno aufgabeln, um ihn bei Edgar abzuliefern.

Keine Stunde später standen die beiden vor der Tür. Kuno taperte ins Wohnzimmer, wählte ein Plätzchen neben dem Ofen und ließ sich grunzend nieder, als sei es nie anders gewesen. Edgar beobachtete ihn und witterte, dass der Nasse-Hund-Geruch noch im Sommer aus den Polstern dünsten würde.

Fiona stellte in der Küche zwei Näpfe ab, die so viel Platz einnahmen, dass man sich in dem ohnehin kleinen Raum gar nicht mehr bewegen konnte. Sie hatte Edgars zusammengekniffene Lippen bemerkt. »Du hast es versprochen«, sagte sie lapidar.

Gar nichts habe ich versprochen. »Ja, ich weiß.« Er rieb sich das Kinn. »Was frisst denn so ein Tier überhaupt?«

»Fleisch, Knochen, alles was in der Küche abfällt.« Sie hielt inne, grinste und meinte: »Also in deinem Fall muss sich der arme Kerl wohl mit leeren Konservendosen begnügen.«

Sie lachte Edgar an und er glaubte in diesem Lächeln zu lesen, dass sie ihm verziehen hatte. Am liebsten hätte er sie umarmt, aber er zögerte. Was, wenn er ihre Signale missdeutete?

Alles Zögern löste sich in Luft auf, als sie sich neben ihn stellte. So nah an ihn dran, dass er ihre Gänsehaut sehen konnte. Er schlang die Arme um sie, küsste sie und spürte, wie sie sich weich an seinen Körper schmiegte.

Es musste mitten in der Nacht sein. Diffuser Mondschein fiel von draußen in das Schlafzimmer. Edgar war aufgewacht. Er betrachtete Fiona im fahlen Licht. Sie lag neben ihm, drehte ihm den Rücken zu und atmete leise. Er drückte sein Ohr sanft an ihr Schulterblatt und hörte, wie der Atem gleichmäßig in die Lungen gesogen und wieder hinausgepresst wurde. Er spürte die Bewegung ihres Brustkorbs und die Wärme ihres Körpers und inhalierte die Mischung aus ihrem Duft und dem Maiglöckchenparfum, hielt die Luft an, und meinte, sie schmecken zu können. Dieser Augenblick war übervoll von allem, was er so lange nicht mehr erlebt hatte, dass ihm die Tränen in die Augen stiegen. Er drückte Ohr und Wange fester an ihren Rücken und ließ seine Hand in den sanften Schwung des Tals zwischen Rippenbogen und Hüfte gleiten. Dort sank und hob sie sich im Rhythmus ihres Atems. Dieser Augenblick könnte ewig dauern. Edgar erwartete, dass die altbekannte Stimme in seinem Kopf anschwellen würde, die ihm stets einzuhämmern versuchte, dass all das nur geliehen war. Wie alles auf dieser Welt bloß ein Trugbild – vor allem, wie alles Schöne. Nur Schemen, genauso wie der Körper neben ihm im Dunkel der Nacht eine Variation aus Grautönen.

Das erste Mal seit langer Zeit blieb die Stimme aus. Das Ohr an Fionas Rücken gepresst, schlief Edgar ein.

FREITAG, DER 9. APRIL

Edgar heizte das Haus und die Praxis ein, öffnete Kuno die Hintertür zum Garten und kochte Kaffee. Er schlich in das Schlafzimmer. Fiona schlief noch. Er beobachtete, wie die Hügellandschaft unter der Bettdecke sanft atmend wogte und sog tief die Gerüche der Nacht in die Nase.

Mitsamt dem Duft in der Nase betrat er die Praxis. Er nahm am Schreibtisch Platz und zog das Notizbüchlein aus der Schublade. Er schlug es dort auf, wo die letzten Einträge standen, blätterte eine Seite weiter und drückte mit der Handkante die Mitte des Büchleins, damit es aufgeblättert blieb.

Freitag, der 9. April 1965, notierte er. Eine Woche bis Karfreitag, acht Tage bis Pessach, das in diesem Jahr auf den Ostersamstag fiel; es kam nicht sehr häufig vor, dass die jüdischen und christlichen Feiertage auf das gleiche Datum trafen.

Seltsam, dass er die jüdischen Feiertage erinnerte. Es war, als trüge er einen inneren Wecker bei sich. Eine stete Mahnung, dass er an das Ende der Welt fliehen konnte und niemals etwas anderes sein würde als ein Jude. Selbst wenn er es mit aller Macht verleugnete, wenn er Schweinefleisch aß und mit einer Christin ins Bett stieg.

War es ein Zufall, dass das höchste jüdische und das höchste christliche Fest im Frühling begangen wurden? Wohl kaum. War es ein Zufall, dass Christen wie Juden Lämmer schlachteten? War es ein Zufall, dass Heinrich

Noll, geschächtet wie ein Lamm, ausgerechnet zu dieser Zeit im Jahr ermordet worden war? Die Bilder kehrten zurück. Der alte Mann. Das Blut. Das Messer. Die Lämmer im Keller.

Edgar schüttelte sich. Aus dem Wohnhaus drang Gebell. Freudiges Bellen, vermischt mit Winseln; Fiona musste aufgewacht sein. In Edgars Gesicht machte sich ein Lächeln breit. Könnte nicht jeder Morgen so beginnen? Obwohl es sich seltsam vertraut anfühlte, jagte es ihm gleichzeitig eine Heidenangst ein. Ein winziger Streich des Schicksals und alles wäre mit einem Wimpernschlag vorbei. Er schaute auf das Notizbüchlein. Er hatte den Füller auf einem Punkt verharren lassen. Die Tinte hatte einen Fleck gebildet, von dem aus das Schwarz wie Adern in die Fasern des Papiers gelaufen war. Beinahe kam es ihm vor, als begänne der Tintenfleck zu pumpen wie ein Herz. Er schüttelte diesen Eindruck ab, schloss die Augen und erinnerte sich an den gestrigen Tag. Er notierte alles, egal, wie unwichtig es ihm erschien.

Es klopfte.

Elsbeth Brand tauchte in der Tür auf. Sie holte unter ihrem nassen Mantel den Säugling hervor, der in Decken verschnürt war. Das Paket wand sich in ihrem Arm wie eine Made.

Edgar musterte sie mit dem kritischen Blick eines Arztes.

Sie winkte ab. »Ich bin kerngesund. Der Kleine au. Aber dem Henner hot man tatsächlich den Fuß weggemacht. Hot das denn wirklich sinn müssen?«

Edgar hörte Sorge unter dem vorwurfsvollen Ton. »Tut mir leid, Frau Brand, der Fuß war bereits zu großen Teilen nekrotisch. Sie erinnern sich doch an die Blutvergiftung? Nun, wenn sich die Nekrose ausgebreitet hätte, wäre das noch die harmloseste Folge. Jetzt bleibt er erst mal eine lange Zeit im Krankenhaus. Und bitte: Werfen Sie einfach alle seine Schuhe weg oder verstecken Sie sie gut.«

»Der ahle Sturkopf geht womöglich barfuß russ. Ich konn emme doch nit festbinden.« Der Säugling in ihrem Arm quietschte, sie steckte ihm einen Finger in den Mund. »Was soll dann jetze werden? Ohne den Fuß konn hä doch nit arbeiten gehen.«

»Das ist wahr Frau Brand, da hat Ihr Mann Sie in schöne Schwierigkeiten gebracht. Umso besser sollten Sie darauf achten, dass zumindest der Rest vom Bein da bleibt, wo er hingehört.«

Sie nickte traurig. »Sprechen Se mal: Is das wahr, dass der Johann den ahlen Noll ummegebracht hot? Wie Vieh soll hä emme geschlachtet honn.«

Edgar stieß scharf die Luft aus. »Herr Noll ist tot, das stimmt. Wer ihn getötet hat, ist bisher überhaupt nicht klar.«

»Aber der Johann war do.«

»Ja, Herr Veit war in der Nähe, das ist nun mal in einem Dorf so. Das hat aber nichts zu bedeuten. Ich war auch da und Albrecht Schneider ebenfalls.«

Sie winkte ab. Sie hatte wohl bemerkt, dass der Herr Doktor nicht versessen darauf war, sich an Klatsch und Tratsch zu beteiligen. »Ich honn gehört, der Albrecht is in der Klinik. Da fahren Se doch bestimmt hinne. Könnten Se mich wohl middenehmn?«

Scham stieg warm in Edgars Wangen. »Sie wissen, dass ich keinen Wagen besitze.«

»Schon. Aber das Auto von 's Fiona steht vor der Döhre.«

Aha. Die Neuigkeiten hatten sich bereits herumgesprochen.

»Das ist eine gute Idee.« Fiona war hinter Frau Brand in der offenen Tür aufgetaucht. »Nach der Sprechstunde fahren wir ins Krankenhaus.«

Da stand sie. In seiner Praxis. Im Angesicht einer Patientin. Morgens um diese Zeit. Mit einem Schlag war der Dorfarzt um ein Geheimnis ärmer und Edgar stellte fest, dass es sich besser anfühlte als gedacht. Aufregung mischte sich mit Wohlgefühl. Ein seltsamer Film lief vor seinem inneren Auge ab, in dem er wie selbstverständlich aufstand und Fiona mit einem Kuss begrüßte und Elsbeth Brand nicht guckte wie ein Eichhörnchen. Er blieb sitzen, wo er war, und wartete ab, wie die Situation sich weiterentwickeln würde.

»Jo, dann komm ich später nochema vorbi.«

»Vielleicht fragen Sie Frau Helferich, ob sie mitkommen möchte.« Fiona kam dieser Vorschlag mit einer Selbstverständlichkeit über die Lippen, als gehörte die Witwe Helferich zur Familie. Edgar nahm sich vor, seine Eifersucht in Bezug auf Albrechts neuerworbene Liebschaft zu überdenken.

»Das is nett, dass Se daran denken. 's Marie wird bestimmt gerne nach Ihrem Vadder sehen wollen.«

Fiona lächelte zustimmend und Elsbeth Brand verabschiedete sich mit einem Nicken.

Fiona warf einen prüfenden Blick in das Wartezimmer. Sie guckte verschwörerisch, tänzelte um den Schreibtisch herum und drückte sich auf Edgars Schoß. Sie roch nach der Wärme der Wohnstube und nach der letzten Nacht.

»Ich wollte nur sichergehen, dass du nicht wieder in den Armen einer anderen Frau liegst.«

Das Bild von einer innigen Umarmung mit Elsbeth Brand tauchte in Edgars Kopf auf. Er musste grinsen. »Wenn du bei jeder Patientin kontrollieren willst, ob sie den nötigen Abstand hält, musst du für immer hierbleiben.«

»Ich weiß«, flüsterte sie und strich ihm über den Kopf.

Die Glocke der Eingangstür zu den Praxisräumen bimmelte. Sie sprang auf, eilte zur Tür und winkte. »Bis gleich«, hauchte sie in den Raum und verschwand.

Edgar hörte durch die halbgeschlossene Tür des Behandlungszimmers schwere Stiefel durch das Wartezimmer poltern. Die Erdbrocken, die bei jedem Schritt abfielen, konnte er hören, ohne sie zu sehen.

»Na, Herr Doktor. Honn ich doch gesprochen, dass der Veit im Ort nix als Ärger bedeutet.« Fuhrmann stand im Türrahmen und schaute Edgar herausfordernd an.

»So? Vielleicht hat da jemand nachhelfen wollen.«

»Was soll'n das heißen?«

»Das soll heißen, dass jeder im Ort Zugang zur Tatwaffe hatte und jeder im Ort diese bei Johann Veit im Zimmer hätte deponieren können.«

»Ja, aber nit jeder im Ort hockt im Gewahrsam. Nur der Veit.«

»Was haben Sie eigentlich getrieben, nachdem Sie die Lämmer im Keller deponiert hatten? Von dort stammt nämlich die Tatwaffe.«

»Sehr lahmer Versuch, Herr Doktor. Ich sprech nur: Wer zur Gefangenschaft bestimmt ist, geht in die Gefangenschaft. Wer mit dem Schwert getötet werden soll, wird mit dem Schwert getötet«, rezitierte Fuhrmann gestelzt.

»Was soll das bedeuten?«

»Das hot man beim Noll gefunden.«

»Woher wissen Sie das?«

»Finden Sie´s doch selber russ.« Fuhrmann machte auf dem Absatz kehrt und trampelte davon. Wo er gestanden hatte, blieben zwei Fußabdrücke in Matsch auf dem Boden zurück.

Edgar kitzelte es sehr, herauszufinden, woher die Informationen von Fuhrmann stammten. Drängender aber war die Frage, ob er Johann Veit sprechen konnte. Leider war das Telefon noch immer tot. Die geplante Fahrt nach Kassel würde neben dem üblichen Unbehagen eine Portion Ungewissheit begleiten.

Er schloss die Eingangstür zur Praxis ab und ging in den Wohnbereich.

Fiona hatte sich dicke Socken aus Edgars Schrank geholt, sich in eine Decke gekuschelt und schmuste mit Kuno auf dem Sofa. Edgar verzichtete auf eine Grundsatzdiskussion über Hunde auf Sitzmöbeln; die beiden sahen so innig aus, dass er das Bild nicht zerstören mochte. Dieser Anschein von Heimeligkeit in seinem Wohnzimmer – für einen Augenblick wollte Edgar daran glauben, dass es ihn hierher verschlagen hatte, um das erleben zu dürfen: einen Moment, der ihn glauben machte, alles sei richtig, so wie es war.

Edgar legte ein Brikett nach und kuschelte sich neben Fiona. Sie ließ den Oberkörper in seinen Schoß fallen. Er steckte die Nase in ihr Haar und schloss die Augen. Das Kribbeln in seinem Bauch wanderte dorthin, wo ihr Kopf ruhte und breitete sich wohlig aus. Er linste zur Uhr. Noch eine halbe Stunde, bis Marie Helferich und Elsbeth Brand vor der Tür stehen würden. Noch einmal würde er sich nicht vorwerfen wollen, eine Gelegenheit verpasst zu haben, und wer wusste schon, was alles dazwischenkommen konnte.

Sie schien seine Gedanken gelesen zu haben, hob den Kopf und drückte ihr Ohr an seine Brust. »Wir haben aber einen kräftigen Herzschlag, Herr Doktor«, gurrte sie. »Ich wüsste etwas, was dagegen hilft.«

»Ach ja?« Er wand sich vom Sofa herunter, schob seine Arme unter ihren Rücken und Beine und hob sie hoch. Sie war dünn und leicht geworden seit dem letzten Herbst. »Für die Heilmaßnahmen bin ich hier zuständig«, sagte er und trug sie ins Schlafzimmer.

Elsbeth Brand guckte Edgar an, als wüsste sie, was der Herr Doktor vor wenigen Minuten getrieben hatte. Marie Helferich wartete betreten unter ihrem Regenschirm vor der Haustür. Sie schielte zu Fiona. Wie Edgar es erwartet hatte, machte die es der Witwe Helferich leicht. Sie drückte sie herzlich, als würden sie sich schon ewig auf diese Art begrüßen, und wartete geduldig, bis die beiden Frauen gequetscht auf der Rücksitzbank ihres Fiats saßen, die mehr einer Nische mit Fußraum glich. Binnen Sekunden beschlugen die Scheiben und mussten runtergekurbelt werden. Dann ging es mit pfeifenden Ohren Richtung Kassel. Der Fiat quälte sich bei der geringsten Steigung, so dass Fiona zurückschalten musste. An jeder Ampel wischte sie mit einem Taschentuch ein Guckloch in die beschlagene Frontscheibe. Edgar dachte an seine letzte Fahrt hinter dem Steuer eines Autos; an die Schlieren auf der Scheibe und die tiefstehende Sonne. Er schloss die Augen und hörte dem Motor dabei zu, wie er hochdrehte. Nach einer halben Stunde war es geschafft.

Elsbeth Brand bog eine Etage früher in der chirurgischen Abteilung ab. Fiona, Marie Helferich und Edgar fanden Albrecht im Flur vor seinem Zimmer. Er trug den Frotteebademantel und die Hausschlappen, die Fiona ihm eingepackt hatte, und selbstverständlich die Kappe, unter der ein weißer Verband leuchtete. Die linke Hand war ebenfalls in Verbandmull gewickelt.

»Papa!« Fiona lief auf ihn zu.

Albrecht blinzelte. Ohne Brille war er offensichtlich ganz

schön aufgeschmissen. Erst wenige Meter, bevor sie bei ihm stand, erkannte er Marie Helferich und danach Edgar. Sein Blick wechselte kritisch zwischen Fiona und Edgar hin und her. Edgar blieb nichts anderes übrig, als tapfer zurückzugucken.

Albrecht zuckte die Schultern »Na ja! Dann ist ja wohl wieder alles in Butter.« Er schaute zu Marie Helferich und ein seliges Lächeln legte sich auf seine Lippen.

Marie Helferich knetete ihre Handtasche. Edgar hätte sie am liebsten mit einem Schubs Richtung Albrecht bugsiert.

Fiona löste das Problem charmanter. »Guck, Papa, wen wir dir mitgebracht haben.«

»Jaaa«, gurrte Albrecht. Worüber auch immer zwischen ihm und Marie Helferich Streit geherrscht haben mochte, der Schlag auf den Kopf schien bei Albrecht wieder alles in Ordnung gebracht zu haben. »Kommt doch mit in den Aufenthaltsraum. Da ist es ruhiger als im Zimmer und gemütlicher als im Flur.« Er legte eine Hand auf Marie Helferichs Rücken und schob sie vorsichtig voran. Er beugte sich zu ihr herunter und flüsterte ihr zu: »Stell dir vor: Vier Männer, das ist ein Schnarchkonzert. Ich mach kein Auge zu.« Nach einer Pause drehte er sich zu Fiona um: »Wo ist denn Kuno? Ihr habt den doch nicht etwa im Auto sitzen lassen?«

»Kuno ist bei den Söders und jagt die Hühner durch den Garten«, beruhigte Fiona ihren Vater. Sie blinzelte Edgar zu.

Sie folgten den beiden in diskretem Abstand. Edgar glaubte, Albrecht sei beschäftigt genug, um es nicht zu bemerken, und griff Fionas Hand.

Der Aufenthaltsraum strafte seine Bezeichnung Lügen. Ein zweckmäßig eingerichteter Raum, der nach kaltem Rauch und Desinfektionsmitteln stank. Ein längerer Aufenthalt war das Letzte, was man einem Kranken wünschen würde.

»Ich hab zu Hause angerufen, aber du bist nicht drangegangen«, sagte Albrecht vorwurfsvoll zu Fiona.

Jetzt würde er erfahren, dass Fiona nicht in ihrem Elternhaus übernachtet hatte, fürchtete Edgar.

Marie Helferich sprang ihm unverhofft zur Seite. »Im ganzen Ort sinn die Telefone tot.«

»Ach, immer noch? Das ist jetzt schon eine Woche so. Nehmt euch doch Kaffee.« Albrecht deutete auf einen Servierwagen mit Thermoskannen und Geschirr. Edgar hatte den letzten Krankenhauskaffee gut in Erinnerung. Er lehnte dankend ab.

Fiona stand auf, und füllte drei Tassen.

»Und wo hat Kuno übernachtet?«, wollte Albrecht wissen.

»Der war bei Edgar«, flötete Fiona über den Rücken, während der Kaffee in die Tassen plätscherte.

»Aha!«, Albrecht zog eine Augenbraue nach oben.

Der Versuch, ein Geheimnis daraus zu machen, dass Fiona samt Kuno bei ihm eingezogen war, war kläglich gescheitert. Was soll's, dachte Edgar, wir sind schließlich alle erwachsen. Ein Zweifel tauchte auf, als er Albrechts dümmlich verklärten Gesichtsausdruck bemerkte. Marie Helferich hatte eine Dose mit selbstgebackenen Keksen aus der Tasche gezogen.

»Wann darfst du wieder heim?«, wollte Fiona wissen.

»Morgen schon. Leichte Gehirnerschütterung. Das Handgelenk ist nur verstaucht.«

»Da wird Kuno sich aber freuen«, meinte Marie Helferich. So wie sie dreinschaute, galt das nicht nur für Kuno.

Albrecht griff in die Dose, die sie ihm hinhielt. »Jetzt erzählt doch mal, was vorgefallen ist. Der Noll ist ermordet worden?« Ein Keks wanderte mit einem Happs in seinen Mund.

»Ja. Man hat ihm …«, Edgar warf einen Blick auf die Frauen. Die schauten erstaunlich fest, obwohl sie wussten, was jetzt folgen würde. Er fuhr fort: »… man hat ihm die Kehle durchgeschnitten. Er muss binnen Sekunden verblutet sein. Viel kann er Gott sei Dank nicht davon mitbekommen haben.«

»Und Johann ist verhaftet worden?«

»Die Polizei hat die Tatwaffe bei ihm im Zimmer gefunden. Ein Ausbeinmesser. Das wiederum war am selben Tag offensichtlich noch im Keller beim Zerlegen von zwei Lämmern im Einsatz gewesen. Es kann ihm also genauso gut jemand untergeschoben haben.«

»Kann? Ich bin mir sicher, dass es so war. Der Johann ist vielleicht keine Leuchte, aber so blöd ist selbst er nicht. Zieht im Brauborn ein und tötet gleich am Morgen den alten Wirt und lässt die Tatwaffe bei sich im Zimmer liegen? Klar doch!« Albrecht zog mit der unverletzten Hand das rechte Augenlid nach unten.

»Ich bin ganz deiner Meinung. Bin gespannt, was Kommissar Frank nachher Neues für uns hat. Und vor allem, ob ich endlich mit Johann Veit sprechen kann.«

»Frank darf dir ein Gespräch kaum verwehren.«

»Das ist wahr. Aber du kennst ihn. Wenn er nicht will, will er nicht. Deswegen werde ich hier versuchen herauszufinden, was die Leiche von Herrn Noll an Informationen hergibt. Trinkt in Ruhe euren Kaffee, ich bin in spätestens einer halben Stunde zurück.«

Fiona guckte schräg und Albrecht sagte: »Spielst du wieder Detektiv?«

»Wenn ich richtigliege, ist Herr Noll hier in der Pathologie gelandet. Ich geh nur kurz Doktor Bohmke einen Besuch abstatten.«

Albrecht schürzte die Lippen. »Misch dich nicht in Sachen ein, die dich nichts angehen.«

»Bohmke ist ein alter Freund der Familie.«

Albrecht guckte streng. »Tu, was du nicht lassen kannst, aber komm nicht an, wenn du wieder bis zum Hals in der Tinte steckst.«

Albrechts Mahnung hatte Edgar an der nächsten Ecke wieder vergessen. Er brannte darauf, etwas über die Umstände von Heinrich Nolls Tod zu erfahren. Und zwar am besten, bevor Matthias Frank die Informationen aussortierte, die Edgar nichts angingen.

Bereits im Gang vor der Tür zur Pathologie fiel ihm seine letzte Unterhaltung mit Bohmke ein. Der hatte ihm angeboten, dass er bei der nächsten Obduktion dabei sein könne, falls es ihn interessieren würde. Edgar hatte geantwortet, dass es hoffentlich kein nächstes Mal geben werde. So konnte man sich täuschen.

Er drückte sich an den Stahltischen und den Werkzeugen vorbei. Ein süßlicher, stechender Geruch hing in der Luft: Tod und Chemikalien. Eine Mischung, die Edgar beinahe augenblicklich die Magensäfte zum Kochen brachte. Er war froh, dass er den Pathologen in seinem Büro entdeckte und nicht bis zu den Ellenbogen in einer Leiche, wie beim letzten Treffen.

Bohmke brauchte einen Moment, bis er ihn erkannte, dann lächelte er. »Brix. Schon widder du. Lass mich raten, du kimmest wegen minnem guten Kaffee.« Er deutete auf die Thermoskanne auf dem Tisch.

Edgar wusste nicht recht, was er antworten sollte.

Bohmke kam ihm zuvor. »Im Ernst, du kimmest wegen dem mit dem Kehlschnitt, oder?«

»Ja. Hast du ihn schon untersucht?«

»Da gabs nit ville wos zu untersuchen. Der Schnitt muss binnen Sekunden zum Tod geführt honn. Beinahe bis uff de Wirbelsäule durchtrennt, der Hals. Warn scharfes Biest, das Messer. Flexible Klinge. Ist quasi um den Knorpel des Kehlkopfes herumgeglitten. Sauber wie beim Metzger. Der Tote hot nichts middebekommen, das schwör ich dir.«

»Wie war sein Allgemeinzustand?«

»Für das Alter? Ich konn nur sprechen: Hut ab! Der wär hunnert geworn, wenn die Sache mit dem Messer ihm nit dazwischengekommen wär.«

»Gab es sonst etwas Auffälliges an der Leiche?«

»Höchstens die Schnittführung. Die verlief von rechts nach links. Willst du jetze einen Kaffee oder nit?«

Edgar war bereits wieder aufgestanden. »Danke, vielleicht ein andermal. Ich muss ein paar Leute auf Station aufgabeln.«

»Du veranstaltest ganz schön Wirbel aufm Dorf.«

»So? Hat sich das herumgesprochen?«

»Ich honn so minne Quellen.«

»Hast du mit meinem Vater gesprochen?«

»Mit Conrad? Ne. Das letzte Mal honn ich Weihnachten mit emme telefoniert. Ihr zwei habts gerade nit einfach miteinanner, kann das sinn?«

»Das kann man so sagen. Ja.«

»Junge, bring das in Ordnung. Host doch nur die eine Familie.«

»Wenn das so einfach wär.«

Bohmke seufzte tief. »Da sprichste was.«

»Ich muss los«, Edgar stand bereits halb in der Bürotür.

»Is gut. Ich meld mich, wenn ich noch was finden tu, verstehste das?«

Die Truppe saß am Tisch, wie Edgar sie verlassen hatte. Zwei Männer in Morgenmänteln und Schlappen hatten sich am Nachbartisch dazugesellt, spielten Karten und rauchten.

In Anbetracht der Wolken, die sie in die Luft pusteten, war Edgar froh, als Fiona aufstand, ihm entgegenkam und ihm zuzwinkerte. »Wir wollten doch ins Präsidium, und Frau Brand und Frau Helferich können solange hierbleiben. Wir holen sie anschließend wieder ab.«

»Wollt ihr schon los?« Albrecht klang gespielt traurig.

»Nun, der Besuch beim Pathologen war nicht besonders erhellend. Vielleicht erfahren wir im Präsidium mehr.« Edgar half Fiona in den Mantel.

Sie beugte sich zu ihrem Vater und drückte ihm einen Kuss auf die Wange. »Brr. Du brauchst eine Rasur! Wir sind in einer Stunde spätestens wieder da.«

Marie Helferich guckte dankbar. Beim Verlassen des Raumes bemerkte Edgar aus dem Augenwinkel, wie Albrecht auf dem Tisch nach ihrer Hand griff.

Kommissar Matthias Frank hatte das Bein hochgelegt und blieb zur Begrüßung sitzen. Er sah aus, als habe er schlecht geschlafen – oder überhaupt nicht. Auf dem Tisch lag in Griffnähe ein Brieföffner. Edgar erinnerte sich an die Stricknadel, mit der Albrecht den gesamten Spätsommer gegen das furchtbare Jucken unter dem Gips angekämpft hatte.

»Wissen Sie, Herr Brix, Sie kommen mir langsam vor wie meine ganz persönliche Heimsuchung.«

»Oh, danke für das Kompliment.«

»Nein, im Ernst. Unter was soll ich das verbuchen? Eine Anhäufung unglücklicher Zufälle? Haben Sie mal mitgezählt, wie oft wir uns im vergangenen Dreivierteljahr gesprochen haben? Ich weiß nicht, wie Sie das sehen, aber ich hab aufgehört, an Zufälle zu glauben.«

»Ich muss Ihnen leider zustimmen. Es ist schon ein sehr seltsames Zusammentreffen, dass ausgerechnet der seit so langer Zeit verschwundene Johann Veit jetzt bei Ihnen im Gewahrsam sitzt. Hat er was gesagt?«

Frank deutete auf die Stühle vor seinem Tisch. »Nehmen Sie doch bitte Platz.«

Fiona und Edgar setzten sich.

Frank presste die Lippen aufeinander. Er schnappte sich den Brieföffner und schob ihn unter den Gips. Ein erleichterter Seufzer drang aus seiner Kehle. »Nein, er sagt nichts, außer, dass er mit Ihnen sprechen will. Es hat sich sicher schon herumgesprochen, dass wir eine Notiz bei Herrn Nolls Leichnam gefunden haben: Wer zur Gefangenschaft bestimmt ist, geht in die Gefangenschaft. Wer mit dem Schwert getötet werden soll, wird mit dem Schwert getötet.«

Also hatte Fuhrmann recht gehabt. Edgar dachte laut: »Das spricht ganz sicher gegen Johann Veit. So viel Tiefgang beim Töten nach all den Jahren? Außerdem würde sich diese Prophezeiung ja ausgerechnet gegen ihn selber richten. Immerhin sitzt er im Gefängnis.«

»Er hat lange Zeit gehabt, um die Sache zu planen. Endlich Rache zu nehmen dafür, wie man seinerzeit mit ihm umgegangen ist. Und möglicherweise gehört seine Inhaftierung zum Plan.«

Edgar musste zugeben, dass ihm dieser Gedanke für den Bruchteil einer Sekunde ebenfalls gekommen war, und ebenso zügig hatte er ihn verworfen. Der Mann müsste schon ein verdammt guter Schauspieler sein, um ihn derart zu täuschen. Nein, Johann Veit diese Art von Mordplan unterstellen zu wollen, war genauso absurd, wie Heinrich Noll einen Selbstmord zu attestieren.

»Ich sehe Ihnen an, dass Sie seine Motivlage unterschätzen, Herr Brix.«

Fiona mischte sich ein. »Sie glauben doch nicht, dass er nach so langer Zeit mit einem ausgeklügelten Plan nach Wickenrode zurückkehrt und dann die Tatwaffe in seiner Kammer zurücklässt, wo Sie sie finden müssen.«

»Es gab schon genügend Fälle, bei denen die Täter genau so vorgegangen sind, um sich als Opfer einer Intrige hinzustellen. Aber ich muss Ihnen leider erneut zustimmen: Im Fall von Herrn Veit halte ich das für unglaubwürdig.« Er ließ den Brieföffner im Gips stecken und tippte sich mit dem Zeigefinger an die Stirn. »Das verrät mir mein Instinkt. Einen kaltblütigen Mörder kann ich zehn Meilen gegen den Wind riechen, und Herr Veit ist keiner.« Er griff wieder nach dem Brieföffner und seufzte.

»Dürfen wir ihn sehen?«, fragte Edgar.

»Nein«, antwortete Frank kurz angebunden. »Nicht Sie beide. Ich lasse nur einen von Ihnen zu ihm. Und natürlich gehen Sie nicht ohne Begleitung eines Beamten.«

Edgar sah zu Fiona. Er konnte ihr ansehen, dass sie es nicht gerne tat, aber sie nickte ihm zu. Es verlangte ihr viel ab, die Neugier im Zaum zu halten. Sie sah wohl ein, dass das Edgars Aufgabe war.

»Ich gehe«, sagte Edgar.

»Gut. Ich rufe Ihnen einen Beamten, der Sie begleitet. Sie können hier im Büro warten, Fräulein Schneider.«

Fiona war aufgestanden. »Sehr freundlich, aber ich werde in der Zwischenzeit etwas erledigen.« Sie wandte sich an Edgar. »Ich bin in einer halben Stunde wieder hier. Ich warte draußen vor dem Präsidium.«

Edgar forschte in ihrem Gesicht nach etwas Verschwörerischem, doch er fand nichts. Vielleicht hatte sie tatsächlich nur eine Besorgung zu machen. Er nickte ihr zu.

Frank griff zum Telefon. »Einen Beamten in mein Büro«, befahl er und legte wieder auf. »Die Leitungen in Wickenrode sind tot. Seit Tagen schon. Das macht die Ermittlungen nicht gerade leichter.«

Edgar kam ein Gedanke. »Wer hat denn eigentlich die Polizei benachrichtigt? Auch das Telefon der Nolls ist tot.«

Frank sah ihn starr an. »Da sagen Sie was. Ich kümmere mich darum, das herauszufinden.«

Edgar gönnte sich einen besserwisserischen Gesichtsausdruck. Er konnte ihn nicht lange genießen, ein Beamter tauchte in der Tür auf.

Er geleitete Edgar und Fiona hinaus bis in den Eingangsbereich. Fiona warf einen kritischen Blick in den Aufgang zum Seitenflügel. Sie schien erleichtert zu sein, dort nicht mit hingehen zu müssen. Sie gab Edgar einen flüchtigen Kuss. Er sah ihr nach, wie sie durch die Halle Richtung Ausgang eilte, dann folgte er dem Beamten. Kaum hatte er das Treppenhaus betreten, fand er sich in einer anderen Welt wieder. Vorbei war es mit ausladendem Stuck und feinem Marmor. Beschlagener Stein, grober Putz, graue Spaltplatten. Mit jedem Meter schien es kälter zu werden. Auch der Nachhall der Geräuschkulisse der großzügigen Eingangshalle wurde von dem dumpfen Schlagen der Schritte von Edgar und des vorauseilenden Beamten abgelöst.

Kalter Sandsteingeruch und künstliches Licht verfolgten Edgar durch das schmale Treppenhaus in den Seitentrakt. Er zog den Mantel enger und steckte die Hände in die Taschen. So fühlte er sich kaum wohler, aber weniger angreifbar. Unausweichlich drängten die Schauergeschichten darüber in sein Gedächtnis, was die Gestapo in diesen Verhörzellen getrieben hatte. Ihm stellten sich die Nackenhaare hoch. Sie erreichten einen langen Gang. Schmutzige Wände, verschmierte Handabdrücke auf blätterndem Putz, schmieriger Staub auf den Wandvorsprüngen.

Der Beamte schloss eine Gittertür auf, hinter der ein weiterer Polizist auf einem Stuhl saß, und wartete, bis Edgar sie passiert hatte. »Legen Sie den Mantel ab und leeren Sie die Taschen.« Zu seinem Kollegen sagte er: »Herrn Veit bitte ins Anwaltszimmer.« Der andere Beamte stand auf und verschwand durch eine weitere Gittertür, die er hinter sich abschloss. Edgar saß in der Falle und musste obendrein den schützenden Mantel ablegen. Das flaue Gefühl im Magen nahm an Intensität zu. Er zog den Mantel aus und drehte die leeren Hosentaschen nach außen. Er bemerkte, dass seine Hände zitterten, und redete sich ein, dass es an der Kälte lag.

»Ich muss Sie abtasten«, sagte der Beamte lakonisch.

Edgar hob die Arme und ließ es geschehen.

»Sie haben fünfzehn Minuten mit Herrn Veit. Ich bleibe im Raum.«

Edgar war froh, das Gitterverlies verlassen zu können. Wie erst mochte es Johann Veit ergehen, unschuldig eingesperrt, in einer winzigen Zelle.

Veits Gesicht sprach Bände. Er sprang auf, als Edgar das Zimmer betrat. Der Beamte hetzte an den Tisch, an dem Veit saß, und drückte ihn mit beiden Händen auf den Schultern wieder auf den Stuhl. Veits Handgelenke waren in Handschellen gequetscht. Er hatte einige Blutergüsse im Gesicht und sein Hemd war am Ärmel zerrissen und voller Flecken. Obendrein begann der Riese zu schluchzen.

Edgar setzte sich ihm gegenüber an den Tisch und legte beide Hände in die Mitte. Er vermutete, dass eine Berührung nicht erlaubt war, aber er wollte signalisieren, dass es nicht an seinem guten Willen scheiterte. »Ich bin jetzt da und alles kommt in Ordnung.«

»Das hab ich schon mal gehört. Und dann wurde ich wie ein Köter von zu Hause weggejagt.« Veit hatte den verzweifelten Gesichtsausdruck eines Kindes angenommen.

Edgar überrollte ein väterliches Gefühl, auf das er nicht eingestellt gewesen war. Es haute ihm den Boden unter den Füßen weg und ließ ihm den Schweiß am ganzen Körper ausbrechen.

»Es sind doch alle gegen mich. Welche Chancen hab ich denn?«

»Sie sind unschuldig. Und im Gegensatz zu damals, herrschen in Deutschland wieder Recht und Gesetz. Sehen Sie: Ich bin doch auch zurückgekehrt. Nach allem, was man den Juden angetan hat, sitze ich hier.« *Ich sitze hier in einem Zimmer, in dem vor wenigen Jahrzehnten Menschen gefoltert wurden.* Er biss die Zähne aufeinander. *Reiß dich gefälligst zusammen!*

»Womöglich bin ich hier richtig.« Johann Veit war leise geworden. »Vielleicht ist es gut so, ich weiß ja ohnehin nit, was damals geschehen ist. Hab ich den Wagner erschlagen? Vielleicht. Hab ich Schuld an dem Tod meiner Frau und unseres Kindes? Sicher. Ist es gut, hier eingesperrt zu sein und vergessen zu werden? Wer würde mich denn vermissen?«

Dann müsste ich die Zelle gleich neben dir beziehen, dachte Edgar. Allmählich hatte er es satt, sich selber leidzutun. In seiner Magengrube formte die Wut einen dicken Klumpen. Betonschwer. Eine federleichte Stimme drängte in Edgars Kopf. ›Wenn man nichts mehr Sinnvolles sagen kann und es nichts Vernünftiges mehr zu tun gibt‹, wisperte es eindringlich in Edgars Schädel, ›dann läuft alles auf eine einzige wahnsinnige Entscheidung hinaus.‹ Edgar verstand nicht, was die Stimme ihm damit zu verstehen geben wollte. Wie eine Marionette an Fäden drehte er sich zu dem Beamten, der unbewegt neben der Tür stand. »Darf ich etwas aufschreiben? Eine Telefonnummer? Sie erlauben ihm doch einen Anruf, nicht wahr?«

Der Mann schien einen Augenblick zu überlegen, dann nickte er.

Edgar sah ihn hilfesuchend an. »Bitte, ich musste ja alles aus den Taschen tun. Sie haben nicht zufällig Stift und Zettel?«

Jetzt sah der Beamte schon ziemlich genervt aus. Er griff in seine Brusttasche und zog einen Notizblock hervor, an dem ein Bleistiftstummel in einer Gummilasche hing. Er reichte beides an Edgar.

Der Bleistift hätte dringend gespitzt werden müssen. Edgar hörte die Stimme in seinem Kopf, die wisperte, dass er das Richtige tat. Er notierte die Zahlen auf dem Zettel, die ihm auswendig aus dem Gedächtnis flossen. Er riss das Blatt aus dem Block, hielt es dem Beamten unter die Nase, damit dieser den harmlosen Inhalt erkennen konnte. Nach einem Nicken schob Edgar es über den Tisch hinüber zu Veit, bis der es trotz Handschellen zu fassen bekam. »Rufen Sie dort an. Wenn Ihnen jemand sagen kann, was passiert ist, dann wahrscheinlich dieser Mann. Und wenn Sie mich fragen, wer den Kontakt zu Peer Fram hergestellt hat, dann würde ich ebenfalls auf diesen Mann tippen.«

»Und wer bitte wird sich melden, wenn ich dort anrufe?«, fragte Veit.

»Conrad Brix. Mein Vater.«

SAMSTAG, DER 10. APRIL

Edgar Brix war wie betäubt aus dem Präsidium in Fionas Arme getaumelt. Ihm war erst klar geworden, was er getan hatte, als ihm die kalte Luft ins Gesicht geschlagen war wie eine Ohrfeige. Er hatte einen Stein ins Rollen gebracht, den selbst ein Herkules nicht mehr würde aufhalten können.

Nachdem sie die beiden Frauen an der Klinik eingesammelt hatten, waren sie nach Wickenrode zurückgefahren. Edgar hatte kein Wort gesprochen. Zu Hause angekommen, hatte er Fiona gebeten, an der Praxistür die Nachricht anzubringen, dass er nur in dringenden Fällen zu sprechen war. Dann war er ins Bett gefallen und hatte bis zu diesem Morgen geschlafen wie ein Toter.

»Kannst du mir verraten, was mit dir los ist?« Fiona saß auf der Bettkante und hielt Edgar einen Kaffee entgegen.

Er schob sich das Kissen in den Rücken und richtete sich auf. Dankbar nahm er die Tasse und nippte daran. Heiß, stark, wunderbar.

»Was hat Johann denn gesagt, was dich so aus der Fassung gebracht hat?«

»Nichts, was Johann gesagt hat.«

»Sondern?«

»Das verstehst du nicht.«

Fiona sah ihn auf die Art an, wie man jemanden ansah, der es sich gerade verdammt einfach machte. »Ach ja? Du hast ja nicht mal versucht, es mir zu erklären.«

Der lange Schlaf hatte gutgetan. Alle Müdigkeit war verflogen und war einem unbestimmten Gefühl gewichen. »Ich habe ihm die Telefonnummer meines Vaters gegeben.«

Fiona guckte verwirrt. »Du hast recht, das verstehe ich nicht. Warum soll er deinen Vater in den USA anrufen?«

»Du weißt von den Notizen, die man bei Peer Fram gefunden hat?«

Fiona nickte.

»Du erinnerst dich, dass dort die Telefonnummer meines Vaters stand.«

»Ja, ich erinnere mich. Aber warum sollte Johann ihn jetzt anrufen?«

»Wenn mein Vater den Holländer Fram beauftragt hat, in Wickenrode Nachforschungen anzustellen, möchte er vielleicht wissen, was aus seinem Auftrag geworden ist. Erst recht, wenn es Johann helfen könnte.«

»Herrje, Edgar, warum nimmst du nicht einfach den Hörer in die Hand, wählst die Nummer deines Vaters und erzählst ihm das alles selber?«

Das diffuse Gefühl machte Edgars Bauchmuskeln hart. Wenn der Alte wissen wollte, was hier los war, sollte er gefälligst als Erster den Hörer in die Hand nehmen. »Das Telefon ist immer noch tot.«

Fiona legte den Kopf schief und zog die Stirn kraus. Sie knabberte eine Weile gedankenverloren an ihrer Unterlippe herum.

Für einen Moment erwartete Edgar, dass Fiona aufstehen und weggehen würde; ihn und sein Selbstmitleid einfach sitzen ließ. Stattdessen seufzte sie tief und fiel neben ihm ins Bett. Edgar balancierte die Tasse, deren Inhalt bedenklich schwappte.

»Warum ist das alles so schwierig?« Fiona hatte den Kopf ins Kissen gedrückt und den Blick an die Decke gerichtet.

Edgar schien es, als erwarte sie gar keine Antwort, also ließ er die Frage im Raum stehen. »Was hast du denn gestern besorgt, während ich im Präsidium war?«

Sie grinste breit. »Ich war bei Heini Weber und hab dem Papa die Brille nachbestellt, die bei dem Unfall zu Bruch gegangen ist. Er soll doch seine Marie scharf sehen können.«

Edgar reichte ihr die Tasse, sie stellte sie auf den Fußboden. »Ich finde es bewundernswert, wie gut du das aufnimmst, dass dein alter Vater mit der Helferich anbandelt.«

Fiona drehte sich zu ihm um und fasste sein Gesicht mit beiden Händen. »Ich kann ja schlecht meinem Vater etwas krummnehmen, was ich selber nicht besser mache, oder?« Sie drückte ihre Lippen fest auf seine. Dann ging sie mit ihrem Gesicht auf Abstand. »Oder?«, fragte sie und küsste ihn erneut, inniger und länger.

Edgar linste mit einem Auge zum Wecker auf dem Nachttischchen. Halb zehn. Samstag. Kein Grund zur Eile. Er packte Fiona, zog sie auf sich drauf und die Decke über sie drüber.

Fiona quietschte wie ein kleines Mädchen.

✳

Fiona war nach Kassel gefahren, um ihren alten Herrn zu besuchen. Edgar betrat seine Praxis mit dem Vorsatz, für Ordnung zu sorgen. Die Papiere, die zu sortieren waren, nahm er in die Hand, wog sie kurz, entschied, dass ihm das den Tag verderben würde, der so schön begonnen hatte, und legte sie wieder weg.

Das Glöckchen an der Eingangstür bimmelte zaghaft, als gebe sich jemand Mühe, wenig Aufhebens um sein Erscheinen zu machen. Edgar wartete gespannt ab. Die Schritte schwerer, matschbeladener Schuhe näherten sich gemeinsam mit dem Trippeln von Krallen auf Linoleum.

In der Tür tauchte das Gesicht von Friedberg Söder auf. Neben ihm stand Kuno und tropfte. Edgar hatte den Hund und sein Versprechen komplett verdrängt.

Söder versuchte sich an einem Lächeln. »Da drussen hängt ein Schild, das de Praxis geschlossen is.«

»Ach ja, das hatte ich vergessen abzunehmen. Aber heute ist ohnehin keine Sprechstunde. Können Sie den Hund bitte auf dem Läufer ablegen?« Edgar deutete auf die Matte neben der Tür.

Kuno ließ sich rumpelnd dort nieder, Söder blieb regungslos daneben stehen.

»Danke, dass Sie auf ihn aufgepasst haben. Es beruhigt Albrecht sehr, zu wissen, dass es ihm gutgeht.«

»Is kinn Problem. Ein Esser mehr im Haus, davonne werd ich nit ärmer. Geht's dem Albrecht gut?«

»Er hat Glück gehabt. Nur eine Prellung und eine leichte Gehirnerschütterung. Er darf am Montag wieder nach Hause.«

»Das is gut.« Söder stand wie angewurzelt da.

»Kann ich sonst noch etwas für Sie tun?«

»Nu ja«, er trat mit gesenktem Kopf näher.

Edgar war heilfroh, dass er den Wischmopp noch nicht geschwungen hatte, Söder hinterließ auffällige Spuren.

Er bemerkte Edgars Blick. »Soll ich de Schuhe …? Ich mein, ich könnt se ussziehen.«

»Nein, ist schon gut. Was führt Sie zu mir?« Allmählich stieg Edgars Neugierde.

»Also, das is so, Se erinnern sich doch an den Morjen, an dem der Wagner tot in dem Albrecht sinn Hof gelegen hot.«

Jetzt war Edgar äußerst gespannt, worauf das hinauslief. Er lehnte sich nach vorne und deutete auf den Stuhl vor seinem Schreibtisch.

»Ich glaub, ich bleib libber stehn.« Söder sah tatsächlich so aus, als wolle er sich eine Möglichkeit zum schnellen Rückzug sichern. »Also, ich honn gehört, dass der Johann in Gewahrsam is.«

»Ja, das stimmt. Aber was hat das mit jenem Morgen zu tun?«

»Ich honn doch de Jagd uff den Johann annegeführt.«

Edgar erinnerte sich. Der Greis, der jetzt vor ihm stand, war meilenweit entfernt von dem Friedberg Söder von damals. Der junge Kerl, der zackig den rechten Arm zum Gruß hob und Parolen brüllen konnte wie ein Maschinengewehr, schien aus Söder gewichen zu sein wie ein böser Geist. Der alte Mann tat Edgar leid. Es gab keine Form der Buße, die vergessen machen konnte, was er getan hatte. »Sie waren nicht der Einzige, der fest davon überzeugt war, dass Johann der Täter war.«

»Ne, aber ich hätt's besser wissen müssen. Un wenn wir den Johann zufällig erwischt hätten, weiß ich nit, was mit emme passiert wär.« Er machte eine Pause und atmete mit flackerndem Luftzug ein. »Ich weiß es wirklich nit.«

»Wollen Sie sich nicht doch setzen?« Edgar stand auf, ging um den Tisch und zog den Stuhl vor. Er packte den alten Söder an der Schulter und drückte ihn mit sanftem Druck auf die Sitzfläche.

Edgar nahm ihm gegenüber Platz und wartete ab.

»Un ich bin schuld, dass hä das Dorf verlassen musste.« Er hob den Kopf und blickte unvermittelt fest und sagte: »Ich … bin … schuld!« Er stieß sich den Zeigefinger bei jedem Wort auf die Brust.

Edgar sah einen Mann vor sich, der in Tränen ausgebrochen wäre, wenn man ihm das Weinen nicht bereits in der Kindheit aus dem Leib geprügelt hätte. So schnell ging ein heimeliger Samstag zu Ende. Von einer Sekunde auf die andere war Edgar wieder mitten in die Zeit zurückversetzt, die er am liebsten aus seinem Herzen verbannt hätte. Er spürte, wie die Spannung von Söder über den Schreibtisch waberte und ihm ins Mark kroch. Sein Atem presste schwer gegen das Zwerchfell. »Mag sein«, sagte Edgar leise, »dass Sie eine Mitschuld tragen. Aber heute ist Johann hier und braucht Hilfe. Sie könnten es wiedergutmachen.«

»Ach ja? Un wie? Hä wird nit mit mir sprechen wollen.«

»Johann weiß gar nicht, was Sie an jenem Morgen getrieben haben. Er wüsste es vermutlich nicht mal, wenn er sich erinnern könnte.«

»Stimmet das dann, dass hä sinn Gedächtnis verloren hot?«

»Ja, das stimmt. Wie gesagt, er weiß nicht, was Sie getan haben. Und ich werde es ihm nicht verraten.«

Der alte Söder kniff skeptisch die Augen zusammen.

»Sie haben die Chance, dafür zu sorgen, dass sich die Geschichte nicht wiederholen wird, wenn Sie Ihr Wissen über den Abend und den Morgen mit ihm teilen. Vielleicht bringt das seine Erinnerung zurück.«

Der Söder sah aus, als hätte Edgar ihm vorgeschlagen, im Büßerhemd durch das Dorf zu laufen. Käseweiß und kaltschweißig saß er da. »Das kann ich nit.«

»Können tun Sie schon. Die Frage ist, ob Sie wollen.«

Söder sah ihn an, als erwarte er, dass Edgar zurücknahm, was er gerade gesagt hatte, doch der tat ihm nicht den Gefallen. Er setzte nach: »Sie können nicht davonlaufen. Genauso wenig wie wir anderen auch.« Edgar spürte einen Stich in der Brust, als habe ihm jemand eine glühende Klinge hineingebohrt. Genauso wenig wie ich nicht davonlaufen kann, hallte das Echo seiner eigenen Worte in seinem Kopf wider.

Söder sah ihn regungslos aus trüben Augen an, als wären Edgars Gedanken sichtbar, als könne er das Echo in Edgars Kopf ebenfalls hören.

Edgar hatte keine Lust, länger diplomatisch zu sein. Es tat einfach viel zu sehr weh und er sah nicht ein, warum er einmal mehr derjenige sein sollte, der sich dem Schmerz stellte, während die übrigen untätig haderten. »Sie sitzen hier bei einem jüdischen Arzt. Ich musste '38 genauso wie Johann Veit das Dorf verlassen, weil Menschen wie Sie die Welt in einen Ort verwandelt hatten, an dem Recht und Gesetz nur noch für wenige galten. Es ist 1965. Ich reiße Ihnen weder den Kopf ab noch verfolgt Sie mein Hass jede Nacht in Ihren Träumen. Sie haben gelernt, mit mir zu leben, wie ich mit Ihnen. Ich finde, Johann hat dieselbe Chance verdient wie Sie und ich. Und wenn Sie es nicht für Johann tun, dann wenigstens für Lukas, damit der dieses unsägliche Erbe nicht länger mit sich rumschleppen muss.« Edgar bemerkte, dass sein Ton bissig geworden war. Er fürchtete, dass Söder ihn bei all der Pathetik missverstanden haben könnte.

Doch die Botschaft schien bei Söder angekommen zu sein. Er nickte. »Ja. Das stimmt. Se honns mir aber au nit allzu schwergemacht.«

Edgars Wut verflog. »Ich bin mir sicher, dass Sie beim Johann offene Türen einrennen. Und wenn Sie den Mumm aufbringen, dann entschuldigen Sie sich bei ihm. Ich glaube, das ist es, was er in Wahrheit will.«

»Erst mal muss der Junge uss dem Gefängnis russ. Hä wird wahnsinnich wern da drin.«

»Da sagen Sie was. Leider spricht alles gegen ihn.«

Söder erhob sich umständlich aus dem Stuhl und ging zwei Schritte Richtung Ausgang. An der Tür drehte er sich um. »Ich denk drübber nach.« Er ließ den Kopf wippen, so als müsse ein Gedanke sich erst zu Worten formen.

»'tschuldigung«, hauchte er in den Raum und ging.

Nach diesem Gespräch trieb Edgar das dringende Bedürfnis, zu laufen. Er leinte Kuno an und verließ das Haus. Egal wohin, Hauptsache, die Beine in Bewegung und die verstopften Gedanken in Fluss bringen.

Kuno zerrte ihn die Ringenkuhle hinauf wie eine Lokomotive. Der Rüde war nicht mal ein Jahr alt und bereits ein Prachtkerl von einem halben Zentner. Kommissar Frank hatte Albrecht den Hund zum Trost über den Tod der Schäferhündin Blume geschenkt. Er hatte Kunos Stammbaum gepriesen. Allerdings, hatte Frank angefügt, sei der Rüde nicht tauglich für den Polizeidienst: zu gutmütig. Das war die volle Wahrheit gewesen. Ein sanfteres Tier war Edgar noch nie untergekommen. Dennoch schien es, als ob Albrecht den Verlust von Kunos Vorgängerin Blume nie vollständig verwunden hatte. Vielleicht lag es daran, dass Blume mit ihrer Art Lebendigkeit in Albrechts Alltag gebracht hatte, bis sie eiskalt ermordet worden war.

Als ob die Gedanken seine Beine gesteuert hatten, fand Edgar sich nach einer Viertelstunde Fußmarsch am Haus des verstorbenen Schäfers Nathan Gunkel wieder. Das Gelände war scheinbar in Benutzung. Frische Fahrspuren zogen sich durch den Matsch im Innenhof. Unter den Schleppdächern lagerte Stroh und etliche Katzen putzten sich die Nässe aus dem räudigen Fell. Kuno tappte neugierig auf sie zu und erntete Fauchen und beeindruckende Buckel.

Edgar stakste durch den Innenhof. Ein ums andere Mal wäre er fast ausgeglitten, fing sich aber wieder. Er arbeitete sich vor bis zu der Scheune, die im letzten Jahr so viel Unglück gesehen hatte.

Der Schäfer hatte hier den gelben Käfer versteckt, mit dem der Holländer Fram in den Ort gekommen war, damit dessen Tod so lange geheim blieb, bis Edgar die Leiche am Waldrand finden sollte. Wenige Tage darauf saß der Schäfer selbst in dem Wagen mit einem Einschussloch in der Stirn. Albrecht hatte ihn dort gefunden. Noch in derselben Woche hatte Fritz Veit den Pfarrer Hochapfel hier in die Scheune gezerrt und sich in seinem Beisein den Schädel weggeschossen.

Edgar näherte sich dem Schiebetor. Das Schloss hing offen im Bügel. Er schob das Tor zur Seite. Die Scheune war bis auf die gelagerten Heuballen leer. Natürlich waren sämtliche Spuren von dem, was sich hier ereignet hatte, verschwunden.

Er ließ Kuno los, der schnuppernd das Innere der Scheune erkundete. Das Heu war bis an die Decke gestapelt, es roch nach vermoderndem Gras. Diese verdammte Feuchtigkeit!

Edgar wollte einen Schritt weiter hineingehen, als sich eine Hand schwer auf seine Schulter legte. Er zuckte zusammen und drehte sich um.

Fuhrmann stand direkt hinter ihm. »Honn Se sich verlaufen?«

»Ich war nur neugierig und überrascht. Ich wusste nicht, dass der Hof noch in Betrieb ist.«

»De Schofe honn ich übernommen. Der Gunkel hät sich im Grabe rummegedreht, wenn der Most sinne Schofe bekommen hätte. Da dacht ich, das bin ich emme schuldich.«

»So ganz uneigennützig war diese Entscheidung aber nicht, oder?«

»Was soll'n das heißen?«

»Die Herde vom Gunkel zählte eine große Zahl Tiere, wenn ich mich richtig erinnere.«

»Sie gehörn mir ja nit. Ich honn den Hof un de Viecher ja nur in Obhut, weils kinne Erben gegeben hot. Da bin ich ingesprungen.«

»Ach so.« Die Lämmer, die beim Noll im Keller baumelten, hatte sich der Fuhrmann mit Sicherheit gut bezahlen lassen. »Kuno, komm!«, mahnte er den Rüden, der sich selbstvergessen im feuchten Heu wälzte und dabei wohlige Laute von sich gab.

»Wos honn Se denn geglaubt, hier zu finden?«

»Ich bin zufällig vorbeigekommen und die Neugierde hat mich in die Scheune getrieben.«

»Na, da sieht man nix mehr.«

Edgar nickte. Eine lange Pause entstand. »Was haben Sie damit gemeint, als Sie sagten, mein Vater habe mir den Grund verschwiegen, aus dem wir das Dorf verlassen mussten? Die Gründe waren doch offensichtlich, oder etwa nicht?«

»Die Gründe, uss denen er Sie un Ihre Mutter uss dem Dorf geschafft hat, ja. Die, warum hä selber weit, weit weg wollte, die warn nit so offensichtlich.«

»Könnten Sie bitte deutlicher werden?«

»Hä hot Ihnen in all den Jahrn nix gesprochen?«

Er hat in all den Jahren überhaupt nicht gesprochen, dachte Edgar. Es war ihm stets vorgekommen, als habe man seinem Vater die Erinnerung aus dem Gehirn amputiert. Conrad Brix war nie ein milder Charakter gewesen, aber in den USA hatte er sich in einen Felsblock verwandelt, dem sich die Bedürfnisse aller Familienmitglieder unterzuordnen hatten. Edgar blieb nichts anderes übrig, als Fuhrmanns Frage mit einem Kopfschütteln zu beantworten.

»An jenem Morjen, als die de Leiche von dem Karl Wagner abtransportiert honn, hot der Albrecht die Witwe vom Wagner abgeholt. Die war nit sonnerlich überrascht, um das ma vorsichtich auszudrücken.«

»Und was hat das mit meinem Vater zu tun?«

»Wer hot den Juden – also Ihren Vadder – denn an dem Morjen zum Fundort der Leiche gerufen?«

Edgar stutzte. Der Vater war in aller Herrgottsfrühe aufgebrochen. Gutmund und er waren ihm in sicherem Abstand gefolgt, damit er sie nicht zurück nach Hause schicken konnte. Die Mutter hatte noch geschlafen. Edgar versuchte angestrengt, das Bild jenes Morgens heraufzubeschwören. Dass jemand geklopft oder gar das Telefon geklingelt hatte, tauchte in seiner Erinnerung nicht auf. Er sah Fuhrmann an und presste die Lippen aufeinander.

»Wissen Se, Herr Doktor. Für minnen Geschmack waren damals zu ville Liede in Albrecht sinn Hof, de niemand benachrichtigt hotte.«

Das, was Fuhrmann andeutete, sträubte Edgar die Nackenhaare. Sollte sich das halbe Dorf verschworen haben, um Karl Wagner aus dem Weg zu räumen und Johann Veit als Bauernopfer hinzustellen? Und ausgerechnet sein Vater sollte mitgemacht haben? Niemals.

Edgar sah Fuhrmann in die verknautschte Visage und die kleinen versoffenen Augen. »Wo waren Sie vorgestern Morgen, als Heinrich Noll starb?«

»Das is ja klar. Kaum kommt de Sprache uff de eigene Sippe, wird das Thema gewechselt.« Fuhrmann baute sich vor Edgar auf. »Wo ich war, woll'n Se wissen? Das kann ich Ihnen sprechen. Bei den Schofen war ich und wenn Se wissen wollen, ob ich Zeugen honn? Ja, honn ich: hunnert Schofe.«

»Woher wussten Sie von der Nachricht bei Nolls Leiche? Die Polizei hatte diese Information nicht veröffentlicht.«

Fuhrmann stutzte und kniff die Augen zusammen. »Do is der Ausgang.« Er deutete mit ausgestrecktem Arm auf das Scheunentor. »Un nemmen Se Ihren Köter mit.« Er drehte sich um und dampfte, vor sich hin fluchend, ab.

Edgar hatte einen wunden Punkt berührt. Die Gedanken vermengten sich in seinem Kopf zu einem zähen Brei. Was hatte Fuhrmann ihm unterschieben wollen? Dass sein Vater nicht zufällig am Fundort von Karl Wagners Leiche aufgetaucht war? Und was sollte es heißen, dass Wagners Ehefrau von der Todesnachricht ihres Mannes nicht allzu überrascht gewesen war? Die Abfolge der Ereignisse begann sich zu einem Bild zu formen, doch es lag ein Schleier auf der Erinnerung.

Edgar rief Kuno zu sich. Der beendete sein Bad im Heu erst nach der zweiten Aufforderung. Gemeinsam verließen sie den Hof.

Der Regen hatte aufgehört und ein längerer Spaziergang konnte ihnen beiden nicht schaden. Edgar wählte den Weg, der sich unterhalb des Hirschbergs durch die Felder wand. Von überallher plätscherte Wasser, das aus den überlasteten Bachbetten ausgebrochen war und in Rinnsalen das durchtränkte Erdreich bis auf die ausgewaschenen Wege spülte.

Kunos dicke Pfoten patschten durch die Pfützen. Edgar ließ den Blick schweifen, die Aussicht konnte er trotzdem nicht genießen. Das, was sich in seinem Kopf zusammenbraute, sah genauso trübe aus wie der Schleier, der auf dem Dorf lag. Der Rauch aus den Schornsteinen hing als stinkender Nebel über Häusern und schnitt alles Darunterliegende von der Zufuhr frischer Atemluft ab wie eine Käseglocke.

Edgar kam an der Bank vorbei, auf der er letzten Sommer mit Albrecht gesessen und die Aussicht genossen hatte. Die Kinder hatten im Teich der Franzensbaude gebadet und ihr Kreischen war durch das Tal gehallt. Lebendigkeit war durch das Dorf geflutet, jetzt war die Welt im Talkessel wie betäubt.

Sie hatten auf der Bank gesessen und Albrecht hatte berichtet, was an dem Morgen geschehen war, an dem er die Leiche von Karl Wagner in seinem Hof gefunden hatte. Vor Morgengrauen, beim Gang aufs Plumpsklo, war er über den Körper mit der Axt im Schädel gestolpert. Seine Frau Edith hatte aus dem Fenster gesehen und trotz der frühen Morgenstunde erkennen können, was da unter ihr auf dem Pflaster im Hof lag. Sie musste geschrien haben wie am Spieß. Ihr Geschrei hatte die Nachbarschaft aufgeschreckt. Ob es bis in das Arzthaus zu hören gewesen war, wusste Edgar nicht mehr. Albrecht hatte damit gerechnet, dass sich sehr bald Schaulustige einfinden würden, und Johann Veit aus dem Haus geschafft.

Der Pfarrer und Edgars Vater hatten den Leichnam von Karl Wagner in ein leerstehendes Backsteingebäude gebracht, das damals als Leichenhalle diente. Albrecht war die undankbare Aufgabe zugefallen, die Ehefrau von Karl Wagner zu informieren. Wie hatte Albrecht diesen Moment beschrieben? Fertig angezogen, die Haare zu einem Knoten gebunden, hatte Anne Wagner ihm die Tür geöffnet. Ohne eine Erklärung abzuwarten, war sie an ihm vorbeigegangen. Sie hatte nicht mal gefragt, wohin es gehen solle. Tropfenweise drängten sich die Fragmente in Edgars Kopf zusammen. Ein zusammenhängendes Bild kam nicht zustande.

Er stieg von den terrassenartigen Feldern und Wiesen Richtung Dorf hinab. Der Verdacht verfolgte ihn, dass alles, was er von jenem Morgen wusste, nur die halbe Wahrheit war.

Friedberg Söder sah Edgar skeptisch an, dann fiel sein Blick auf Kuno. »Kommen Se rinn.« Er drehte sich um und brüllte in den Flur: »Lukas! Bring den Flohteppich in den Schuppen.«

Lukas schlurfte gähnend aus dem Wohnzimmer. Von der gepflegten blonden Tolle abgesehen, ähnelte er in Schlappen und fleckigem Unterhemd seinem alten Herrn bedenklich. »Muss das sinn?«

»Ja, das muss sinn. Mach hinne.«

Lukas nahm Edgar die Leine aus der Hand und führte Kuno um die Ecke.

»Ich wollt Ihnen nur sprechen, dass der Lukas das ja nit wissen muss, dass ich Se heute besucht honn.«

Edgar hatte vermutet, dass Kuno nur ein Ablenkungsmanöver war. Er kam nicht dazu, Söder zu versichern, dass auf seine Verschwiegenheit Verlass war, Lukas kam bereits zurück.

»Ich war gerade oben beim Hof von Nathan Gunkel. Wussten Sie, dass der Fuhrmann den jetzt betreibt?«

Lukas Söder und sein Vater wechselten einen verständnislosen Blick. »Ja«, sagte Friedberg Söder, »das is doch nix Neues.«

»Ach so?« Die stetige Unwissenheit ging Edgar allmählich auf den Nerv. Er würde seine Praxis öfter verlassen müssen, um nicht ewig der Letzte zu sein, der etwas erfuhr.

»Komm'nSe rin. Steht sich so ungemütlich hier im Flur.« Friedberg Söder schlurfte voran, Lukas hinter ihm her.

Edgar folgte den beiden in das Wohnzimmer. Auf dem Couchtisch drängelten sich leere Bierflaschen, dazwischen Teller mit den angetrockneten Essensresten vergangener Tage. Kalter Zigarettenrauch stand wie eine Säule im Raum. Lukas lümmelte sich auf die Couch und blätterte in einer Sportzeitschrift. »Gleich kommt Fußball«, gab er zu bedenken.

Edgar verstand, dass er sich beeilen sollte. Das Södersche Samstagsritual, das mit Sicherheit aus der Bundesliga, mehreren Schachteln Eckstein und einer Kiste Bier bestand, würde keine Rücksicht auf seine Neugier nehmen.

Er setzte sich neben Lukas auf das Sofa. Die Stahlfedern piksten ihn ins Hinterteil und der Geruch der Polster hüllte ihn ein. »Es tut mir leid, wieder damit anzufangen, aber Herr Fuhrmann hat Andeutungen gemacht, die ich nicht verstehe.«

»Wos hot hä denn gesprochen?«, fragte der alte Söder skeptisch.

»Es geht um den Morgen, an dem die Leiche von Karl Wagner gefunden wurde.«

Friedberg Söder machte einen Hüpfer auf dem Sofa, das müde ächzte. Er sah Edgar an, als wolle er sagen: Sie hatten versprochen, nichts zu verraten!

Edgar nickte beschwichtigend. »Er hat angedeutet, dass einige der Schaulustigen am Tatort nicht zufällig dort gewesen sind.«

Söder sah aus, als müsse er etwas loswerden, aber er schwieg.

Lukas sprang in die entstandene Lücke. »Nit zufällig? Wie hotter dann das gemeint?«

»Ich glaube, er wollte sagen, dass einige, die dorthin kamen, wussten, was sie erwartete.«

Ein großes Fragezeichen tauchte in Lukas' Gesicht auf.

Edgar sah ein, dass er deutlicher werden musste. »Herr Fuhrmann hat indirekt behauptet, dass der Mord an Karl Wagner einigen Personen bekannt war, bevor Albrecht die Leiche in seinem Hof gefunden hat.«

Lukas guckte verwirrt. »Jo klar, der Fritz Veit hot davon …«

Sein Vater schnitt ihm mit einer scharfen Handbewegung das Wort ab. »Wennste kinne Ahnung host, musste dich nit inmischen.«

Lukas blieb der Mund offen stehen. Edgar konnte seine Verstörung geradezu mit Händen greifen.

Friedberg Söder kniff die Augen zusammen. »Wie kommt hä uff so wos?«

»Er hat behauptet, mein Vater wäre an diesem Morgen von niemandem gerufen worden, und trotzdem war er am Tatort.«

Söder sah aus, als wäge er die Antwort ab. Er kratzte sich am lichten Schopf, um Zeit zu gewinnen. »Ihr Vadder un ich warn gewiss kinne Freunde. Aber woher der Fuhrmann das wissen will, is mir schleierhaft. Ihr Vadder kam dazu, wie einige annere auch: Der Hochapfel, der ahle Wenig, der Fuhrmann war ja au dabi. Hot sich fein russgehalten. Wer will denn da wissen, ob sich das nit rumgesprochen hotte, dass der Wagner do in Albrechts Hof lag.«

Die Stimme von Söder war laut geworden und weckte Erinnerungen in Edgar, die er längst vergraben geglaubt hatte. Erinnerungen an einen schnittigen Söder mit Seitenscheitel und ausrasiertem Nacken, mit gebügelter Uniform und schwarzen Stiefeln, mit breitem Gürtel und noch breiterer Brust. Und mit einem Befehlston, dem sich kaum einer der Umstehenden hatte entziehen können. Edgar schluckte die Erinnerung herunter. Die half ihm jetzt nicht weiter. »Sie waren bereits weg, als die Leiche abtransportiert wurde, richtig?«

Der Söder nickte und wartete ab, worauf die Frage hinauslief.

»Der Fuhrmann hat ebenfalls angedeutet, dass Anne Wagner vom Tod ihres Mannes überhaupt nicht überrascht war.«

Die flache Hand von Söder knallte auf den Couchtisch. Zwei Bierflaschen fielen wie Kegel um und rissen einen übervollen Aschenbecher mit sich. Die Asche flirrte durch die Luft.

Lukas saß stocksteif da.

»Der Fuhrmann soll nit so dummes Geschwätzer machen. Der Blosenkopp hot doch kinne Ahnung. Hä war sich schon immer selber der Nächste. Hot der sich ums Anne gekümmert? Hot der se ein ums annere Mal bi sich übernachten lossen, wenn der Wagner se mal widder grün un blau geprügelt hotte? Ne. Der feine Herr hot sichs Mull zerrissen in der Kneipe über den Wagner un sinne Ussflüge. Un insgeheim hot hä sich gefreut, als hä in die Lücke springen konnte, die der Wagner hinterlassen hot. Wer is denn seitdem der hier im Ort, der alles abgrasen tut?«

Edgar fielen die Schafe und der Hof von Nathan Gunkel ein. Zumindest hatte Fuhrmann vom Tod des Schäfers Gunkel profitiert.

Söder war noch nicht fertig. Die Wut hatte mit scharfem Meißel in seinem Gesicht gewütet. »De Anne hot wahrscheinlich gedacht, dass der Herrgott endlich ein Insehen hotte. Da is man eben nit sonnerlich bedröppelt, wenn der

Ehemann mit einer Axt im Schädel beim Nachbarn im Hof liegt. Da guckt man vielleicht so, als hoffe man, dass sich de Glücksnachricht nit als Irrtum russstellen tut.«

Lukas saß stumm in den Polstern und schien versunken in das Flirren der Asche, die sich wie Sprühnebel in der feuchten Raumluft verteilte.

Sein Vater war immer noch nicht fertig. »Se honn doch selber im Sommer de Liede gefragt. Das Friederike au. Es hot doch sicher gesprochen, wos der Wagner für 'ne Pottsau gewesen is, oder?«

Edgar erinnerte sich lebhaft an das Gespräch mit Friederike Jungmann. Von der Senilität weichgespült waren ihre Erinnerungen gewesen, aber was sie über Karl Wagner zu sagen gehabt hatte, hatte Edgar die Schamesröte ins Gesicht getrieben. Er hatte gefragt, ob sie noch wisse, was an jenem Morgen geschehen sei. Ja, hatte sie geantwortet, es sei ein Morgen gewesen wie jeder andere auch, nur dass Karl Wagner eben mit einer Axt im Schädel in Albrechts Hof gelegen habe. So gesehen war es kein Wunder, dass Friedberg Söder die Reaktion von Anne Wagner nicht im mindesten merkwürdig fand. Nicht, wenn man bedachte, dass diese Bemerkung von Friederike Jungmann noch das Netteste über Karl Wagner war, was Edgar im letzten Sommer zu hören bekommen hatte.

Friedberg Söder hatte sich müde gepoltert. Er lehnte in den Polstern und atmete hektisch. Die Wut war aus seinen Gesichtszügen gewichen. »Ich honn mir damals au von jedem was inreden lossen. Un was honn ich davon gehabt? Da fühlste dich ein paar Jahre wien Herrenmensch und dann büßest du den Rest dinner Tage als charakterschwaches Nazischwinn.«

Lukas sah seinen Vater mit einer Mischung aus Ungläu-

bigkeit und Mitleid an. Edgar erkannte sich selber in Lukas'
Augen. Er las darin, dass der diese Worte gerne früher von
seinem alten Herrn gehört hätte.

Der Söder gab einen langgezogenen Brummton von sich.
»Der Fuhrmann hot jedenfalls kinne Ahnung. Lossen Se
sich von dem nit 'nen Floh ins Ohr setzen.«

Lukas warf einen verstohlenen Blick auf die Wanduhr
und danach in seine Zeitschrift. Zeit für den Anstoß, sollte
das bedeuten.

Zeit, um sich zu verabschieden, dachte Edgar.

SONNTAG, DER 11. APRIL

Im Anschluss an das Mittagessen wollte Fiona nach Kassel zurückfahren. Sie hatte sich vorgenommen, am Montag früher zur Arbeit zu gehen und dafür den Nachmittag freizunehmen, um Albrecht aus dem Krankenhaus abzuholen.

Das Essen war so ungenießbar gewesen wie gewohnt, dennoch ließen die Geräusche und Gerüche in seinem Elternhaus ohne Vorwarnung eine vergangene Zeit in Edgars Kopf auferstehen.

Er hörte Fleisch brutzeln und den Kessel blubbern. Das Geklapper von Besteck, die Stimme seiner Mutter, die durch das Haus gellte: »GUTMUND! EDGAR! Wenn ihr nicht in fünf Minuten am Tisch sitzt, geht ihr ohne Essen ins Bett.« Sie stand schwitzend am Herd, die Haare in ein Kopftuch gebunden; sie roch nach jüdischer Mame, nach Butterkeksen und saurer Milch. Der Vater saß wie jeden Tag mit durchgedrücktem Rücken am Küchentisch und hielt sich eine Zeitung vor das Gesicht. Er sprach nie viel und bewegte sich eloquent. Es sei denn, er geriet in Zorn. Dies geschah nicht häufig, aber stets blieben von seiner Eloquenz nur gezielte Hiebe.

So vermischten sich die Erinnerungen. Die warmen, weichen und die kalten, harten zu einem Bild, in dem Fiona aufgetaucht war wie ein Element, das in dieser Komposition nicht vorgesehen war. Edgar hatte so getan, als sei Fionas Essen wunderbar gewesen, und auf dem trockenen Schnitzel eine Ewigkeit rumgekaut, bis er die Fasern endlich schlucken konnte. Sie hatte gelächelt und sah so glücklich aus, wie er sie lange schon nicht mehr gesehen hatte. Er schämte sich augenblicklich dafür, dass er nicht genauso beseelt dreinschauen konnte, und das lag nicht nur an dem Schnitzel. Ihn plagte das bedrückende Gefühl, dass er sich auf einen Pfad ohne Umkehr begeben hatte, und daran war nicht Fiona schuld. Das Gefühl war mit Johann Veits Auftauchen über Edgar hereingebrochen. Und seit er ihm auch noch in der Zelle die Telefonnummer seines Vaters in die Hand gedrückt hatte, lief Edgar mit eingezogenem Kopf herum, als würde jeden Moment der Himmel über ihm einstürzen.

Nachdem Fiona gegangen war, wurde der Sonntagnachmittag seltsam leer. In Edgars Durcheinander der Gedanken und Gefühle platzte unerwartet Sonnenschein, der sich durch Schlieren aus Ruß und Staub auf den Fensterscheiben in das Haus stahl. Kuno lag schnarchend in einer Ecke, der Ofen brummte leise, der Regen hatte aufgehört und der Himmel zeigte ein Blau, das beinahe unwirklich aussah.

Sogar Kuno verließ seinen Platz in der Ecke, wählte eine Stelle am Boden, die von den Strahlen beschienen wurde, und ließ sich die Wärme auf den Pelz brennen.

Du machst das richtig, dachte Edgar. Nicht lange grübeln, sondern es sich einfach gutgehen lassen. Viel zu schnell konnte sich die Sonne wieder hinter Wolken verzogen haben.

Edgar ließ Kuno liegen, wo er war, zog den Mantel über und verließ das Haus. Bevor er den Schuppen betrat, warf er einen letzten kritischen Blick in den Himmel. Am Horizont dümpelten ein paar Schleierwölkchen. Er kickte den Ständer zur Seite und schob die Saxonette in den Vorgarten. Er stieg auf und rollte auf die Straße. Er traute sich sogar, bergab Vollgas zu geben. Der Hilfsmotor röhrte durch die

Gassen, eine Handvoll Kinder rannten kreischend einige Meter neben Edgar her, bis er die Hauptstraße erreicht hatte. In allen Häusern hatte man Türen und Fenster aufgerissen und hier und da hielten die Bewohner ihre Gesichter mit geschlossenen Augen in die Sonne. Die nasse Gasse dampfte unter den Sonnenstrahlen und Edgar war es, als schwebte er auf einem Nebelbett mitsamt der Saxonette Richtung Helsa.

Ludger Käse schaute nicht glücklich drein, als Edgar ihn um Zeit mit Pfarrer Hochapfel bat. »Sie müssen den alten Mann nicht anschreien. Davon kommt die Erinnerung bestimmt nicht zurück.«

»Keine Sorge, ich werde mich zurückhalten.«

»Das will ich auch hoffen.«

»Wer außer uns hat Herrn Hochapfel in letzter Zeit besucht?«

Käses Blick verschwand einen Moment im Nirgendwo, dann sah er Edgar an. »In den ersten Wochen nach seiner Verlegung aus Merxhausen hatte er ständig Besuch. Ab dem Herbst wurde es weniger und im Winter kam kaum noch jemand. Und das ist so geblieben.« Er kraulte sich am Kinn. »Stimmt das, was man hört?«

»Was hört man denn?«

»Dass der Veit den alten Noll …«, die Abscheu stand ihm in die Augen geschrieben.

»Herr Noll wurde ermordet und Herr Veit sitzt in Untersuchungshaft. Aber der Täter ist noch lange nicht ermittelt.«

»Ach. Es könnte auch jemand anders gewesen sein?«

»Kann es das nicht immer?«

Käse guckte Edgar fragend an.

Der hatte keine Lust, sich zu erklären. »Ist es denn jetzt möglich, Herrn Hochapfel zu sprechen?«

»Ja, sicher, aber halten Sie sich an unsere Abmachung:

keine Aufregung. Nach Ihrem letzten Besuch hat ihn eine Schwester nachts in der Kapelle gefunden.«

»Er verlässt selbstständig sein Zimmer?«

»Er ist ja nicht behindert, nur verwirrt.«

»Hat er mal mit jemandem gesprochen?«

»Sie meinen mehr als die Worte: ›Niemals vergessen‹? Nein, hat er nicht.«

»Hatten Sie je den Eindruck, dass er aus seinem Dämmerzustand auftaucht?«

»Schwester Margot hat mir erzählt, dass sie glaube, sein Zustand bessere sich. Er schien ihr zugänglicher zu werden. Aber das ist eine Einzelmeinung.«

»Kann ich mit ihr sprechen?«

»Sie hat heute keinen Dienst. Erst morgen wieder.« Käse guckte demonstrativ auf seine Armbanduhr. »Und jetzt entschuldigen Sie mich, die Nachmittagsrunde ruft. Ich lasse Ihnen Herrn Hochapfel in den Speisesaal bringen. Dort ist eh gerade Kaffeezeit. Und bitte: Denken Sie an unsere Abmachung.«

Edgar versuchte sich an einem vertrauenerweckenden Lächeln. Käse ließ ihn allein im Flur zurück.

Zehn Minuten später führte eine rundliche Dame mit Häubchen den Pfarrer zu Edgar an den Tisch. »Na, Herr Hochapfel, haben wir mal wieder Besuch. Da freuen wir uns aber, nicht wahr?« Sie sprach zu laut und zu deutlich.

Hochapfel sah sie nicht an. Er würdigte auch Edgar keines Blickes.

Der beäugte den Pfarrer kritisch, in der Hoffnung auf ein Zeichen des Erkennens. Das Blitzen im Mund der Schwester lenkte ihn ab: Die gesamte Front bestand aus glatten, glänzenden Goldblöcken, die zu groß geraten schienen.

Sie pflanzte Hochapfel auf den Stuhl neben Edgar. »Ich hole uns einen Kaffee.«

Edgar hoffte, dass der Plural nicht bedeutete, dass sie sich dazusetzen wollte, doch sie ging zur Tür hinaus, nachdem sie vor Hochapfel eine Tasse Kaffee mit zu viel Milchpulver abgestellt hatte.

Edgar beugte sich vor. »Herr Hochapfel, ich bitte Sie: Wenn Sie mich verstehen können, geben Sie mir ein Zeichen.«

Hochapfel starrte an Edgar vorbei an die Wand.

Edgar hob die Tasse und hielt sie ihm unter das Kinn. Hochapfel hob die Arme, mechanisch, als seien sie an Scharnieren befestigt, und griff danach. Er trank vorsichtig, die Hände zitterten. Er verschüttete Kaffee auf die Tischdecke. Er stellte die Tasse ab, ohne hinzusehen, sie stand ganz schräg auf dem Unterteller.

Edgar holte Servietten vom Servierwagen. Er nahm den Kaffee vom Tisch auf und wischte Hochapfel einige Spritzer von der Hand weg. Die zitterte nun heftiger. Das Zittern breitete sich auf den gesamten Körper des Pfarrers aus, wie auf eine dürre Pappel im Wind.

»Ich lasse Sie sofort in Ruhe, wenn Sie mir zu erkennen geben, dass Sie mich verstehen. Ansonsten sitze ich in nächster Zeit jeden Tag hier. So lange, bis Sie …«

Hochapfels Lippen öffneten sich. Es sah aus, als wolle der Pfarrer etwas sagen, stattdessen kroch ein langgezogener, schauriger Ton aus seinem Mund. Es klang, als ob jemand quälend langsam ein rostiges Schiebetor öffnete. Der Ton nahm an Intensität zu und die Blicke der anderen Bewohner flogen heran. Eine Dame schüttelte konsterniert den Kopf.

Edgar musste zugeben, dass er erstaunt darüber war, wie lange Hochapfel den Ton halten und sogar noch steigern konnte. Jetzt variierte er obendrein die Höhe. Die übrigen Kaffeegäste steckten tuschelnd die Köpfe zusammen.

Die Schwester mit dem Goldgebiss tauchte in der Tür auf. Ihr Blick erfasste im Bruchteil einer Sekunde die Lage. Sie stürzte an den Tisch. »Was haben Sie zu ihm gesagt?«

»Nichts. Ich habe ihn lediglich gefragt, ob er mich versteht. Dann passierte das.« Er deutete auf den Pfarrer, der mit offenem Mund wie eine verklemmte Sirene dasaß.

»Sie sollten besser gehen. Sie scheinen in Herrn Hochapfel schlechte Erinnerungen zu wecken.«

»Ich komme morgen wieder«, sagte Edgar betont in Hochapfels Richtung.

»Unterstehen Sie sich«, zischte die Schwester. »Ich werde Herrn Käse darüber informieren, was vorgefallen ist.«

Edgar zuckte die Achseln. Er nickte zum Abschied, stand auf und warf einen langen letzten Blick auf Hochapfel. Er war erstaunt, wie leicht es ihm gefallen war, sich wie ein miserabler Arzt zu verhalten.

Er verließ den Speisesaal und schritt nachdenklich durch den Flur. Wie eine Kopie von Kommissar Frank hatte er sich benommen. Kein Wunder. Wurde er doch seit dem Tod von Heinrich Noll das Gefühl nicht los, jemand drücke ihm die Luftröhre zu.

Er zockelte auf der Saxonette zurück nach Wickenrode.

Um Zeit zum Nachdenken zu schinden, bog er von der Hauptstraße ab und nahm den Weg, der dem Bachbett des Wedemann folgte. Der Bach war angeschwollen und trat an den flachen Böschungen über die Ufer, hatte die Wiesen in Auen verwandelt. Das Totholz stak aus den überfluteten Gebieten heraus wie Gebeine. Edgar wich mühsam einigen Pfützen aus, der Matsch spritzte ihm bis ins Gesicht. Die Luft war schwer, aber klar. Er pumpte die Lungen voll, bis die Brustmuskeln schmerzten und er Sternchen sah. Die Saxonette rutschte mit dem Vorderrad weg und war schon auf halbem Weg in den Graben. Schlingernd kam Edgar zum Stehen. Er stieg ab und sammelte sich.

Er schob die Saxonette, bis er die ersten Häuser des Dorfes erreicht hatte und gepflasterte Straßen unter den Reifen wusste.

Der Mantel war gerade wenige Wochen alt und brauchte schon die erste Reinigung. Die Hose hatte Edgar im Spülbecken im Bad eingeweicht, die Beine waren steif vor Matsch gewesen. Überall hatte Edgar getrocknete Erdkrümel in der Wohnung verteilt. Da es jetzt ohnehin egal war, ließ er Kuno in den Garten. Nachdem der seine Inspektion beendet hatte, trabte er durch die Hintertür ins Wohnzimmer. Das Bauchfell troff und die Pfotenabdrücke folgten ihm durch das Haus. Edgar nahm das Handtuch, mit dem er sich gerade abgetrocknet hatte, und rubbelte durch das Hundefell. Dem Köter entströmte eine ordentliche Duftmarke. Erfahrungsgemäß ließ der Geruch nach, wenn das Fell trocknete. Edgar legte ein Brikett auf.

Er wollte eben den Fernseher einschalten, da vernahm er ein Geräusch, das er um diese Zeit an einem Sonntag nicht erwartet hatte. Das Brummen eines Diesels, der direkt vor seiner Haustür geparkt haben musste. Der Motor lief. Edgar ging zum Küchenfenster. Im Dunkeln konnte er durch die kahlen Büsche im Vorgarten ein Auto erkennen. Ungewöhnliche Farbe, vermutlich ein Taxi. Ein Mann wartete, während ein weiterer etwas aus dem Kofferraum holte. Dann fuhr das Auto weg. Der Mann blieb vor dem Haus stehen, als warte er auf irgendetwas. Er hob einen schweren Gegenstand an und ging, schief zu einer Seite hängend, durch den Garten.

Edgar wartete, bis es an der Haustür klopfte, als er ein zweites Geräusch vernahm, mit dem er nicht gerechnet hatte: Kuno knurrte.

Edgar öffnete die Tür. Der Mann, der dort im Dunkeln stand, hob den Kopf. Der Schein der Flurbeleuchtung vertrieb den Schatten unter der Hutkrempe.

Für den Bruchteil einer Sekunde glaubte Edgar, dass er träumte. Er widerstand dem Impuls, sich zu kneifen.

Aus ungerührten Augen schaute ihn sein Vater an und sagte: »Guten Abend, Edgar.«

Conrad Brix stellte den Koffer unter die Garderobe, legte Hut und Mantel ab, nahm die kleine beschlagene Nickelbrille von der Nase und schlich an Edgar vorbei. Das Unwohlsein, das hinter ihm im Flur stehenblieb, konnte Edgar förmlich mit Händen greifen, vielleicht, weil er selber kurz darüber nachdenken musste, ob er die Flucht ergreifen solle. Er holte tief Luft und folgte seinem Vater in die Küche.

Conrad Brix hatte sich an den Tisch gesetzt, rieb die beschlagenen Gläser der Brille und setzte sie auf. Er saß dort und schaute Edgar an, als seien seit den Tagen, als er als Familienoberhaupt in dieser Küche trübe Stimmung verbreitet hatte, nicht über fünfundzwanzig Jahre vergangen.

Edgar blieb in der Küchentür stehen und fragte sich, ob ein Geist an seinem Tisch Platz genommen hatte oder ob es wirklich der alte Brix war. Leibhaftig und in voller Lebensgröße und erstaunlicherweise mit einem verhärmten Gesichtsausdruck, der Edgar nicht die geringste Angst einflößte, nicht mal Respekt. Je länger Edgar dort stand und den Vater musterte, desto deutlicher nahm er etwas wahr, was er in Zusammenhang mit seinem alten Herrn noch nie empfunden hatte. Da er es nicht benennen konnte, wagte er sich einen Schritt vor und setzte sich ihm gegenüber an den Tisch. Er schaute den Vater schweigend an und wartete ab.

»Du hast keine Mesusa am Türstock«, sagte der nach einer Weile.

»Du bist nicht den weiten Weg gekommen, um zu kontrollieren, ob deine alte Praxis ein ehrenwertes jüdisches Heim ist, oder?«

Conrad Brix schüttelte den Kopf. Er hatte die Nickelbrille abgesetzt, da sie erneut beschlagen war, und schaute kurzsichtig in den Raum. »Schön, die Einrichtung.«

Er schien dieses unsinnige Geplänkel zu brauchen und Edgar stieg darauf ein. »Das meiste war schon so, als ich das Haus übernommen hatte. Zweckmäßig, würde ich sagen.«

»Und die Praxis?«

Wenn Edgar das Falsche antwortete, würde sein Vater aufspringen und die Praxis inspizieren, um herauszufinden, ob sie seinen Ansprüchen gerecht wurde. »Komplett neu eingerichtet«, log er.

Der Vater nickte.

Eine peinliche Pause entstand.

»Darf ich dir etwas anbieten? Tee? Heißen Apfelsaft? Ein Bier vielleicht?«

»Es ist vor Pessach. Nichts Vergorenes, hast du das vergessen?«

Da war sie, die Mischung aus Tadel und Verachtung, die Edgar so vertraut war.

Conrad Brix musste die verkniffene Mimik seines Sohnes bemerkt haben. Er lenkte beinahe hektisch ein. »Ich nehme gerne einen Tee.«

Offensichtlich wollte sein Vater ihn auf keinen Fall verärgern und das konnte nur bedeuten, dass er als Bittsteller gekommen war. Eine bösartige Genugtuung machte sich in Edgar breit. Er hätte sie zu gerne abgeschüttelt, aber die Anwesenheit des alten Brix ließ ihm keine Wahl. Er erhob sich und setzte Wasser auf. Er spürte den Blick seines Vaters im Rücken. Für einen Moment hoffte er, wenn er nur lange genug wegschaute, sei der Mann am Küchentisch verschwunden. Als Edgar sich mit zwei Tassen in der Hand umdrehte, saß er immer noch dort.

»Ich wusste, dass das passieren würde, als du hierher zurückgekehrt bist.«

»Was?« Edgar nervte, dass der Vater nicht zum Punkt kam.

»Dass das Böse wieder aus den Kellern kriecht.«

»Was hat das mit mir zu tun?«

»Nicht mit dir, mit diesem Ort.«

»Findest du nicht, dass du ein wenig übertreibst? Der Teufel wohnt doch nicht in Wickenrode.«

Kein Widerspruch hätte deutlicher sein können als das beredte Schweigen, das folgte.

»Du hattest den Holländer beauftragt, hier bei mir nach dem Rechten zu sehen, nicht wahr?« Edgar fand, dass er mit dieser Frage den Ball geschickt zurückspielte.

»Nicht bei dir. Er war wegen Johann hier.«

Edgar fühlte einen Stich. Natürlich nicht wegen ihm. Warum sollte Conrad Brix sich auch dafür interessieren, wie es dem eigenen Sohn erging. »Wieso wegen Johann?«

»Weil ich wissen wollte, wie die Lage für seine Rückkehr stand. Fram berichtete mir, dass Johann die Erinnerung fehlte, da dachte ich, ich lasse ihn an Ort und Stelle nachforschen.«

»Fram ist tot.«

Conrad Brix setzte die Brille wieder auf. »Ich weiß.«

»Und trotzdem fandest du es überflüssig, Johann davor zu warnen, zurückzukommen?«

»Ich weiß erst seit vorgestern, dass Fram gestorben ist. Johann selber hat es mir am Telefon erzählt.«

»Hat Johann dir auch erzählt, warum er in Haft sitzt?«

»Grob.«

»Und was willst du jetzt hier?«

»Du hast ihm meine Nummer gegeben. Verrat du es mir!« Conrad Brix hatte die Stimme erhoben.

Aha. Endlich kam der alte Brix zum Vorschein. »Du hättest ihn warnen müssen, nachdem Fram sich nicht mehr bei dir gemeldet hat. Aber nein, du lässt ihn mitten in sein Verderben laufen. Außerdem ist es nur eine Frage der Zeit, bis die Polizei herausfindet, dass es deine Nummer ist, die sie bei Fram in den Unterlagen gefunden haben.«

»Die Polizei hat meine Nummer bei ihm gefunden? Woher weißt du das?«

»Ich habe sie gesehen.«

»Und du hast es denen nicht verraten?«

Edgar sah etwas durch die Nickelbrille des Vaters blitzen, was ihn überraschte. Er hatte seinen alten Herrn zum ersten Mal wahrhaftig erstaunt.

»Ich fand, du solltest das selber aufklären. Immerhin sitze ich seit Monaten hier in der Tinte. Und mit Fram fing alles an.«

»Man hat dich doch nicht verdächtigt?« Conrad Brix kam einer Antwort zuvor und winkte ab. »Natürlich hat man dich verdächtigt. Die Juden sind eben an allem schuld, nicht wahr?«

»Vater, diese Zeit ist vorbei. Wenn du den Leuten hier mit Vorwürfen begegnen willst, solltest du dir woanders eine Bleibe suchen.« Edgar fiel ein, dass sein Vater irgendwo würde übernachten müssen. Er spürte, wie ihm die Kehle eng wurde, als er den Blick des Vaters sah, der wie selbstverständlich zu sagen schien: Natürlich werde ich hier im Haus bleiben.

»Ich weiß«, sagte Brix unerwartet versöhnlich. Er schüttelte den Kopf und sprach mit gesenkter Stimme: »Hier ist alles wieder so nah. Als ich in Frankfurt das Flugzeug verließ, war ich in einem neuen Deutschland gelandet; ganz anders als das, aus dem wir geflohen sind. Dann Kassel. Ich dachte, ich sei in der falschen Stadt aus dem Zug gestiegen. Ich habe nichts mehr wiedererkannt. Kein Winkel kam mir bekannt vor. Aber kaum bog das Taxi Richtung Helsa ab, war es, als sei die Zeit stehengeblieben.«

So viel hatte Edgar seinen Vater seit Jahren nicht am Stück sprechen hören. Er füllte die Teetassen auf, setzte sich und wartete ab, was noch an Unerwartetem aus den Untiefen seines Erzeugers auftauchen würde.

»Hier liegt jeder Stein genau dort, wo er lag, als wir das Dorf verlassen haben. Und wenn mich nicht alles täuscht, weiß jetzt schon der halbe Ort, dass ich hier bei dir in der Küche sitze.«

Edgar musste schmunzeln. »Ganz sicher sogar.«

»Lass uns morgen reden, ich bin müde von der Reise.«

Hinter der Fassade des eisernen Conrad Brix sah Edgar die Schwäche des Alters. Was auch immer Edgar auf der Seele lag, musste Zeit bis zum nächsten Tag haben.

»Ich beziehe dir rasch das Bett neu.«

Edgar wachte schweißgebadet auf, gleichzeitig fröstelte er. Die Decke war ihm vom Körper gerutscht, der Ofen musste ausgegangen sein, der Fernseher lief. Schnee und Rauschen waberten durch das dunkle Wohnzimmer. Edgar stand auf, stellte das Fernsehgerät aus und knipste die Stehleuchte in der Ecke an. Gerade drei Uhr durch und diese Nacht war beendet.

Er klaubte die Decke vom Boden, wickelte sie sich um den Körper und heizte den Ofen ein. Kuno war ebenfalls aufgewacht, taperte schlaftrunken ein paar Schritte und rollte sich wieder zusammen.

Hatte Edgar geträumt? Die Müdigkeit ließ das Bild, das vor seinem inneren Auge herumgeisterte, unwirklich erscheinen. Einen Augenblick lang musste er tatsächlich überlegen, ob das wirklich sein Vater gewesen war, der dort in der Tür gestanden hatte, oder ob ihn die Angst, er könne wieder auftauchen, mit beinahe realen Bildern in den Träumen heimsuchte. Eine Gänsehaut raste seinen Körper hinab. Würde er die Tür zu seinem Schlafzimmer öffnen, läge dort im Bett sein Vater. Im selben Bett, in dem Edgar und Fiona noch am Morgen die Kissen zerwühlt hatten. Edgar schüttelte sich. Er wartete, bis der Ofen Luft zog, dann schlurfte er in die Küche. Er stolperte über einen Zipfel der Decke, fing sich an der Anrichte ab und zerrte dabei eine Tasse zu Boden, die scheppernd auf dem Fußboden landete. Er hielt den Atem an und lauschte. Auf eine nächtliche Begegnung mit seinem Vater konnte er gut verzichten. Die Müdigkeit hüllte Edgar ein wie die Decke, die er um den Leib gewickelt hatte, und gleichzeitig wütete die Grübelei in ihm drin wie ein aufgeregter Bienenstock. Wenn er wieder in den Schlaf finden wollte, würde er Valium aus der Praxis holen oder sich betrinken müssen.

Er nahm ein Bier aus dem Kühlschrank und ließ den Deckel mit einem Plopp vom Flaschenhals springen.

Sein Vater stand in der Tür. »Kannst du auch nicht schlafen?«, fragte er leise.

Edgar hielt ihm wie zur Antwort die Flasche hin.

Conrad Brix schüttelte den Kopf. »Hast du Schnaps im Haus?«

Edgar schmunzelte. Kein Bier vor Pessach, aber Schnaps ging natürlich. Er nahm einen Obstbrand vom Regal, stellte zwei Gläschen auf den Tisch und füllte sie. Sein Vater setzte sich und kippte den Inhalt hinunter. Dann zeigte er mit den Fingern in das Glas.

Edgar goss nach.

»Wirst du auch in Naturalien bezahlt?« Conrad Brix deutete auf das Regalbrett, auf dem sich die Flaschen mit handbeschrifteten Etiketten aneinanderreihten. »Dieses Dorf …«, er ließ den Rest des Satzes mit dem Schnaps in seiner Kehle verschwinden.

»Woher weißt du, wie dieses Dorf ist? Du warst so lange nicht hier.«

»Dann sag es mir. Hat es sich verändert?«

Edgar musste einen Augenblick überlegen. Er hatte geglaubt, die Antwort sei einfacher. Er hätte gerne geantwortet: »Ich habe mich verändert und das reicht. Die Welt ist so, wie wir ihr entgegentreten. Aber man kann sich natürlich wie du in ein Schneckenhaus verkriechen und von dort aus alles und jeden verurteilen, bevor er eine Chance hatte, das Gegenteil zu beweisen.« Die Wahrheit war auch das nicht. Die Menschen waren nicht besser geworden, die Lage nicht unkomplizierter und wenn er einen Moment ehrlich mit sich war, war er genauso ein Außenseiter hier im Ort, wie es seinerzeit sein Vater gewesen war. »Heimat« blieb ein Fremdwort. Edgar hatte geglaubt, in Fionas Körper etwas Ähnliches gefunden zu haben, doch kaum graute der Morgen, war das Gefühl schon wieder verschwunden. Er hätte seinem Vater gerne all das gesagt. »Ich weiß nicht, ob Menschen sich überhaupt verändern können«, sagte er stattdessen.

»Meine Rede.« Conrad Brix kippte den nächsten Schnaps in den Mund.

Hatte Edgar geträumt, oder hatte sein Vater ihm gerade zugestimmt? Wenn er glaubte, er könne sich bei ihm einschmeicheln, hatte er sich getäuscht. »Wie geht es Mama?«, platzte es aus ihm heraus.

Conrad Brix stutzte. »Gut. Sie vermisst dich.«

»Sie hätte nur nach dem Telefonhörer greifen müssen.«

Brix musste das Bittere in Edgars Stimme gehört haben. »Wenn du mir etwas sagen willst, sag es. Deine Mutter hat mit all dem hier nichts zu tun.«

»Und was bitte hat mit all dem hier zu tun? Weißt du, seit ich die USA verlassen habe, werde ich das Gefühl nicht los, als ob mir die Geister der Vergangenheit im Nacken sitzen. Erst hatte ich geglaubt, dass das Schicksal mir nur nicht gestattet, den Unfall zu vergessen. Aber seit ich hier bin, kommt es mir so vor, als wäre es gar nicht meine Vergangenheit, die mich verfolgt. Irgendetwas ist geschehen damals, oder? Die Flucht – unsere Flucht – das war nicht nur wegen der Nazis.«

Brix hob den Kopf in Zeitlupe.

Edgar wusste, dass er zu weit gegangen war. Gleich würde der Vater aufstehen und die Küche verlassen. Gut so. Sollte der sich wieder ins Schweigen flüchten und seinen Sohn in dem Schlamassel hocken lassen, das dieser gar nicht angerichtet hatte. Sollte er doch aus Edgars Leben verschwinden, es würde sich ohnehin nie etwas ändern.

Brix tat ihm nicht den Gefallen. Sein Gesichtsausdruck war von einer Entschlossenheit, als wolle er sagen: Jetzt ist Schluss! »Ich musste euch vor den Nazis in Sicherheit bringen. Ihr hättet auf jeden Fall gehen müssen.«

»Wir? Und du?«

»Ich hatte überlegt, zu bleiben.«

Edgar ließ sich in die Rückenlehne des Stuhls fallen. Ihm blieb nichts übrig, als den Vater anzustarren. Zu viele Fragen kreisten in seinem Kopf, um eine einzelne formulieren zu können.

»Ich hatte meine Gründe und ich möchte nicht darüber reden.«

Edgar sprang vom Stuhl auf, dass dieser polternd umfiel. »Warum bist du in das verdammte Flugzeug gestiegen, wenn du eh nur den alten sturen Bock spielen willst, der du schon immer warst? Heute Nacht kannst du hier schlafen, morgen suchst du dir eine andere Bleibe.«

Edgar flüchtete ins Wohnzimmer und knallte die Tür hinter sich zu. Er ließ sich aufs Sofa fallen. Kuno watschelte schlaftrunken auf ihn zu, setzte sich vor ihn und legte den Kopf schief. Edgar fuhr mit der Hand in das dichte Fell. Er spürte den gleichmäßigen Atem des Hundes im Gegensatz zum Rasen seines Herzens. Der Alte hatte es mal wieder geschafft. Wozu ein Vater auch immer gut sein mochte, in Edgars Leben war er eine einzige Heimsuchung. Er fuhr Kuno über den Nacken und hoffte, dass die Aufregung abflauen würde. Nicht mal vier Uhr. Edgar klopfte auffordernd auf das Sofa und Kuno hievte seinen Leib darauf. Edgar rückte an den warmen Körper ran und fuhr mit der Hand sanft darüber. Er würde mit Kuno gemeinsam auf den Morgen warten.

MONTAG, DER 12. APRIL

»Jesses, der alte Brix!«, hörte Edgar eine spitze Stimme durch die Tür des Behandlungszimmers.

Er stürmte in das Wartezimmer. Marie Helferich hatte eine Hand vor den Mund gepresst und starrte Edgars Vater aus weit aufgerissenen Augen an.

Conrad Brix stand halb im Flur zum Wohnhaus. Er musste Marie Helferich ungeplant in die Arme gelaufen sein, denn er guckte genauso entgeistert wie sie.

»Ich … ich wollte mich verabschieden.«

»Sie woll'n sich verabschieden?« Marie Helferich schien die Welt nicht mehr zu verstehen.

»Gehen Sie doch schon mal in das Behandlungszimmer, ich komme gleich«, sagte Edgar zu ihr.

Sie trödelte durch die geöffnete Tür. Immer wieder warf sie einen Blick zurück, so als wolle sie sich vergewissern, dass ihr der Verstand keinen Streich gespielt hatte.

Edgar schloss die Tür hinter ihr. Sein Vater stand im halbdunklen Flur. Er ähnelte dem desolaten Bild, das Edgar am Morgen aus dem Spiegel entgegengeblickt hatte. Das Mitleid mit dem alten Mann hielt sich in Grenzen.

»Ich fahre jetzt nach Kassel zu Johann. Meine Sachen nehme ich mit.«

»Gut.« Edgar biss sich auf die Unterlippe. Er konnte dem Vater unmöglich in fünf Minuten an den Kopf werfen, was ihm in einem stundenlangen inneren Monolog den Schlaf geraubt hatte.

Brix tippelte auf der Stelle. »Dann gehe ich jetzt.«

»Ja. Ich hab zu tun.« Edgar deutete hinter sich auf die Praxistür, von der er wusste, dass das Ohr von Marie Helferich daran klebte. Auf keinen Fall würde er als Erster nachgeben und gehen. Diesen Abgang würde er dem Alten nicht so leicht machen. Er blieb stehen und spürte den Herzschlag in seinem Hals pulsieren.

»Ich melde mich, wenn es etwas Neues gibt«, sagte Conrad Brix und verschwand lautlos im Flur.

Vielleicht ist das alles nur ein böser Traum und ich wache gleich auf, hoffte Edgar. Als er Marie Helferich mit der Tür beinahe umstieß und die Fragezeichen auf ihrer Stirn lesen konnte, wusste er, dass er nicht geträumt hatte.

»Dann hot das Wiegand doch die Wahrheit gesprochen, dass sie ihren Vater hat ins Haus gehen sehen.«

»Sind Sie hier, um den neuesten Dorftratsch auszutauschen?« Edgar hielt die Luft an, das war unhöflicher gewesen als beabsichtigt. Am heutigen Morgen gestand er sich ein wenig Nachsicht mit sich selber ein.

»Nein, nein. Der Albrecht kommt doch heute uss dem Krankenhaus. Da wollt ich nur fragen, ob Se denn glauben, dass hä allein klarkommen wird?«

Das gab Edgar die Gelegenheit, die Unhöflichkeit wieder auszubügeln. »Er wird natürlich Hilfe brauchen. Und Fiona kann ja nicht ständig bei ihm sein.«

»Ja, wenn Se meinen. Dann kümmer ich mich selbstverständlich.«

»Ich könnte mir vorstellen, dass er das sehr zu schätzen weiß.«

Marie Helferichs Wangen glühten wie die eines Backfischs. Was auch immer das Leben mit einem anstellen mochte, dachte Edgar, auf die Macht der Liebe blieb Verlass. Irgendwie ein schwacher Trost an einem Morgen wie diesem, fand er.

»Dann muss der Roland eine Zeit lang alleine klarkommen. Na ja, der Albrecht hat gesagt, das täte dem Jungen au ma gut.« Marie Helferich sah aus, als wäre sie nicht gleichermaßen überzeugt.

Darum war es in dem Streit zwischen Albrecht und Marie Helferich also gegangen: um die etwas zu enge Bindung von Marie an ihren längst erwachsenen Sohn Roland. Erziehungsfragen konnten offensichtlich selbst eine zarte Liebe im Rentenalter noch aus dem Gleichgewicht bringen.

Edgar hielt ihr zum Abschied die Tür auf und versprach, Albrecht auf die dringend angeratene Hilfe hinzuweisen. Er setzte sich an den Schreibtisch und nahm das Notizbüchlein zur Hand. Ob es dabei helfen konnte, das Durcheinander in seinem Kopf zu sortieren? Einfach aufschreiben, was ihm in den Sinn kam? Da waren nicht nur Gedanken. Ein Gefühl hatte sich festgebissen wie ein Terrier. Sein Vater war wegen Johann Veit zurückgekehrt. Außerdem hatte er um ein Haar seine Frau und seine Söhne verlassen. Konnte man einen Mann, dem man derart egal sein musste, überhaupt als Vater bezeichnen? Woher nahm der das Selbstverständnis, sich wie ein Patriarch aufzuführen, wenn ihm in Wahrheit nichts an der Familie lag? Edgar schüttelte den Kopf. Der Terrier hatte sich als Eifersucht zu erkennen gegeben. Das alles war ja nur die halbe Wahrheit. Er konnte Conrad Brix erst dann zum Teufel jagen, wenn er wusste, warum der sich im Sommer 1938 am Ende doch entschieden hatte, die Familie zu begleiten.

*

Albrecht saß bekleidet und rasiert auf dem Krankenhausbett, in der Erwartung, dass Fiona bald auftauchen würde. Er klopfte mit den Fingern der gesunden Hand auf die Tasche, die er neben sich auf das Bett gestellt hatte.

Statt Fiona betrat eine Fata Morgana das Krankenzimmer.

»Guten Tag, Herr Schneider«, sagte der Mann, verharrte im Türrahmen und musterte Albrecht. Der Mann schien genauso daran zu scheitern, das Bild des Greises auf dem Bett mit seiner Erinnerung in Übereinstimmung zu bringen.

Albrecht ließ sich mustern, dafür nahm er sich heraus, ungeniert das Gleiche zu tun. Da stand ein elegant gekleideter Herr. Im Schatten der Hutkrempe ein zerfurchtes Gesicht, die Falten hatten die Augen zu kleinen Kugeln zusammengedrückt, die durch die winzigen Gläser einer Nickelbrille linsten. Wäre er ihm auf der Straße begegnet, er wäre an ihm vorbeigelaufen, ohne ihn zu erkennen. Letztlich verriet Albrecht ein Detail, dass es sich um Conrad Brix handeln musste: Er stand da, als habe man ihm statt einer Wirbelsäule eine Eisenstange in den Rücken gelötet.

Albrecht erhob sich vom Bett und brachte sich auf diese Weise mit Conrad Brix auf Augenhöhe. »Bitte, kommen Sie doch näher.«

Brix nahm den Hut vom Kopf.

Wie Albrecht es sich gedacht hatte: schütteres weißes Haar.

Brix fuhr sich mit der Hand darüber und strich es glatt. Er kam mit ausgestrecktem Arm und Unsicherheit in den Augen auf Albrecht zu.

Albrecht ergriff die Hand und erhielt einen festen Händedruck.

Die Mundwinkel von Brix formten ein seltsames Lächeln. Ein Lächeln, das sagte: Nun stehen wir beide hier und schütteln einander die Hand. Nach all den Jahren. Zwei alte Männer.

Albrecht presste die Lippen aufeinander. Die unausgesprochenen Worte schmerzten auf eine vertraute Weise. »Kommen Sie, wir setzen uns in den Aufenthaltsraum.«

Albrecht ging vorweg. Brix folgte ihm in den verräucherten Raum. Jemand hatte ein Fenster geöffnet, doch der Regen trieb den Rauch zurück, und statt ihn mit frischer Luft zu verdünnen, stand er fett und schwer unter der Decke.

Brix rümpfte die Nase, zog einen Stuhl heran und setzte sich an den Tisch, an dem Albrecht bereits Platz genommen hatte.

»Was führt Sie hierher?«, fragte Albrecht.

»Johann Veit hat mich angerufen.«

»Ach! Und woher …?« Die Frage war überflüssig, Edgar musste Johann die Nummer zugesteckt haben. »Haben Sie schon mit Edgar gesprochen?«

Brix zuckte zusammen. Nach einer Weile sagt er: »Ich habe die Nacht bei ihm verbracht.«

Aha, dachte Albrecht, vielleicht geht diese Geschichte am Ende doch gut aus.

»Wir haben uns heute Morgen im Streit getrennt.«

Vielleicht auch nicht, fügte Albrecht an seinen letzten Gedanken an.

»Wenn Sie eine Bleibe brauchen, können Sie gerne bei mir übernachten. Ich werde heute entlassen. Meine Tochter holt mich gleich ab.« Da war ihm die Gutmütigkeit mal wieder zuvorgekommen. Dieses Angebot hätte er erst mit Edgar besprechen sollen. Nun war es raus und nicht mehr zu ändern und Albrecht stand zu einem einmal gegebenen Wort.

Brix schien den inneren Zwiespalt bemerkt zu haben. »Sind Sie sicher?«, fragte er skeptisch.

»Selbstverständlich.«

Brix klopfte mit den Fingerspitzen auf den Tisch. »Nun, dann danke ich Ihnen für dieses Angebot.« Er deutete auf den Verband an Albrechts Hand. »Wird das wieder in Ordnung kommen?«

Albrecht war sich nicht sicher, ob er nur das verstauchte Handgelenk meinte oder die Situation, in die sie allesamt seit Johanns Rückkehr hineingeschlittert waren. Er entschied sich für die leichtere Antwort: »Ich gewöhne mich allmählich dran. Vom letzten Bruch hab ich immer dann was gehabt, wenn das Wetter wechselte. Das«, er hob den Arm, »ist im Sommer vergessen.«

»Nun, immerhin sind Sie hier bei den Spezialisten gut untergebracht gewesen. Besser hätten Sie es nicht treffen können.«

»Edgar hat dafür gesorgt, dass ich hergebracht wurde, sonst hätten die mich nach Witzenhausen gekarrt.«

Brix verzog das Gesicht und Albrecht fragte sich, welcher Teil seines Satzes diese Grimasse verursacht hatte.

»Edgar hat sich in den letzten Monaten sehr gut um mich gekümmert.« Albrecht wusste gar nicht, warum er das sagte.

»Ich habe nichts anderes erwartet«, antwortete Brix kühl.

»Wissen Sie, es geht ihm nicht besonders gut.«

»Ich hatte nicht den Eindruck, als ob ihm etwas fehle.«

Albrecht atmete tief ein. »Das, was dem Jungen fehlt, kann kein Arzt heilen.«

Brix machte eine Geste, die die Luft durchschnitt. »Darum kümmern wir uns später. Jetzt braucht Johann unsere Hilfe.«

Aha, dachte Albrecht, *darum* kümmern *wir* uns also. »Waren Sie schon bei ihm?«

»Ich komme gerade aus dem Gefängnis.«

»Wie geht es ihm?«

»Den Umständen entsprechend. Er erinnert mich an die Soldaten, die wir nach dem Krieg behandelt haben. Er verhält sich, als habe man ihn aus einem Kriegsgebiet herausgeholt.«

»Für ihn mag das wahr sein. In Wickenrode interessiert es niemanden, ob er unschuldig ist oder nicht.«

»Ich habe ihm einen Anwalt besorgt, der sitzt jetzt bei ihm. Das Problem ist, dass sich der Gedächtnisverlust auf den Morgen ausgeweitet hat, an dem Noll starb. Stressreaktion.«

Albrecht nickte. »Wir hatten versucht, die Erinnerung mit einem Besuch bei Karl-Friedrich Hochapfel zum Leben zu erwecken. Bei unserer Rückkehr wurden wir von den Ereignissen überrumpelt. Ich kann mir gut vorstellen, dass Johann unter Schock steht.«

»Die Erinnerung …«, Brix ließ den Rest des Satzes in den Zigarettenqualm zur Decke steigen.

Albrecht sah ihn an. *Ja, diese verdammte Erinnerung.* »Der Besuch bei Hochapfel war nicht erfolgreich, wie Sie sich denken können.«

»Was hat Hochapfel denn gesagt?«

»Ach, das wissen Sie nicht? Der Pfarrer spricht nicht mehr, seit er im Sommer Zeuge vom Selbstmord von Fritz Veit wurde. Er saß sozusagen direkt daneben.«

»Ich weiß vieles nicht.«

»Peer Fram hätte diese Wissenslücken schließen sollen, nicht wahr? Oder haben Sie ihn geschickt, um Edgar zu kontrollieren?«

Die Hand von Brix landete flach auf dem Tisch. »Nein! Ich wollte Johann einen Gefallen tun und herausfinden, ob es klug wäre, nach Wickenrode zurückzukehren.«

»Wieso haben Sie da nicht einfach Ihren Sohn angerufen?«

Brix öffnete den Mund und schloss ihn wieder. Er senkte den Kopf und sagte leise: »Ich hatte die Befürchtung, dass Edgar nicht sehr willkommen sein würde. Ein Privatdetektiv hätte möglicherweise mehr aus den Leuten herausbekommen können als einer, dem die Vergangenheit an den Schuhsohlen klebt.«

»Mit dieser Vermutung lagen Sie sogar richtig«, Albrecht ließ bewusst offen, was er damit meinte. Sollte der alte Brix ruhig ein bisschen an dem Knochen kauen. »Wir werden noch genug Zeit haben, all das zu besprechen«, lenkte Albrecht ein.

»Steht das Angebot noch, dass ich bei Ihnen wohnen kann?«

Albrecht nickte. »Natürlich. Ich wüsste keinen Grund, aus dem ich Ihnen meine Gastfreundschaft verwehren sollte.« Albrecht schlug sich mit den Händen auf die Oberschenkel. »Fiona wird bald hier sein. Ich darf den Arzt nicht verpassen, sonst wird das mit der Entlassung nichts.«

»Ich werde mir die Zeit in der Pathologie vertreiben.« Brix fügte rasch hinzu: »Erwin Bohmke ist ein alter Freund von mir. Er leitet die Pathologie.«

»Ich weiß. Edgar hatte vor kurzem mit ihm zu tun. Die Leiche von Heinrich Noll liegt auch dort.«

»Ein Grund mehr, bei ihm reinzuschauen.« Brix stand auf und drückte Albrecht auf die Schulter. »Ich bin in einer halben Stunde zurück.«

Albrecht sah ihm hinterher und spürte ein Seufzen von tief unten aus den Eingeweiden aufsteigen. Er ließ es mit einem langgezogenen »Aaachjaaah« aus den Lungen gleiten. Für den Bruchteil einer Sekunde fühlte er sich erleichtert.

*

Die Vormittagssprechstunde war erledigt. Die Nässe hatte Folgen: Husten, Fußpilz, Müdigkeit und Verdruss. Edgar hatte viel zu tun und das kam ihm gerade recht. Beschäftigung bedeutete weniger Zeit zum Grübeln. Damit das so blieb, schnappte er sich in der Pause den Hund für einen langen Gang, solange es trocken war. Anschließend konnte er ihn direkt bei Albrecht absetzen. Der würde sich freuen, wenn bei seiner Ankunft Kuno durch das Haus tobte.

Edgar legte dem Hund die Leine an. Das Telefon klingelte. Beinahe hätte Edgar gar nicht auf das Geräusch reagiert, so sehr hatte er sich in den vergangenen Tagen daran gewöhnt, dass der Apparat stumm blieb.

Er ging zurück in den Flur und nahm den Hörer hoch, kam jedoch nicht dazu, sich zu melden. Am anderen Ende hörte Edgar ein Schnaufen.

Matthias Frank atmete wie ein Preisboxer nach dem Kampf. »Ich bin in einer halben Stunde bei Ihnen. Und wenn Sie dann keine sehr gute Ausrede dafür parat haben, wieso Sie mir verheimlicht haben, dass Sie in den Unterlagen von Fram die Nummer Ihres Vaters erkannt haben, können Sie sich die Zelle mit Johann Veit teilen.«

Ein Klicken unterbrach das Gespräch, ohne dass Frank sich verabschiedete. Edgar erwartete, dass ihm heiß und kalt werden würde, dass die Beine weich würden – etwas in der Art. Aber jede körperliche Erschütterung blieb aus, so als wären sämtliche unwillkommene Regungen bereits in der Begegnung mit seinem Vater verbraucht worden. Die Drohung von Frank ließ ihn erstaunlich kalt. Sollte der doch kommen, ihn am besten zu Johann in die Zelle stecken. Dann könnte er dort abwarten, bis der alte Brix wieder verschwunden wäre, und es bliebe ihm viel Ärger erspart. Alles, was Frank parat hatte, war ein laues Lüftchen gegen das, womit Edgar sich seit dem Abend den Kopf zermarterte.

Eine halbe Stunde – Zeit genug, um den gefassten Plan in die Tat umzusetzen und mit Kuno eine Runde zu drehen. Die frische Luft würde ihm guttun und die Bewegung die angestauten üblen Gefühle vertreiben.

Die unbefestigten Wege waren aufgeweicht und matschig. Edgar blieb auf der asphaltierten Straße. Er hatte den Rüden abgeleint. Der nutzte die Freiheit, um jede Straßenlaterne und jeden Zaun ausgiebig zu inspizieren. Edgar schlenderte nebenher und versuchte zu entspannen. Die Gedanken holten ihn beim nächsten Schritt wieder ein. Er ging schneller und schob sie mühsam zur Seite.

Sie hatten die letzten Häuser des Ortes beinahe hinter sich gelassen. Am Abzweig zum Schäferhof erfasste Kuno eine seltsame Unruhe. Er blieb stehen, machte den Körper steif, dass die Muskeln zitterten, und hob die Nase in die Höhe. Er schnupperte und winselte. Sabber troff ihm aus dem Maul. Bevor Edgar etwas denken konnte, war es auch schon geschehen: Kuno verschwand im Gebüsch.

Edgar eilte ein Stück den asphaltierten Weg weiter, bis der in die mit Schotter befestigte Zufahrt zum Schäferhof abbog. Er folgte dem hohen Fiepen, das lauter wurde, je näher er dem Gelände kam.

Der Hund sprang vor der Scheune auf und ab und gebärdete sich wie ein Irrer.

Jemand hatte ein Lamm an die Holztür genagelt. Ein kleines Tier, wenige Wochen alt. Die Gliedmaßen weit vom Körper in alle Richtungen gestreckt. Zimmermannsnägel waren durch die Sehnen und in das Holz des Scheunentors getrieben. Die Gedärme quollen aus dem aufgeschlitzten Bauch und das Blut hatte sich in einer Lache darunter gesammelt. Es glänzte nass, noch nicht geronnen. Es hatte geregnet, die Gerinnung sagte nichts über die Zeit aus, zu der das Schaf dort platziert worden war; es konnte gut und gerne seit gestern Abend so hängen.

Edgar trat näher heran und zerrte Kuno mit Gewalt zur Seite. Der ließ sich im Blutrausch sogar zu einem Knurren hinreißen, doch das jagte Edgar wenig Respekt ein, nicht im Angesicht dieser Ungeheuerlichkeit am Scheunentor. Er zurrte Kuno mit der Leine an einem Haken an der Wand fest. Der Rüde hing im Halsband, knurrte und bellte. Wenn Edgar ihn ließe, würde er sich über das Schaf hermachen und nichts übrig lassen. So, wie es jedes Raubtier im Angesicht dieses Leckerbissens getan hätte. Edgar kam ein Gedanke: Das Lamm war, von der Bauchwunde abgesehen, gänzlich unversehrt. Nach wenigen Stunden hätten sich Tiere darüber hergemacht: Krähen, Elstern, Eichelhäher zumindest. Es konnte demnach nicht die ganze Nacht dort gehangen haben.

Edgar starrte auf den kleinen Körper. Er konnte sich keinen Reim darauf machen, warum jemand ein Lamm in dieser biblischen Art präsentierte. Die Einsicht kam quälend langsam. Bevor Edgar sie vollends greifen konnte, stieg ihm bittere Säure die Speiseröhre hoch. Er schaffte es noch bis zum Gebüsch, würgte seinen Mageninhalt aus, blieb gebückt, bis ein weiterer Schwall kam. Er hielt sich die Hand vor den Bauch. Jetzt war Platz für den Gedanken, den er eben noch nicht bis zu Ende denken mochte. Er ging zurück zum Scheunentor und schob es mitsamt dem daran hängenden Lamm auf.

In der Scheune war es dunkel. Edgar schob das Tor weiter auf, bis Licht einfiel. Sofort wünschte er sich, er hätte es bleiben lassen.

Fuhrmann saß auf einem Thron aus Strohballen. Hingelümmelt hing sein Körper im Stroh. Die Arme von sich gestreckt, der Oberkörper nach hinten gelehnt. Der überstreckte Hals gab eine Wunde frei, aus der das Blut in Strömen geflossen sein musste. Der Schnitt war glatt und tief, der durchtrennte Kehlkopf war gut zu erkennen. Fuhrmann hatte keine Zeit gehabt, den Gedanken zu Ende zu denken, der ihm im Angesicht seines Mörders durch den Kopf geschossen sein musste. Er hatte gar nicht mitbekommen, was mit ihm geschehen war, so viel war sicher.

Das Getöse von Kuno lenkte Edgar ab. Es klang, als würde der Rüde den Haken aus der Wand reißen. Edgar kämpfte mit den Gedanken. Abhauen? Einfach so tun, als sei er nie hier gewesen? Nach Hause gehen und Frank dort empfangen, dessen Schimpftirade über sich ergehen lassen und jemand anderem die Bürde überlassen, diesen Ort – Fuhrmanns Leiche, um genau zu sein – zu finden? Edgar bemerkte, wie ihn das Nachdenken über das Weglaufen erschöpfte. Er war es leid und es würde ein Ende haben: jetzt und hier.

Der Schäfer hatte kein Telefon im Wohnhaus gehabt, und selbst wenn, wäre es eine Riesendummheit, durch den Tatort zu stapfen und womöglich Spuren zu vernichten.

Edgar verließ die Scheune. Es widerstrebte ihm zutiefst, Fuhrmann so zurückzulassen, aber ihm blieb keine Wahl. Er band Kuno los, der kurz davor war, sich loszureißen. Edgar bekam das letzte Ende der Leine zu fassen und stemmte sich mit dem gesamten Körpergewicht gegen den aufbäumenden Rüden. Kuno sah nicht im mindesten ein, warum er diesen traumhaften Ort verlassen und das Lämmchen womöglich den Krähen überlassen sollte. Er schimpfte und maulte. Es klang beinahe menschlich, fand Edgar, während er den Hund hinter sich her zerrte.

Er quälte sich bis auf die Hauptstraße, auf festem Untergrund hatte er Kuno besser im Griff. Als sie die Schule erreicht hatten, kam Edgar ein Polizeiwagen in überhöhtem Tempo entgegen. Der Kommissar saß missmutig auf dem Beifahrersitz und ließ sich, samt gebrochenem Bein, kutschieren.

Edgar winkte mit dem freien Arm, bis der Beamte am Steuer ihn bemerkt hatte. Der Wagen hielt neben ihm an, Frank kurbelte die Scheibe herunter.

»Ich hatte Ihnen doch gesagt, Sie sollten sich keinen Schritt wegbewegen. Sagen Sie mal, wollen Sie es drauf anlegen, mich wütend zu machen?«

Edgar öffnete den Mund. Mangels einer klugen Entschuldigung machte er ihn wieder zu und deutete mit ausgestrecktem Arm die Straße hinauf.

Seine Mimik musste Bände sprechen. Frank schloss die Augen und ließ den Kopf hängen. »Sagen Sie mir bitte nicht, dass wir schon wieder …«

Edgar zog den Mundwinkel zur Seite und zuckte die Schultern.

»Wo?«, bellte Frank aus dem Wagen.

»Schäferhof«, antwortete Edgar. »Die Scheune.«

Frank fluchte irgendwas, was nach »verfluchter Gips« klang. Er warf einen kritischen Blick auf Kuno, dem das Bauchfell triefend vom Bauch herunterhing, und seufzte. »Hilft ja nichts. Los. Mann, steigen Sie schon ein!«

Edgar ließ Kuno auf die Rücksitzbank springen und quetschte sich daneben. Frank versuchte, dem Funkgerät im Wagen eine Verbindung abzuringen. »Weiter oben geht's besser«, klärte ihn der fahrende Beamte auf.

»Dieses Scheißkaff. Hier funktioniert einfach gar nichts.« Franks Finger trommelten einen ungeduldigen Marsch auf das Armaturenbrett.

Mit quietschenden Reifen bog der Wagen in die Einfahrt zum Schäferhof ein. Als Kuno verstand, wohin ihr Weg sie führte, begann er, einen Tanz aufzuführen und wie verrückt zu quietschen.

»Halten Sie doch den Köter still!«, brüllte Frank nach hinten.

Edgar versuchte erst gar keine beruhigenden Worte. Er holte tief Luft: »GIB RUHE!«

Kuno zeigte sich eine Sekunde lang beeindruckt, dann sah er das Lämmchen am Scheunentor und flippte aus.

Der Polizist verließ den Wagen, hielt Frank die Tür auf, der sich mitsamt Krücken aus dem Sitz hievte.

»Sie bleiben, wo Sie sind!«, rief Frank gegen das ohrenbetäubende Quietschen von Kuno in den Rückraum. »Und wenn der Köter den Wagen demoliert, stehen Sie dafür gerade.«

Edgar packte Kuno grob im Nackenfell und zerrte ihn auf den Rücksitz herunter. Das folgende Quietschen klang schmerzhaft, aber das war Edgar egal – immerhin herrschte für einen Moment Ruhe.

Franks Krücken sanken im Matsch ein. Er balancierte seinen drahtigen Körper geschickt vor das Scheunentor. Er blieb vor dem Lamm stehen und schüttelte den Kopf. Der Beamte, der in die Scheune vorgestürmt war, kam kreidebleich heraus und hielt sich den Magen. Er taumelte bis zu der Stelle, wo Edgar vor den Büschen gestanden hatte. Erstaunlicherweise fing er sich und schaute hilfesuchend zu Frank. Der humpelte in die Scheune. Er tauchte wenige Minuten später wieder auf und warf einen grimmigen Blick in das Wageninnere.

Edgar war froh, nicht neben Frank zu stehen, die Blechkarosse gab ihm das Gefühl von Sicherheit. Ihm fiel auf, wie absurd diese Tatsache im Angesicht seiner Angst vor Autofahrten war. Aber was war in einem solchen Moment nicht absurd?

Der Beamte kam zum Wagen, stieg ein und testete den Funk. Knackend meldete sich eine verrauschte Stimme. Der Beamte forderte Verstärkung an. Er ging zu Frank und begann mit ihm zu diskutieren. Ein ums andere Mal deutete er auf den Wagen.

Edgar wusste, dass sie über ihn sprachen. Ein flaues Gefühl im Magen kündigte eine Erkenntnis an: Frank gingen allmählich die Tatverdächtigen aus und mit Sicherheit hatte Edgar Spuren am Tatort hinterlassen. Andererseits hatte er vor nicht mal einer Stunde mit Frank telefoniert. Zu wenig Zeit, um im Schäferhof einen Mord zu begehen und bis zur Hauptstraße zurückzulaufen.

Frank starrte sinnierend mit leerem Blick auf das Auto. Er schüttelte die Starre ab, humpelte wenige Schritte näher und bedeutete Edgar mit gekrümmtem Zeigefinger, zu ihm zu kommen.

Kuno winselte leise und schicksalsergeben. Edgar konnte es riskieren, ihn im Wagen zu lassen.

Er stieg aus und ging auf Frank zu, der aussah, als würde er ihn am liebsten roh verspeisen. Eine seltsame Vorstellung im Angesicht des aufgeschlitzten Tieres am Scheunentor, aber Edgar gewöhnte sich langsam daran, dass dieser Tag noch einige seltsame Gedanken parat haben würde.

»Sagen Sie, haben Sie die Totenscheine schon mal gezählt, die Sie in den letzten Monaten ausgestellt haben? Finden Sie das alles nicht höchst merkwürdig? Können Sie mir erklären, wieso ich Sie nicht auf der Stelle verhaften sollte?«

Edgar überlegte, auf welche der drei Fragen er antworten sollte. Er wählte die letzte. »Wir haben vor nicht mal einer Stunde telefoniert. Ich kann unmöglich in der kurzen Zeit das hier angestellt haben.«

»Sie sind ja ein Oberschlauer. Vielleicht haben Sie das vorher gemacht und sind noch mal hierhergekommen, um etwas vom Tatort zu entfernen, bevor ich es finde? Oder Sie dachten sich, es sähe genau so aus: unverfänglich, wenn ich denke, Sie seien aus Versehen über das Opfer gestolpert.«

Edgar sah ein, dass Frank damit recht hatte. Das Lamm konnte gut schon ein paar Stunden so hängen und Fuhrmann war sicher auch bereits eine Weile tot, wenngleich sicher nicht länger als zehn Stunden.

»Seit der Frühe hatte ich einen Patienten nach dem anderen und in der Nacht war ich nicht allein zu Hause.« Edgar hätte nie geglaubt, dass er für die Anwesenheit seines Vaters dankbar sein könnte.

»Soso, Sie waren also nicht allein. Welche Dame soll Ihnen denn als Alibi herhalten?« Franks Worte troffen vor Verachtung.

»Keine Dame. Mein Vater war die Nacht über bei mir.«

»Ach, der Herr Vater. Der, dessen Nummer Sie mir verschwiegen haben. Der ist wahrscheinlich ganz zufällig in ein Flugzeug gestiegen und siehe da: in Deutschland gelandet! Hat sich gedacht, wo ich schon mal hier bin, besuche ich doch meinen Lieblingssohn, und ach, der Johann Veit sitzt ja im Gefängnis, gucke ich da auch mal kurz vorbei.«

»Sie können sich den Hohn sparen. Ich weiß, wie das alles aussieht.«

»Na dann haben Sie ja sicher Verständnis dafür, dass Sie vermutlich der erste Mediziner auf der Welt sind, der einen Totenschein ausstellt und anschließend als Mordverdächtiger in U-Haft wandert.«

»Sie sind ja verrückt! Wieso sollte ich den Fuhrmann

ermorden? Vielleicht bin ich ja am Tod vom alten Noll auch noch schuld. Und den Fasshauer, den Kuhfuss, den Luschek und den Möller hab ich wahrscheinlich ebenfalls auf dem Gewissen.«

»Vielleicht«, Frank stand vor Edgar und sah ihm eisenhart in die Augen. »Vielleicht auch nicht. Aber eins ist sicher: Der Veit ist das hier nicht gewesen. Sieht so aus, als würde ein fliegender Wechsel in der U-Haft am Königstor stattfinden.«

Edgar fehlten die Worte.

Frank schien das zu bemerken. Er genoss sichtlich seinen Triumph. Dann atmete er tief aus und winkte ab. »Nein, im Ernst. Sie stehen morgen mit Ihrem Herrn Vater bei mir auf der Matte, damit er Ihr Alibi bestätigen kann. Wenn nicht … na ja, Sie wissen schon.« Frank deutete mit dem Daumen nach unten.

»Ich weiß nicht, wo mein Vater ist. Wir hatten Streit. Er ist heute Morgen verschwunden.«

»Das, mein lieber Herr Brix, ist ganz allein Ihr Problem.« Frank zog eine Grimasse, drehte auf dem Absatz um und verschwand in der Scheune. Er schaute noch einmal kurz aus dem Tor und rief: »Bringen Sie den Köter weg und kommen mit den Papieren wieder. Ich brauche einen Totenschein!«

Edgar stapfte gedrückt zum Auto und holte Kuno aus dem Wagen. Der kannte nur ein Ziel. Edgar musste ihn gewaltsam wegzerren.

Den ganzen Weg zurück bis zu seinem Haus redete er auf Kuno ein. Erst nach einer Weile bemerkte Edgar, dass er nicht den Hund beruhigte, sondern sich selber. Jetzt konnte er Johann Veit verstehen. Am liebsten wäre er im Dauerlauf davongerannt, hätte sich in einem Loch versteckt und abgewartet, bis niemand mehr einen Edgar Brix kannte. Allmählich schien Kuno zu vergessen, was ihn derart aus der Fassung gebracht hatte. In Edgar jedoch hatte Anspannung ihre kleinen Widerhaken in die Muskeln gebohrt, die sich gegen jede Bewegung sperrten. Er musste all seinen Willen aufbieten, um vorwärtszukommen.

Der Weg zurück zum Fundort von Georg Fuhrmanns Leiche kostete ihn doppelte Überwindung. Zwar war keine Eile geboten, aber Frank zu verärgern, indem er trödelte, würde seine Lage kaum verbessern. Edgar kämpfte mit Gewalt gegen den inneren Widerstand an und stand knapp zwanzig Minuten später wieder dort, von wo er aufgebrochen war. Zwei weitere Polizeiwagen standen im Hof und ein Leichenwagen parkte vor der Einfahrt. Der Fahrer wartete im Wagen und hielt ein Nickerchen.

Das Lamm war mittlerweile heruntergenommen worden und lag auf einer Decke im Schlamm. Das Scheunentor stand sperrangelweit offen. Fuhrmann saß so da, wie Edgar ihn gefunden hatte.

Frank stakste auf Edgar zu. »Kommen Sie mit ins Haus. Da können Sie den Totenschein ausstellen. Außerdem muss ich etwas mit Ihnen besprechen.«

Edgar folgte ihm in zwei Metern Sicherheitsabstand. Die Krücken sanken in den Matsch ein, der Gips weichte schon an einigen Stellen durch.

Frank humpelte bis in die Küche des Schäferhauses. Hier hatte sich seit dem Sommer nichts verändert. Das Mobiliar schien Fuhrmann zugesagt zu haben, der Tisch, die Stühle, alles so, wie Edgar es kannte. Sogar die Pokale der Hütehundwettbewerbe standen noch auf dem Sims in der Küche.

Edgar setzte sich an den Tisch, nahm die Formulare aus der Tasche und begann, die Umstände von Fuhrmanns

Ableben zu dokumentieren, soweit es ihm nach der Inaugenscheinnahme möglich war. Mehr verlangte der Totenschein zum Glück nicht von ihm.

Frank hatte sein Gipsbein auf einem Stuhl abgelegt und rieb sich den Oberschenkel.

»Alles in Ordnung?«, fragte Edgar.

»Wenn ich viel laufe, schwillt das Bein an. Außerdem juckt es wie Hölle.«

»Der Gips macht den Eindruck, als sollten Sie ihn wechseln lassen.«

»Kommt eh nach Ostern runter. So lange hält das noch.« Frank unterbrach die Oberschenkelmassage. »Jetzt Schluss mit dem Geplänkel. Ich habe etwas bei der Leiche gefunden, was Sie interessieren könnte.«

Frank hielt Edgar ein Stück Papier hin. Es war blutverschmiert, trotzdem war die Schrift zu entziffern. Schwarze Tinte, ordentlich geschrieben. Edgar erfasste lediglich die Zeile: »Ein Lämmchen, ein Lämmchen!« Er erkannte es sofort. Ein jüdisches Kinderlied. Er selbst hatte es mit seinem Bruder Gutmund am Sederabend vor Pessach gesungen.

Frank sah Edgar sehr intensiv ins Gesicht. »Sie kennen das.«

Edgar nickte.

»Das ist jüdisch, richtig?«

Wieder blieb Edgar nichts anderes übrig, als zu nicken.

Frank prustete laut Luft aus dem Mund. »So ein Mist.«

Edgar sah ihn fragend an.

»Wenn das die Runde macht, ist es vermutlich besser, ich nehme Sie in Gewahrsam. Und Ihren Vater gleich mit.«

Edgar verstand ihn immer noch nicht.

Frank guckte ein wenig mitleidig. »Mann, Sie sind echt

lange nicht in Deutschland gewesen.« Er blies die Backen auf und schien nach den richtigen Worten zu suchen. »Hier greift niemand mehr auf offener Straße einen Juden an, aber glauben Sie denn, die Parolen aus dem Krieg sind in Vergessenheit geraten? ›Unter Adolf hätte es das nicht gegeben‹ ist doch immer noch der Lieblingssatz der Nation. Wenn jetzt so etwas auftaucht, dazu die Art und Weise, wie Fuhrmann und Noll getötet worden sind, dann ist es nur eine Frage der Zeit und Sie stehen auf der Liste der Sündenböcke ganz oben.«

Schlagartig verstand Edgar, was ein Kinderreim, ein Lämmchen und ein aufgeschlitzter Hals für ihn bedeuten konnten. »Sie glauben demnach nicht, dass ich dafür verantwortlich bin?«

»Ach, Quatsch! Aber bald wird egal sein, was ich denke. Die werden Ihren Kopf fordern und wenn ich Sie dann nicht in U-Haft nehme, kann ich gar nicht so schnell gucken, wie ich eine Dienstaufsichtsbeschwerde am Hals habe. Staatsanwalt von Bernwitz ist immer noch scharf darauf, mich über offenem Feuer zu grillen. Ich werde nichts für Sie tun können, sollte es so kommen.«

Vielleicht soll es dann so sein. Edgars Körper durchglitt eine seltsame Ruhe. Die Widerhaken lösten sich aus den Muskelfasern. »Darüber machen wir uns Gedanken, wenn es so weit ist. Jetzt sollten wir denjenigen finden, der das hier angerichtet hat.«

Frank kniff ein Auge zusammen. »Nein, Herr Brix. Nicht wir, *ich* werde denjenigen finden. Und Sie halten sich schön bedeckt und im Hintergrund. Am besten tauchen Sie nur in der Öffentlichkeit auf, wenn es sich nicht vermeiden lässt.«

»Ich bin Arzt. Wie soll das gehen?«

»Bleiben Sie in Ihrer Praxis und halten die Füße still.«

»Vielleicht ist es besser, wenn Johann Veit noch eine Weile in U-Haft bleibt. Je länger er dort ist, desto klarer wird es, dass er nichts damit zu tun haben kann.«

Frank dachte nach. »Ohne Haftprüfung darf ich ihn nicht festhalten. Und von Bernwitz wird ihn unter diesen Umständen vermutlich laufenlassen. Ich werde sehen, was sich machen lässt. Vielleicht kann ich den Informationsfluss verlangsamen. Ihr Vater hat leider einen sehr guten Anwalt beauftragt. Der holt Herrn Veit schneller raus, als wir gucken können.«

»Dann werde ich meinen Vater bitten, dass er den Anwalt aus dem Spiel nimmt.«

Frank sah Edgar tief in die Augen und senkte die Stimme. »Wenn irgendjemand etwas von dieser Unterhaltung erfährt, sollten Sie das nächste Flugzeug besteigen, das Sie ans Ende der Welt fliegen kann.«

Edgar stand vor dem Bücherregal im Wohnzimmer. Er fuhr mit dem Finger an den Buchrücken entlang, bis er gefunden hatte, wonach er suchte. Er zog das Buch heraus und blätterte es wahllos auf. Er hatte eine Ewigkeit nicht mehr darin gelesen. Warum habe ich es überhaupt den weiten Weg aus den USA bis hierher mitgenommen, fragte er sich und es kam ihm vor, als würde ein dröhnendes Lachen aus den Zeilen steigen: Weil du wusstest, dass du nicht vor deiner Vergangenheit davonlaufen kannst. Deswegen.

Jüdische Sitten und Gebräuche – die Haggada. Eines der Standardwerke in jedem jüdischen Haushalt. Und vor allem in den Haushalten, in denen man sich vor jedem Feiertag erneut die Riten ins Gedächtnis rufen musste, weil man es mit dem Judentum nicht so ernst nahm.

Chad Gadja, ein kindlicher Kettenreim. Der Vater kauft für zwei Münzen ein Lämmchen, das kurz darauf von einer Katze gefressen wird. Edgar las sich die folgenden Zeilen selber leise vor:

»Ein Hund, den es verdrossen,
das floss unschuldig Blut,
kam pfeilschnell hergeschossen,
Zerriss die Katz in Wut.«

In der Rückschau fragte Edgar sich, ob er seinen eigenen Kindern diesen blutigen Reim zugemutet hätte. Der Hund wird von einem Knüppel erschlagen, den wiederum das Feuer verbrennt und so weiter und so fort, bis im letzten Vers der ultimative Rächer auftauchte:

»Gott richtet Welt und Wesen,
die Guten wie die Bösen.
Dem Würger gab er Tod zum Lohn,
weil er gewürgt des Menschen Sohn,
der hingeführt zur Schlächterbank,
den Ochsen, der das Wasser trank,
das ausgelöscht den Feuerbrand,
in dem der Stock den Rächer fand,
der Stock, der ohne Recht und Fug,
den Hund tot auf der Stelle schlug,
der in der Wut, die Katz zerriss,
die das unschuldige Lämmchen biss,
das Lämmchen meinem Vater war,
der kauft es für zwei Münzen bar.
Ein Lämmchen, ein Lämmchen.«

Edgar klemmte sich das Buch unter den Arm und schlurfte in seine Praxis. Dort schlug er das schwarze Notizbüchlein auf und strich Georg Fuhrmann von der Liste der Verdächtigen. Auch das Fragezeichen hinter

Johann Veit konnte er vergessen, stattdessen unterstrich er Reinhold Noll. Wer außer dem Kneipenwirt kam überhaupt noch infrage? Albrecht war im Krankenhaus, hatte demnach ein erstklassiges Alibi. Edgar wurde bewusst, was Frank gemeint hatte, als er drohenden Ärger andeutete. Bei genauem Hinsehen rückte einer in der Liste der Verdächtigen auf einen der vorderen Plätze, und der hieß: Edgar Brix. Die Notizen begannen auf den Linien zu tanzen. Edgar schloss die Augen und rieb sich die Schläfen. Einen klaren Kopf und ruhige Gedanken – nichts brauchte er dringender. Er öffnete die Augen, fixierte die Tafel mit den Buchstaben zur Prüfung der Sehfähigkeit und bemühte sich um Konzentration. »O L E P F …«, er las die vorletzte Zeile.

Er senkte den Blick wieder in das Notizbüchlein und übertrug das jüdische Kinderlied – so wie es bei Fuhrmann gefunden worden war – auf eine leere Seite. Wie oft hatte er schon hier hineingeschrieben in der Hoffnung, dass die Dinge damit an Klarheit gewannen. Ausnahmsweise musste er sich eingestehen, dass Kommissar Frank recht hatte: Es fing gerade an, richtig kompliziert zu werden.

Edgar ließ Kuno schon Meter vor dem Eingang zu Albrechts Haus los. Der Rüde stürmte durch die angelehnte Eingangstür und von drinnen drangen Albrechts Stimme und Kunos freudiges Gejaule.

Edgar blieb neben Fionas Fiat stehen. Ob es eine gute Idee war, das alles in ihrem Beisein zu besprechen? Wie so oft, nahm ihm das Schicksal eine Entscheidung ab.

»Edgar?« Fiona war in der Tür aufgetaucht und kam ihm entgegen. »Was machst du hier?« Sie schüttelte den Kopf, als sei ihr aufgefallen, was für eine selten dumme Frage das war. »Ich meine: Musst du denn nicht arbeiten?« Sie machte keine Anstalten, ihn zu küssen oder zu umarmen.

Ob ihr sein Erscheinen peinlich war?

»Nein, ich habe noch eine gute Stunde Zeit, bis ich die Praxis wieder öffnen muss. Ich wollte Kuno zurückbringen und sehen, wie es Albrecht geht.«

Sie scharwenzelte auf ihn zu wie ein Hund, der etwas ausgefressen hat. »Ach, weißt du, der Papa ist müde und will sich sicherlich bald hinlegen.«

»Wenn er erfährt, was ich zu berichten habe, wird seine Müdigkeit schnell verfliegen.«

Fiona hob neugierig den Kopf. »Was gibt es denn für Neuigkeiten?«

Edgar sah sich demonstrativ um. »Nicht hier draußen.« Außerdem interessierte es ihn brennend, wieso Fiona so ein Theater aufführte.

Fiona seufzte ein tiefes Aber-sag-nicht-ich-hätte-es-nicht-versucht-Seufzen und sagte: »Na gut, dann komm halt rein.«

Fiona folgte Edgar mit einigem Abstand in die Küche, als müsse sie ihren Rückzug sichern.

Neben Albrecht saß Conrad Brix vor einer dampfenden Kaffeetasse.

Edgar drehte sich zu Fiona um. Sie zuckte die Schultern, drückte sich an ihm vorbei und plapperte drauflos, um die peinliche Stille zu unterbrechen. »Der Kaffee ist noch warm. Magst du dich setzen?« Sie deutete auf einen freien Platz an der Kaffeetafel und lächelte, als wäre sie einer Werbesendung entsprungen. Es hätte Edgar kaum gewundert, wenn sie mit ausladender Geste: »Seit ich meine Familie mit Melitta Kaffee verwöhne, …« geflötet hätte, nur um den peinlichen Moment zu überspielen.

Edgar blieb stehen und schaute Albrecht an. Der senkte den Kopf und rührte wie wild in seiner Tasse. Edgars Augen wanderten zu seinem Vater.

Du hast mir keine Wahl gelassen, schien dessen trotziger Blick zu sagen.

»Papa lässt deinen Vater hier übernachten. Dann ist auch jemand im Haus, der ihm zur Hand gehen kann.«

»Marie Helferich hatte sich angeboten«, knurrte Edgar.

»Das eine schließt das andere ja nicht aus«, sagte Albrecht in einem Ton, den Edgar nicht von ihm kannte. *Denk nicht mal im Traum daran, die Fehde mit deinem Vater in meiner Küche auszutragen*, schwang darin mit.

Dann hättest du den alten Schmock eben nicht bei dir einziehen lassen sollen, dachte Edgar und spürte schon wieder diesen unsäglichen Trotz, der seit der Ankunft seines Vaters nicht eine Sekunde verschwinden wollte. Augenblicklich flutete eine Welle Scham hinterher. Albrecht hatte eigentlich keine Wahl gehabt. Johann die Herberge zu verweigern war eine Sache, aber dem weitgereisten Conrad Brix – diesem Ausbund an Tugend –, das war eine ganz andere.

Fiona unterbrach Edgars stummes Selbstgespräch. »Was gab es denn so Wichtiges zu berichten?«

Edgar lauschte einen Moment seinem Atem. Wie sollte er anfangen? Vor allem, da sein Vater am Tisch saß und ihn genauso erwartungsvoll ansah wie Albrecht und Fiona. »Fuhrmann ist tot«, platzte es aus ihm heraus.

»Georg Fuhrmann?«, fragte sein Vater.

»Genau der. Auf dieselbe Weise hingerichtet wie der alte Noll. Kehlschnitt, unmittelbar tödlich.«

Albrecht schüttelte lange und gleichmäßig den Kopf, als müsse er den Gedanken zurechtruckeln, damit er durch seine Gehirnwindungen passte. Das schien noch zu dauern.

Fiona war schneller. »Aber dann ist Johann aus dem Schneider.« Sie kicherte, als ihr die Doppeldeutigkeit des Satzes bewusst wurde, und als ihr klar wurde, dass daran nichts zum Lachen war, verstummte sie sofort.

Edgar stimmte ihr zu. »Ja, der Johann kann es nicht gewesen sein. Das bedeutet aber auch, dass der Fuhrmann als Tatverdächtiger im Fall Noll ebenfalls ausscheidet.«

Der Gedanke hatte am Ende doch noch Albrechts Gehirnwindungen passiert, er hatte mit dem Kopfschütteln aufgehört. »Hast du mit Kommissar Frank gesprochen?«

»Ich habe ihn zum Tatort gelotst, weil leider ich es war, der die Leiche gefunden hat.«

»Auweia«, sagte Albrecht. »Schon wieder du. Das wird dem Frank nicht gefallen haben.«

Jetzt war es wohl an der Zeit, die Bombe platzen zu lassen. Edgars Magen rumorte, als habe er etwas Verdorbenes zu verdauen. »Um ehrlich zu sein, bin ich nur einer Verhaftung entgangen, weil der Frank nicht glauben konnte, dass ich so plump Hinweise streuen würde.«

»Wie meinst du das?«, fragte Albrecht.

»Der Tatort war regelrecht präpariert, um die Fährte auf einen wie mich zu legen.«

»Auf einen wie dich?« Fiona guckte verständnislos.

»Auf einen Juden«, antwortete Edgar und spürte, wie sich die Augen seines Vaters an ihm festsaugten. Conrad Brix öffnete den Mund, Edgar kam ihm zuvor. »An das Scheunentor war ein Lamm genagelt, aufgeschlitzt bis aufs Rückgrat. In der Scheune saß der Fuhrmann. Er hatte eine Botschaft bei sich.« Edgar legte das Notizbüchlein auf den Tisch und schlug es auf der Seite auf, auf der er den Kinderreim notiert hatte. Er drehte es so, dass die drei mit verrenkten Köpfen lesen konnten. Sein Vater brauchte nicht mal eine Zeile, dann sank er mit versteinerten Gesichtszügen gegen die Rückenlehne. Albrecht tat sich ohne Brille offensichtlich schwer. Fiona las ihm leise vor. »… ein Lämmchen, ein Lämmchen«, endete sie.

»Ein Kinderreim«, sagte Albrecht. »Oder?«

»Ja«, bestätigte Edgar, »ein jüdischer Kettenreim, den man mit den Kindern am Vorabend zu Pessach singt.«

»Und was soll das bedeuten?«, fragte Fiona.

»Das bedeutet, dass es jemand darauf anlegt, mich als Schuldigen hinzustellen.«

»Oder mich.« Conrad Brix sprang auf. »Ich muss mal kurz an die Luft«, stieß er hervor und eilte aus der Küche.

Bevor Fiona ihr Hinterteil vom Stuhl heben konnte, drückte Edgar sie zurück auf die Sitzfläche. »Lass ihn. Ich glaube, er wünscht sich gerade, niemals dieses Flugzeug nach Deutschland bestiegen zu haben.«

Albrecht sah ihn kopfschüttelnd an. »Aber das ist doch blanker Unsinn. Niemand käme auf die Idee, dass du …«, er ließ den gestreckten Zeigefinger vor seinem Hals entlangfahren.

»So? Der Frank ist da anderer Meinung. Der fürchtet, dass hier bald eine Hexenjagd losbricht, wenn Einzelheiten bekannt werden.«

»Ach, Quatsch. Die kennen dich mittlerweile gut genug. Und überhaupt: Das ist dermaßen plump fingiert.«

»Na klar, aber überlegen wir mal kurz, welche Tatverdächtigen übrig bleiben. Da wären der Reinhold Noll und ich. Johann und du, ihr habt für den Mord am Fuhrmann ein Alibi. Mein Vater und ich können uns nur gegenseitig eins geben, und das nimmt uns vermutlich niemand ab. Wer sonst käme noch infrage?«

»Was weiß denn ich, wer mit dem Fuhrmann eine Rechnung offen hatte und sich gedacht hat: Wenn ich den auf dieselbe Weise umbringe, dann kommt mir keiner auf die Schliche. So sieht es doch aus, oder? Und der Fuhrmann hatte weiß Gott genug auf dem Kerbholz.«

»Du denkst also, die beiden Morde könnten gar nichts miteinander zu tun haben?« Edgar spürte tief in sich Erleichterung aufflackern.

»Das wäre zumindest denkbar. Die Gelegenheit ist günstig, eine falsche Fährte gelegt und niemand käme auf die Idee, dass wir es mit zwei Mördern zu tun haben.«

Conrad Brix trat durch die Küchentür und nahm wortlos auf dem Stuhl Platz, auf dem er zuvor gesessen hatte. »Tut mir leid, das ist zu viel.«

Edgar bemerkte eine Regung im Gesicht des Vaters, die ihm fremd war. Der Anblick traf ihn auf eine Weise, wie er es nicht erwartet hatte. Conrad Brix knetete die Hände. Diese Geste kannte Edgar. Wenn dem Vater ein Fall ausweglos erschienen war oder er mit seinem Gewissen rang, rangen auch die Hände miteinander. Nur waren die Augen stets überschattet gewesen von tief gesenkten Augenbrauen. Jetzt schaute Conrad Brix wie ein Reh im Angesicht eines Wolfes. *Angst.* Die unerwartete Regung im Gesicht des Vaters war Angst. Was für Bilder mochten es gewesen sein, die ihm im Kopf herumspukten, als er das Flugticket gekauft hatte. Bilder, die Edgar aus dem Fernsehen kannte. Bilder, für die es keine Worte gab, die einem wie ein Fausthieb in den Magen die Luft raubten. Bilder von dem, was Deutsche an Juden verbrochen hatten, mit fadenscheinigsten Vorwänden. Und jetzt saß Conrad Brix hier und die Situation musste ihn an die Zeit erinnern, als er Frau und Kinder in Sicherheit bringen musste. Edgar schüttelte den Gedanken aus dem Kopf. Noch war sein Vater ihm die Antwort auf die Frage schuldig, warum er hatte bleiben wollen. Doch das war nicht der Moment, erneut nachzuhaken. Edgar war überwältigt von der Schwäche, die Conrad Brix zeigte. Er lenkte sich selber ab, indem er sagte: »Wir zwei haben uns spätestens morgen bei Frank im Präsidium zu melden. Außerdem musst du den Anwalt zurückpfeifen.«

»Wieso das?«, fragte der Vater.

»Was jetzt?«, gab Edgar zurück.

»Mir ist klar, dass der Kommissar Frank mit uns nicht nur nett plaudern möchte, sondern will, dass wir unsere Alibis gegenseitig bestätigen. Warum soll ich den Anwalt zurückpfeifen?« Die Antwort fiel entsprechend patzig aus.

»Kommissar Frank hat versprochen, Johann Veit so lange wie möglich im Gewahrsam zu behalten. Damit er von jedem Verdacht reingewaschen wird. Und dein Anwalt ist drauf und dran, Johann freizubekommen.«

»Aber wenn mir mit meiner begrenzten Fantasie der Einfall kommt, dass es zwei Täter gewesen sein könnten, kommen andere vielleicht auf die gleiche Idee«, warf Albrecht ein.

»Egal wie man es dreht und wendet, irgendwo läuft hier ein kaltblütiger Mörder rum.« Kaum hatte sie es ausgesprochen, wurde Fiona leichenblass.

»Vielleicht ist es besser, wenn du vorläufig in Kassel bleibst.« Edgar legte eine Hand auf ihre. Sie zitterte.

Die Augen von Conrad Brix fielen auf diese Berührung. Die Pupillen verengten sich. *Missbilligung.* Langsam war Edgar es leid. Er ließ die Hand, wo sie war, nahm die andere dazu und knetete Fionas Finger. Das Zittern hatte ihren gesamten Körper erfasst. Die Falten um ihre Mundwinkel, die in den letzten Wochen allmählich verschwunden waren, tauchten wieder auf. Die Erinnerung an das, was in dieser Küche geschehen war, schien zurückgekehrt zu sein. Sie hielt sich tapfer, dennoch war es klüger, sie schleunigst von hier fortzuschaffen. Ein kurzer Blickwechsel mit Albrecht genügte. Der war offensichtlich derselben Meinung.

»Könnt ihr zwei uns mal eine Weile allein lassen? Es gibt Dinge, die unter vier Augen besprochen werden müssen«, sagte er.

Ein Teil in Edgar war froh, den Raum verlassen zu können. Der andere ahnte, dass Albrecht dem Vater Antworten entlocken konnte, die der Edgar nie anvertrauen würde. Und Albrecht würde sie vertrauensvoll für sich behalten.

Der Koffer von Conrad Brix lag aufgeschlagen im alten Kinderzimmer, Brix selber war nicht da. Albrecht schloss die Tür wieder und ging zur Toilette. Brix' Zahnbürste stand bereits neben seiner. Ein seltsames Gefühl, nicht allein zu sein. Er überlegte, wie es sein würde, wenn die Zahnbürste von Marie Helferich dort stünde. Der Gedanke gefiel ihm. Sie müsste nur vorher ihren Nichtsnutz von einem Sohn dazu bewegen, alleine klarzukommen. Und das schien mindestens so unmöglich, wie Edgar mit seinem Vater zu versöhnen.

Immerhin hatte der schnell Taten folgen lassen. Er hatte mit dem Anwalt telefoniert, den er für Johann organisiert hatte, und ihm erklärt, dass er sein Geld bekommen würde und trotzdem nichts weiter unternehmen solle.

Albrecht fand Brix in der Küche. Er hatte sich hinter der »HNA« verschanzt.

»Hier ist sicher nicht so viel los wie in einer Großstadt in den USA«, versuchte Albrecht sich an leichtem Geplauder.

»Hm«, machte Brix. Er legte die Zeitung auf dem Tisch ab, sah Albrecht aber nicht an. Er hatte nicht viel Ähnlichkeit mit Edgar. Die Gesichtszüge waren härter, der Körper drahtiger. Darüber hinaus schienen beide unterschiedliche Vorstellungen von gepflegtem Äußeren zu haben. Brix' lichtes Haar war mit militärischer Präzision gestutzt, der Bart war am Morgen frisch rasiert worden und dabei hatte er kein Härchen übersehen. Die Fingernägel waren ordentlich geschnitten und sogar poliert, die Kleidung ließ jeden Makel vermissen.

Albrecht versuchte, sich Edgar daneben vorzustellen. Dass die beiden Vater und Sohn waren, wäre einem Fremden niemals in den Sinn gekommen. Eines hätte er über sie gleichermaßen nicht vermutet: dass sie Juden sein könnten.

Endlich schaute Brix auf. »Kein Wort über den Mordfall vom Freitag drin.«

»Das ist typisch. Wenn auf dem Dorf was passiert, muss eine Randnotiz reichen. Und die stand vermutlich in der Wochenendausgabe.«

»Haben Sie die noch?«

Albrecht linste in den Korb mit dem Anzündmaterial. »Ne, die ist schon in Rauch aufgegangen.«

Brix guckte verkniffen. »Wie soll es denn jetzt weitergehen?«

Albrecht fand die Frage für einen Mediziner wie Brix seltsam unpräzise. Er stocherte mit seiner Antwort im Trüben: »Soll ich Tee kochen? Für Abendbrot ist es noch zu früh.«

»Das meinte ich nicht. Die beiden Toten scheinen nur die Spitze des Eisbergs zu sein. Als ob jemand einen Rachefeldzug begonnen hat. Finden Sie nicht?«

Albrecht setzte sich zu ihm an den Tisch. »Leider muss ich Ihnen zustimmen.«

»Nun, und Sie stimmen mir ebenfalls zu, dass es etwas mit Johanns Rückkehr zu tun hat, oder?«

»Ich fürchte, auch damit liegen Sie richtig.«

»Was soll werden, wenn er aus der Haft entlassen wird?«

»Nun, im Gasthof kann er sicher nicht mehr wohnen.«

»Das ist doch gar nicht das Problem, er wird schon irgendwo unterkommen. Aber was ist, wenn der Mörder nicht aufhört? Was, wenn er es am Ende auf Johann abgesehen hat?«

»Dann werden wir gut auf ihn aufpassen müssen.«

Ein gemeinsames Nicken schien den Vorschlag zum Beschluss zu machen.

Nach einer kurzen Pause fragte Brix: »Was ist mit Fram passiert?«

»Das ist nicht sicher. Sein erstes Ziel in Wickenrode schien das Gasthaus gewesen zu sein. Dort wollte er wissen, wo er Fritz Veit finden könne. Der Wirt hat ihm erklärt, dass Veit in einer Hütte im Wald haust. Fram muss ihn dort aufgesucht haben. Vielleicht hat Veit ihn für Johann gehalten – nach all den Jahren, und außerdem gab es eine gewisse Ähnlichkeit, wissen Sie. Aber es kann auch sein, dass Fram ihm zu viele indiskrete Fragen gestellt hat. Am Ende hat Veit ihn unter einem Vorwand in eine Schutzhütte im Wald gesperrt und ihn dort so lange schmoren lassen, bis er halb verdurstet war. Wir vermuten, dass Nathan Gunkel ihn im Schäferwagen auf die andere Seite des Tals transportiert hat. Der Gunkel schien eingeweiht. Der VW Käfer von Fram wurde in seiner Scheune gefunden und Gunkel war es auch, der Edgar zum Fundort von Frams Leiche lotste. Die haben den armen Teufel halbtot laufen lassen. Der konnte nicht weit kommen. So haben Edgar und ich ihn entdeckt: Vertrocknet in einem Gebüsch am Waldrand.«

»Um Gottes willen. Und ich hab den Mann direkt in sein Verderben getrieben.« Jede Falte in Brix' Gesicht war doppelt tief eingegraben.

»Sie konnten doch nicht ahnen, dass der alte Veit der Mörder vom Wagner gewesen ist, sonst hätten Sie Fram sicher gewarnt.«

Brix senkte den Kopf.

Albrecht hielt für einige Sekunden die Luft an. »Das konnten Sie doch nicht ahnen, oder?«, flüsterte er.

Brix blieb stumm.

»Sagen Sie bitte nicht, dass Sie es wussten.«

Brix hob den Kopf in Zeitlupe. Die Lippen waren so schmal, dass sie kaum zu sehen waren. Er hatte einen Blick aufgelegt, der Albrecht einen Schauer den Rücken hinabtrieb. »Woher wussten Sie es?«

Immer wieder fuhr Brix' Hand nervös über das Zeitungspapier und strich eine unsichtbare Falte glatt.

Albrecht zerrte ihm die Zeitung unter den Fingern weg. »Woher?«

Brix zuckte zusammen. »Ich habe ihn an jenem Abend die Gasse hinaufgehen sehen, da war Johann längst in Ihrem Haus verschwunden.«

»Und Wagner hat zu diesem Zeitpunkt noch gelebt?«

»Das weiß ich nicht mit Sicherheit. Den habe ich nicht gesehen. Er hatte sich vermutlich in Ihrem Hof versteckt und darauf gewartet, dass Johann wieder aus dem Haus kam.«

Albrecht schaute Brix tief in die Augen, bis dieser den Kopf senkte. »Warum haben Sie das damals nicht erzählt?«

»Ich konnte nicht.« Brix hauchte die Worte.

Albrecht konnte ihn kaum verstehen. »Um Gottes willen, Mann, was hat Sie denn davon abgehalten?«

»Fuhrmann hat mich gesehen.«

»Fuhrmann?« Allmählich kam Albrecht der Verdacht, dass er besser nicht weiter nachfragte. Am Ende war das halbe Dorf in jener Nacht unterwegs gewesen, in der er einsam in seiner Küche mit dem Schicksal gehadert hatte. Er fragte trotzdem: »Und?«

Brix zuckte die Schultern.

»Hatten Sie Angst, dass er Ihnen die Tat in die Schuhe schieben würde?«

»Auch.«

»Ach, und was noch?«

»Ich war nicht allein.«

Albrecht fehlte die Fantasie für das, was Brix damit andeutete. Er war nicht allein? Ja und? Umso besser. Dann gab es einen Zeugen dafür, dass er Wagner nicht erschlagen hatte. »Ja, das war doch gut für Sie. Dann hätte Ihnen niemand den Mord in die Schuhe schieben können.«

»Ich hätte niemals verraten dürfen, wer bei mir gewesen ist.«

»Aber wieso?«

»Ich hätte sie in große Schwierigkeiten gebracht.«

»*Sie*?«

Brix nickte.

Albrecht verstand: eine Frau. Nicht Brix' Ehefrau. Er atmete tief durch. Die Neugierde war kaum auszuhalten und Brix sah so aus, als warte er auf die nächste, die unvermeidliche Frage. Albrecht schluckte sie vorerst hinunter. »Ich glaube, wir brauchen einen Schnaps.«

Er klaubte eine Flasche von der Anrichte, nahm zwei Gläser heraus und goss randvoll ein.

Brix griff eines und kippte es mit Schwung in sich hinein.

Albrecht tat es ihm gleich. Mit dem Geist des Schnapses

kehrte die Erinnerung zurück. »Anne Wagner«, sinnierte er. »Ich sollte ihr die Nachricht vom Tod ihres Mannes überbringen. Sie stand in der Tür, als habe sie schon auf mich gewartet.« Er beobachtete Conrad Brix, wie dieser tiefer in den Stuhl sank. Albrecht war auf der richtigen Fährte. Er sprach weiter: »Sie war selbst noch gefasst, als sie den Leichnam ihres Mannes sah. Sie wusste, was sie erwartete, oder?«

Brix schüttelte den Kopf.

»Dann ahnte sie es wenigstens.«

»Sie hatte mich am Abend geholt, weil sie befürchtete, dass Karl den Johann erschlagen würde. Der Karl war sturzbetrunken aus der Kneipe zurückgekehrt und Johann hatte es gewagt, ihn noch einmal an der Haustür zur Rede stellen zu wollen. Da ist der Karl mit der Axt hinter Johann her.«

»So weit stimmt das mit der Geschichte überein, die Johann mir damals erzählte.«

»Sie holte mich, damit ich zur Not eingreifen konnte. Doch als wir ankamen, war alles ruhig.«

»Da muss Johann schon in meiner Küche gehockt haben wie ein panisches Kaninchen. Den Wagner haben Sie nicht gesehen?«

»Nein, er war weder zu Hause noch lief er auf der Gasse herum.«

»Der muss irgendwo gelauert haben. Wahrscheinlich haben Sie recht und er hat gehofft, dass Johann wieder hinauskäme.« Albrecht stand auf und schaute in den Hof. Genug Möglichkeiten, um in der Dunkelheit unbemerkt auszuharren. Er drehte sich um und goss die Schnapsgläser erneut voll.

Brix griff beherzt nach dem Glas.

»Wieso hat die Anne ausgerechnet Sie zu Hilfe geholt?« Albrecht ahnte die Antwort, dennoch wollte er sie aus dem

Mund des – wie nannte Edgar ihn? – des untadeligen Conrad Brix hören.

»Warum soll ich Ihnen sagen, was Sie sich denken können? Sie war so oft bei mir in der Praxis. Blaue Flecken überall am Körper, alte, schlecht ausgeheilte Brüche. Der Wagner ist mit seinen Schweinen besser umgegangen als mit ihr. Erst tat sie mir nur leid. Dann …«, Brix stockte.

Albrecht teilte den Rest aus der Flasche auf die zwei Gläser auf.

Brix kippte den Schnaps mit weit zurückgelehntem Kopf in den Mund. »Der Wagner hätte sie totgeschlagen, wenn er erfahren hätte, was vor sich ging.«

Albrecht wiegte den Oberkörper vor und zurück. Der Alkohol ließ die Bewegung langsamer erscheinen, als sie es vermutlich war. Genau wie er vor wenigen Monaten bei Edgar, legte Brix gerade eine Beichte ab, die jedem wie Backsteine auf der Seele liegen würde, der auch nur einen Funken Gefühl in sich trug. Zwei alte Männer, die all die Jahre mit sich gehadert hatten. Albrecht war sich nicht sicher, ob er weiter nachhaken wollte.

Brix kam ihm zuvor. »Ich hatte alles geplant, um meine Familie außer Landes zu bringen. Ich selbst wollte bei Anne bleiben.«

»Sie sind am Ende mitgegangen, wieso?«

»Sie hat mich regelrecht fortgejagt. Sie hat mir gesagt, dass sie mit einem Juden keine Zukunft in Deutschland haben würde. Dass sie mit mir niemals glücklich werden könnte. Sie wusste, dass ich ohnehin sehr bald hätte fliehen müssen. Ich wollte davon erst nichts hören. Am Ende sah ich ein, dass ich sie nur in Schwierigkeiten gebracht hätte.«

Albrecht schwieg ein zustimmendes Schweigen.

»Da ist nach all den Jahren der Weg frei. Jemand hat Schicksal gespielt und sie von ihrem bösen Geist befreit. Dann kommt ein neuer böser Geist über das Land und nimmt ihr schon wieder die Hoffnung auf ein besseres Leben.« Brix' Stimme war so glasig geworden wie seine Augen.

Albrecht wusste, dass es der Alkohol war, der aus Brix sprach. Diese blumigen Worte, überhaupt dieses Geständnis hätte er nüchtern niemals über sich gebracht.

»Ich hätte sie nicht allein lassen dürfen«, seufzte Brix und schaute sehnsüchtig in das leere Glas.

Albrecht stand auf und holte eine Flasche Kirschwein aus der Anrichte. Er reichte sie samt Öffner zu Brix. Neben die Schnapsgläschen platzierte er zwei Wassergläser.

»Tut es Ihnen denn nicht mehr weh?«

Albrecht stutzte.

Brix deutete auf die verbundene Hand.

»Jetzt nicht mehr.« Albrecht nahm die leere Schnapsflasche und schüttelte sie. Irgendwie hatte er das Gefühl, dass die Rede nicht wirklich von einem verstauchten Handgelenk gewesen war.

Brix nickte ihm bedächtig zu.

»Sie haben darüber nie mit Edgar gesprochen, nicht wahr?«

»Es gibt Dinge, die gehen die Kinder nichts an.«

»Ich fürchte, mit dieser Einstellung kommen Sie in diesem Fall nicht weit. Und Edgar ist kein Kind mehr.«

Albrecht dachte daran, dass es Edgar gewesen war, der ihm die Fakten über jene unheilvolle Nacht nach all den Jahren des Verdrängens sanft, aber bestimmt aus der Nase gezogen hatte. Wie schlecht hatte Albrecht sich dabei gefühlt, dass nur eine Flasche Kirschwein den Widerstand brechen konnte, und um wie vieles besser ging es ihm, seit er alles ausgesprochen hatte. Albrecht beobachtete, wie Brix auf seiner Unterlippe herumbiss. Oder log er sich selber etwas in die Tasche? Alt und müde begann jeder Tag, seit der alte Kram wieder und wieder hochkochte.

Er ließ den Blick durch die Fensterscheiben gleiten, wo er von den herunterrinnenden Tropfen gestoppt wurde. »Regnet es in New Haven auch so viel?«

Brix schmunzelte. »New Haven liegt in den ›Neu England Staaten‹. Dort wurde das schlechte Wetter erfunden.«

Ein gemeinsames Lachen breitete sich wie eine Wohltat in der Küche aus.

*

»Die beiden werden einiges zu bereden haben.« Edgar musste das Schweigen brechen, das ihm allmählich Angst einjagte.

Fiona war neben ihm hergelaufen, er hatte ihr Zittern gespürt. Es wäre besser gewesen, sie ins Auto zu setzen, damit sie diesen Unglücksort verlassen konnte, der ihr die schlimmen Erinnerungen zurückbrachte, doch Edgar hatte sie nicht allein lassen wollen. Außerdem tat ihr Bewegung gut. »Komm, wir gehen zu mir. Ich muss die Praxis wieder aufsperren. Du kannst fernsehen oder Radio hören.«

Fiona schwieg und krallte sich in den Stoff seines Mantels.

Sie gingen durch den Hintereingang und Edgar ließ die Tür zur Praxis offen. Er holte die Haggada aus dem Behandlungszimmer, wo er sie auf dem Schreibtisch liegen gelassen hatte, und legte sie in der Küche auf den Tisch. Er wäre beinahe über Kunos riesige Fressnäpfe gestolpert. »Mist, die hab ich vergessen mitzunehmen.«

»Das macht doch nichts, Papa wird sicher irgendeine Schüssel verwenden können. Was ist das?« Fiona deutete auf das Buch.

»Das ist die Haggada. Die Anleitung für das jüdische Pessachfest. Daraus stammt der Kinderreim, der bei Fuhrmann gefunden wurde.«

»Ich verstehe nicht, was das für Menschen sind, die jemandem so etwas antun. Und damit nicht genug: auch noch andere mit ins Unglück stürzen, indem sie den Verdacht auf Unschuldige lenken.«

Edgar lag eine Antwort auf der Zunge, er schluckte sie hinunter. Was wäre gewonnen, wenn er Fiona darüber aufklärte, dass es die Art von Menschen war, der sie in Todesangst einen Abend lang gegenübergesessen hatte. Die Art Menschen, die entweder aus Hass oder Verzweiflung oder in tiefer Verwirrtheit töteten. Letzteres schied hier aus. Wer auch immer diese Worte bei Fuhrmann hinterlassen hatte, verfolgte kaltblütig einen Plan.

Fiona schien dasselbe zu denken. »Woher sollte irgendeiner diesen Text kennen? Der ist doch nicht jedermann zugänglich. Ich meine, ich habe bis heute noch nie etwas von einer ›Haggada‹ gehört.«

»Darüber habe ich auch schon nachgedacht. Irgendjemand gibt sich große Mühe, den Verdacht auf mich zu lenken.«

»Oder auf deinen Vater.«

»Niemand konnte ahnen, dass der hier jemals wieder auftauchen würde.«

»So? War das wirklich so ausgeschlossen?«

Edgar dachte nach. Hätte man damit rechnen können, dass Conrad Brix zurückkehren würde, wenn Johann Veit in Schwierigkeiten geriet? Hatte gar jemand die verzwickte

Lage für Veit arrangiert, damit Conrad Brix einen Grund hatte, um zurückzukehren? Nein, das war wirklich zu weit hergeholt. 6.000 Meilen über einen Ozean hinweg konnte selbst der gewiefteste Mörder nicht planen.

»Zumindest ist es sehr unwahrscheinlich, dass jemand damit gerechnet hat. Und er hätte den Zusammenhang zwischen den Recherchen des Holländers und meinem Vater kennen müssen. Ich glaube kaum, dass außer dir, Albrecht und mir jemand davon wusste.«

»Das stimmt«, murmelte Fiona gedankenverloren. Sie hatte begonnen, in der Haggada zu blättern, der Inhalt schien sie zu interessieren. Sie schaute auf. »Ich koch mir einen Tee und lese ein bisschen. Du musst doch sicher in die Praxis, oder?«

»Schon, aber ist es in Ordnung, dich hier allein zu lassen?«

»Ich komme klar.« Ihr Gesichtsausdruck verriet etwas anderes.

»Bring mir einen Tee rüber, wenn er fertig ist.« Edgar drückte ihr einen Kuss auf die Stirn und verließ mit einem mulmigen Gefühl die Küche.

Der Himmel war aufgebrochen und zeigte strahlendes Blau. Niemand verirrte sich in die Praxis, der es nicht unbedingt nötig hatte. Den ganzen Nachmittag hatte Edgar lediglich einen gequetschten Daumen und Frau Wiegand mit akutem Schwindelgefühl zu behandeln.

Ihr Herz schlug gleichmäßig, die Lungen waren frei. Edgar hängte sich das Stethoskop um den Hals. »Hier ist alles in Ordnung. Kommt der Schwindel immer zu einer bestimmten Gelegenheit? Beim Aufstehen oder wenn Sie sich anstrengen?«

»Nein. Es dreht sich alszus.«

Edgar nahm das Otoskop zur Hand. »Hatten Sie in letzter Zeit Ohrenschmerzen oder ungewöhnliche Geräusche im Ohr?« Er schaute in beide Gehörgänge. Außer zu viel Schmalz nichts, was Grund zur Sorge gab.

»Ungewöhnliche Geräusche? Das nicht, aber haben Sie das mit dem Toten gehört?«

Edgar wickelte ihr die Blutdruckmanschette um den Arm, pumpte und presste das Stethoskop in ihre Armbeuge und lauschte.

»Hm.«

»Ich hab gehört, dass es der Fuhrmann war. Geschlachtet wie ein Schaf. Und Sie haben ihn gefunden.«

Ihr Unwohlsein war also nur ein Vorwand gewesen, um Neuigkeiten aus erster Hand zu erfahren. »Leider ja.« Edgar hielt sich bewusst knapp. Er nahm ihr die Blutdruckmanschette vom Arm. »Ihr Blutdruck ist normal«, er griff ihr Handgelenk, um den Puls zu fühlen – ruhig und gleichmäßig.

»Und wie bei Herrn Noll die Kehle durchgeschnitten.«

»Auch das stimmt leider.«

»Ist Johann Veit noch im Gefängnis?«

»Ja, er saß die ganze Zeit in Gewahrsam.« Edgar konnte ein Schmunzeln nicht unterdrücken. Jetzt würde das Dorf binnen weniger Stunden erfahren, dass Johann Veit unschuldig sein musste.

»Wann ist Ihr Vater zurückgekommen?«

Edgar gefror das Schmunzeln im Gesicht. Vielleicht war das nichts als eine harmlose Frage, eine höfliche Floskel, vielleicht aber auch nicht. »Gestern Abend ist er hier angekommen.«

»Das ist aber wirklich ein blöder Zufall, oder?«

»Wie meinen Sie das?«

»Nu, dass Ihr Vadder nach all den Jahren heimkehrt, ausgerechnet an dem Abend vor dem Mord.«

»Das stimmt, das ist wirklich ein Zufall.« Edgar bemerkte, dass er ihr Handgelenk fester drückte, als er sollte. Er ließ es unvermittelt los. »Ich kann leider nicht feststellen, woher Ihr Schwindelgefühl stammen könnte. Es könnte an dem Wetterumschwung liegen. Wenn die Beschwerden bleiben, müssen Sie in die Klinik, um einen Morbus Meniere auszuschließen. Aber erst mal gehen wir von Kreislaufbeschwerden aus. Sie sollten es ruhiger angehen lassen und sich diesen Nachmittag ein wenig hinlegen.« *Statt durchs Dorf zu laufen und überall Gerüchte zu streuen.* »Wenn der Schwindel morgen unverändert ist, kommen Sie bitte noch mal vorbei.«

»Ach, das wird nicht sein nötig. Ich lege mich hin, dann wird es besser.«

»Wie Sie meinen. Aber heute keine Anstrengungen mehr.«

»Ist gut, Herr Doktor.« Sie knöpfte sich die Bluse zu und sprang von der Liege.

Edgar nahm an seinem Schreibtisch Platz und notierte die Behandlung auf ihrem Krankenblatt.

Sie war halb zur Tür hinaus, als sie stehen blieb. »Da haben Sie aber Glück, dass Ihr Vater die Nacht über bei Ihnen war.« Sie drehte sich um und verschwand.

Fiona saß in der Küche, vertieft in die Haggada.

Edgar stand eine Weile im Raum und betrachtete sie.

Sie sah auf und lächelte ihn an. »Hier steht, dass die Juden schon ewig keine Lämmer mehr zu Pessach schächten. Wer auch immer das mit dem Fuhrmann inszeniert hat, hat sich nicht schlaugemacht.«

»Ach, Fiona.« Edgar ließ sich seufzend neben ihr am Tisch nieder. »Das ist den Leuten doch egal. Wenn es einen Sündenbock gibt, wird er zur Schlachtbank geführt. Das ist heute nicht anders als früher.«

Sie sah ihn kritisch an. »Was war denn los?«

»Die erste Patientin, die Andeutungen über die Rückkehr meines Vaters machte. Und das war nur der Anfang, glaub mir.«

»Wer?«

»Ist doch egal. Spätestens morgen werden sie alle reden. Der eine oder andere mit mir, der Rest hinter meinem Rücken.«

Fiona fasste seine Hand. »Ich weiß es besser. Mach dir erst mal keine Sorgen, alles wird sich wieder einrenken.«

Angst hatte sich in ihrer Stimme eingenistet, die Zuversicht war nur gespielt.

»Feierst du Ostern so?« Sie tippte auf das Buch.

»Schon ewig nicht mehr. Als Kinder haben wir den Sederabend halbwegs nach dem Ritus begangen. Das ist der Abend vor Pessach. So etwas Ähnliches wie euer Karfreitag. Da wird eine Schüssel mit verschiedenen Kräutern, einem Lammknochen und einem Ei aufgetischt. Die Familie versammelt sich darum. Es wird Wein getrunken und man liest aus der Haggada.«

»Das klingt tatsächlich wie unser Ostern. Eier, Lämmer, Kräuter. Seltsam, dass sich das so ähnelt. Und dann fällt es auch noch auf dasselbe Datum?«

»In diesem Jahr ist es so. Aber das ist nicht immer der Fall. Das liegt an den unterschiedlichen Kalendern. Bloß die Symbolik des Lammes, die hat sicher ihre Wurzel im Jüdischen. Das Töten von Lämmern an Pessach ist begründet im Ursprung des Festes. Die Juden feiern ihren Auszug aus Ägypten. Am Vorabend befahl Gott, die Türpfosten mit Lämmerblut einzustreichen. Das war das Erkennungszeichen, dass die letzte der sieben Plagen an diesen Häusern vorüberziehen sollte: der Tod sämtlicher Erstgeborenen. Seltsamerweise feiern die Christen an Ostern den Tod von Gottes erstgeborenem Sohn, dem Lamm Gottes.«

»Das ist erstaunlich. Und was hat es mit diesem Sederabend auf sich?«

»Man vollzieht in der Familie den Vorabend des Auszugs aus Ägypten nach: Es wurde hastig gegessen, keine Zeit für aufwendige Mahlzeiten, kurzgebratenes Lammfleisch und ungesäuertes Brot. Daher der jüdische Brauch, vor Ostern alles Gesäuerte aus dem Haus zu entfernen. Der Sederabend ist die Erinnerung an diesen letzten Abend in Gefangenschaft.«

»Das heißt, Jesus hat mit dem letzten Abendmahl den Sederabend gefeiert?«

»Jesus war Jude. Möglich. Aber darüber wird selbst unter Gelehrten gestritten. Wenn der Tag vor der Kreuzigung der Sederabend war, wäre Jesus an Pessach und damit an einem Sabbat hingerichtet worden. Und das ist sehr unwahrscheinlich.«

»Ich dachte, die Römer hätten seinen Tod befohlen. Die hätten sich doch nicht um den Sabbat geschert.«

»Die Frage lautet: Wer hat Jesus getötet? Das ist der Kern des Hasses zwischen Juden und Christen. Du siehst, es ist alles sehr kompliziert, obwohl wir uns ähnlicher sind, als wir wahrhaben wollen.«

»Also arbeiten jüdische Henker nicht am Sabbat. Wie ist das mit Ärzten?«

Edgar musste schmunzeln. Wahrscheinlich war Fiona nicht aufgefallen, dass sie die beiden Berufsgruppen in ihrer

Frage in einen Topf geworfen hatte, und bei genauem Hinsehen waren Ärzte den Henkern häufig näher, als ihren Patienten lieb sein konnte. »Für Ärzte gibt es eine Ausnahmeregelung. Allerdings würde dir ein Orthodoxer antworten, dass ein jüdischer Arzt am Sabbat nur einen Juden behandeln darf. Mein Vater hat sich nie um so etwas gekümmert. Ich glaube, die schlimmste Strafe Gottes hätte ihn nicht davon abgehalten, seiner Pflicht als Arzt nachzukommen. Wir haben die jüdischen Feste immer nur sehr oberflächlich gefeiert und als Gutmund und ich älter wurden, überhaupt nicht mehr. Und meine Frau und ich …« Edgar hielt inne. Wollte er das erzählen? Wenn nicht, warum fing er davon an?

Fiona schaute erwartungsvoll.

»Wir hatten alle jüdischen Rituale abgelegt. Sie stammte aus einem streng orthodoxen Elternhaus. Ich glaube, sie war froh, diesem Käfig entkommen zu sein.«

»Wie war deine Frau?« Fiona hatte das Kinn in die Hände gestützt, die Ellenbogen auf dem Tisch.

»Sie war das, was man als gute Partie bezeichnen würde. Eine Bernstein – wohlhabend, gebildet, gutaussehend – die perfekte Neu-England-Ehefrau für einen jüdischen Arzt mit Ambitionen. Dummerweise hat sie keinen Arzt mit Ambitionen geheiratet, sondern mich.«

»Ach komm, du bist doch eine gute Partie.« Fiona lächelte.

»Ich bin …«, Edgar lag so viel auf der Zunge, was er hätte sagen können. Entweder kam es ihm wie eine Untertreibung vor oder wie der Ausdruck puren Selbstmitleids. Die Wahrheit lag vermutlich wie immer in der Mitte, aber sie fiel ihm nicht ein.

Fiona sprang für ihn ein: »Du bist ein wundervoller Arzt. Und du bist einer der wenigen Menschen, die ich kenne, der nicht andauernd den Weg des geringsten Widerstands geht.«

»Da sind wir zwei uns ähnlich. Und das bringt uns auch ständig in Teufels Küche. Das Leben könnte deutlich einfacher sein.«

»Ja«, sie lächelte, »und langweiliger.« Sie klopfte mit den Fingerknöcheln auf die Haggada. »Ich finde, das hier sollten wir Kommissar Frank zeigen. Damit er einsieht, dass hier jemand sehr stümperhaft zugange ist, und endlich anfängt, nach dem wahren Mörder zu suchen.«

»Ich glaube, er tut das bereits. Ich hatte nicht den Eindruck, dass er sich von dem Lamm und der Botschaft hat beeindrucken lassen. Diesmal nicht.«

»Das wäre ja mal was ganz Neues, dass die Polizei sich nicht von einer falschen Fährte leiten lässt und den Verstand einschaltet.«

»Ich glaube, wir tun Frank Unrecht. Er riskiert einiges, wenn er Johann weiter festhält. Du erinnerst dich sicher daran, dass dieser Staatsanwalt von Bernwitz es auf ihn abgesehen hat. Der wartet nur darauf, dass Frank einen Fehler begeht.«

»Ist es eine Einmischung, Fragen zu stellen?«

»Wie meinst du das?« Edgar bemerkte Abenteuerlust in Fionas Augen und das bereitete ihm einigermaßen Sorgen.

»Frank muss den Fall allein aufklären. Aber du kannst versuchen, Johann zu helfen, solange der es nicht selber tun kann.« Sie schien Edgars ratlosen Blick zu bemerken. »Hochapfel ist und bleibt der Schlüssel zu Johanns Gedächtnis. Du hast doch erwähnt, dass eine Schwester von klaren Momenten berichtet hat. Sprich mit ihr. Mehr kannst du ohnehin nicht tun. Also los!«

Fiona setzte Edgar vor dem Eingang des Altenstifts ab. Sie stieg aus dem Fiat aus und stand vor Edgar. Der Schatten des Gebäudes fiel am Nachmittag bis hinunter zur Hauptstraße.

»Soll ich nicht doch warten?«

In ihrer Frage schwang die Hoffnung mit, dass Edgar sie bitten würde mitzukommen. Doch diesen Zahn hatte er ihr bereits vor der Abfahrt gezogen. Das würde er allein machen.

»Nein, wirklich nicht. Ich laufe nach Hause.« Er warf einen Blick Richtung Himmel. »Man muss jede Sekunde nutzen, in der es nicht regnet.«

»Wie du meinst. Sehen wir uns morgen?«

Edgar zog sie hinter einen Busch vor dem Eingang. Er nahm sie fest in seinen Arm und sagte: »Wann immer du willst«, bevor er sie küsste.

Ein alter Herr schlich an ihnen vorbei. »So was hätte es früher nicht gegeben«, murmelte er erbost.

Wenn der wüsste, wie sehr er damit recht hat, dachte Edgar und küsste Fiona erneut.

»Schwester Margot« stand auf dem Schild oberhalb einer gewaltigen Brust, die von einer gestärkten Uniform in Schach gehalten wurde.

»Ich weiß gar nicht, ob ich mit Ihnen über Herrn Hochapfel reden darf, Sie sind kein Angehöriger. Wollen Sie nicht wiederkommen, wenn Herr Käse im Haus ist?« Etwas an ihr kam ihm vertraut vor, möglicherweise lag es an ihrer Erscheinung. Eine Schwester, wie sie im Lehrbuch stand. Üppig und streng.

»Ich habe nur ein paar Fragen und außerdem bin ich Arzt.« Edgar fand es erbärmlich, wenn er die Mediziner-Karte spielte, aber hin und wieder war es notwendig. Dass Käse nicht im Haus war, kam ihm sehr gelegen. Nach seinem letzten Auftritt musste er ja damit rechnen, dass der Heimleiter ihn nicht mal bis zu Schwester Margot vorließ, geschweige denn zu Hochapfel. Der Zeitpunkt war günstig. »Herr Käse hat angedeutet, dass Sie der Meinung sind, der Zustand von Pfarrer Hochapfel habe sich situativ aufgehellt.«

Schwester Margot schaute Edgar mit gerunzelter Stirn an. »Keine Ahnung, wie Herr Käse darauf kommt, aber das habe ich so niemals gesagt.«

»Verstehen Sie doch: Es gibt ein ehemaliges Gemeindemitglied von Hochapfel, das sich an die Vergangenheit nicht mehr erinnern kann. Und der Pfarrer war der Letzte, der mit dessen Vater gesprochen hat. Der Mann hat ein Recht darauf, zu erfahren, was in dieser Unterhaltung gesagt wurde.«

»Sie meinen den, der sich den Kopf weggeschossen hat?«

»Genau der«, erwiderte Edgar leise.

»Dann ist das gar keine gute Idee, die Erinnerung wachzurütteln. Immerhin ist dieser Moment schuld an seinem Zustand.«

»Hochapfel muss sich noch gar nicht erinnern. Meine Frage ist nur: Hat der Herr Pfarrer hin und wieder klare Momente?«

Sie hatte die fleischigen Unterarme vor der Brust verschränkt und knetete das Fleisch mit den Händen durch. »Es tut mir leid, ich kann Ihnen dazu nichts sagen. Kommen Sie morgen wieder, wenn Herr Käse im Haus ist.« Ihre Stimme war rau geworden.

Sie drehte sich um und ließ Edgar im Flur stehen.

Kaum dass Edgar vor dem Eingang zum Altenstift stand, fing es an, Bindfäden zu regnen.

DIENSTAG, DER 13. APRIL

Zwei alte, verkaterte Männer. Dieser Tag begann so, wie er eben nach zu viel Kirschwein beginnen musste. Brix hatte das Kaffeekochen übernommen. Er schien nicht sehr oft in der Küche zu helfen, es dauerte ewig, bis eine Kanne voll Getreidekaffee auf dem Tisch stand. Albrecht hätte sich mit seiner verbundenen Hand nicht weniger ungeschickt angestellt, aber er ließ Brix gewähren. Er nahm sich eine halbvolle Tasse, öffnete Kuno die Haustür und folgte dem Rüden nach draußen.

Brix war Albrecht gefolgt, blieb auf dem Treppenabsatz stehen und ließ den Blick schweifen. Der blieb an Friedberg Söder hängen, der durch die Hintertür seines Hauses in den Nachbargarten schlurfte. Albrecht hatte nicht darüber nachgedacht, wie eine Begegnung zwischen Söder und Brix verlaufen würde. Jetzt war es zu spät, sich den Kopf zu zerbrechen, denn das Schauspiel war bereits in vollem Gange.

Brix stand wie angewurzelt da und starrte über den Gartenzaun auf der anderen Seite der Gasse. Söder stakste nichtsahnend in seinen Gummistiefeln durch den Matsch Richtung Hühnerstall und fluchte laut. Am liebsten hätte Albrecht irgendeine alberne Bemerkung gemacht, nur um den Moment herbeizuführen, in dem es geschehen musste, doch dann passierte es von alleine. Söder hob den Kopf, grüßte freundlich mit hoch erhobener Hand über den Zaun. Er bemerkte Brix und verharrte, den Arm wie zum Hitlergruß eingefroren.

Beinahe hätte Albrecht auflachen müssen.

Brix machte einen Schritt nach vorne und blieb wieder stehen. Söder ließ die Hand sinken und trat ebenfalls vor. Die beiden musterten sich, als seien sie noch nicht hundertprozentig davon überzeugt, ihr Gegenüber erkannt zu haben.

Für einen Augenblick sah es so aus, als würde Söder die Beine in die Hand nehmen und ins Haus flüchten, doch er schien genau zu wissen, dass er auf dem matschigen Untergrund und in zu großen Gummistiefeln auf keinen Fall einen eleganten Abgang hinbekommen würde. Er fügte sich erstaunlich schnell in sein Schicksal. Er schlappte nach vorne an den Zaun und lehnte die Arme auf die Staketen.

Albrecht hielt den Atem an.

Kuno betätigte sich als Eisbrecher, in dem er zum Zaun scharwenzelte, daran hochsprang und Söder freudig begrüßte. »Na, du Osse, lass den Zaun stehen.« Söder tätschelte dem Rüden den Schädel. Dann rief er Richtung Brix: »Der Herr Doktor hat nix von einem Familientreffen gesprochen. Ich hoffe, der war nit genauso überrascht wie ich jetze.«

»Wie man es nimmt«, antwortete Brix. Er näherte sich dem Zaun bis auf zwei Meter. Kuno sprang aufgeregt zwischen den Männern hin und her.

Albrecht versuchte zu wittern, was dort vor sich ging. Er spürte einiges, doch so sehr er sich auch mühte: Feindseligkeit gehörte seltsamerweise nicht dazu.

»Erst der Johann und jetze Sie. Ich honn heute Nacht vom ahlen Wagner geträumt. Wenn das kinne Vorahnung war.«

»Na, ich hoffe ja mal, dass der im Grab bleibt, wo er hingehört«, entgegnete Brix salopp.

»Da sprechen Se wos. De Zeiten sinn so absonderlich, dass man mit allem rechnen muss.«

»Nun, absonderliche Zeiten sollten Ihnen ja geläufig sein.« Albrecht hielt die Luft an.

Söder blinzelte. Dann nickte er. »Is kinn guter Zeitpunkt, zurückzukommen, wenn ein verrückter Mörder jemanden sucht, den er als Sündenbock hinstellen kann. Das sollte Ihnen doch geläufig sein.«

Albrecht schnalzte mit der Zunge; eine ungewöhnlich gezielte Parade für Söder, fand er.

»Johann brauchte Hilfe«, entgegnete Brix.

»Ihr Sohn braucht Ihre Hilfe jetze nötiger.«

Die Wendung, die das Gespräch nahm, bereitete Albrecht Bauchschmerzen. Dennoch steckte keine Angriffslust in diesem Wortwechsel, vielmehr eine Art vorsichtiges Abtasten.

»Dann ist es ja gut, dass ich vorbeigekommen bin.«

»Das wird sich noch usswiesen.« Söder schmunzelte schelmisch. »Uff Ihren Sohn lass ich jedenfalls nichts kommen. Wenn dem einer ans Zeug flicken will, muss er erst mal am ahlen Söder vorbi.«

Jetzt schmunzelte sogar Brix. »Ich sehe, die Zeiten haben sich tatsächlich entscheidend verändert.«

»Nit die Zeiten honn sich verännert. Wir honn uns nur alle am Riemen gerissen.«

Albrecht hörte die Worte vom alten Söder und es war, als hätte der über Nacht eine Eingebung gehabt. Irgendetwas war geschehen und Albrecht fand es bemerkenswert, hatte er doch geglaubt, das nicht mehr erleben zu dürfen. Ein Impuls drängte ihn, Söder zur Seite zu springen: »Wir haben sogar Weihnachten miteinander gefeiert, die Söders, Ihr Sohn, Fiona und ich.«

»Weihnachten?« Brix guckte ungläubig.

»Edgar sagte, es mache ihm nichts aus, das christliche Fest zu feiern.«

»Das denke ich mir, immerhin hatten wir schon immer einen Weihnachtsbaum in der Stube. Dennoch wundert es mich, dass er es überhaupt feiern mochte. In den letzten Jahren kann ich mich nicht daran erinnern, dass …«, er ließ den Satz unvollendet, als wäre ihm eingefallen, dass diese private Angelegenheit niemanden etwas anging. Er winkte ab. »Trotzdem bin ich hier, um Johann dabei zu helfen, die Erinnerung zurückzugewinnen.«

Söder nickte, guckte aber skeptisch. »Den allermeisten is es lieb, wenn die Vergangenheit in Vergessenheit gerät. Da werden Sie nit viel Unterstützung bekommen.«

»Bekomme ich Ihre?«

Söder sog scharf die Luft ein und kaute sie nachdenklich durch. Schließlich fragte er: »Was soll ich tun?«

Albrecht wäre beinahe die Tasse aus der Hand gefallen.

Brix schien weniger überrascht. »Solange Johann im Gewahrsam sitzt, können wir nichts machen. Aber ich bin sicher, dass sie ihn spätestens morgen wieder laufenlassen. Dann sollten wir versuchen, die Stunden nach seiner Flucht zu rekonstruieren. Vielleicht bringt das die Erinnerung zurück.«

Söder sah aus, als habe er saure Milch getrunken. »Is gut«, sagte er knirschend, »is gut.«

Brix nickte anerkennend. Er drehte sich auf dem Absatz um und marschierte zurück ins Haus. Es war alles gesagt.

Die Luft verließ stoßartig Albrechts Lungen.

Söder winkte ihn zu sich heran. Er zeigte auf den Verband. »Findste nit, dass de es übertreiben tust mit den Unfällen? In unserem Alter muss man besser uff sich uffpassen.«

»Ich hab's mir ja nicht ausgesucht. Und außerdem werde ich gut versorgt.«

Söder deutete Albrecht mit gekrümmtem Zeigefinger an, ein wenig näher zu kommen, und flüsterte: »Spreche moh, wohnt der jetze bei dir?«

»Sieht so aus, oder?«

»Un wieso is der nit bi sinnem Sohn?«

»Nun, vielleicht brauchen einige etwas länger, um sich am Riemen zu reißen.«

Söder hob den Kopf und nickte sacht. Er drehte wortlos ab und stapfte Richtung Hühnerstall.

*

Edgar musste bereits zum dritten Mal das Wasser im Putzeimer wechseln und seine Praxis sah immer noch aus wie ein Schweinestall. Am liebsten hätte er den Eimer auf dem Boden ausgekippt und den ganzen Dreck Richtung Ausgang geschippt. So mühte er sich mit Schrubber und Putzlumpen und verfluchte die Sinnlosigkeit dieser Handlung, denn spätestens morgen nach der Vormittagssprechstunde würde es wieder genauso aussehen. Immerhin verschaffte ihm das Putzen Zeit zum Nachdenken. Kommissar Frank hatte angerufen. Er konnte Johann nicht länger als bis zum nächsten Tag festhalten und würde ihn dann laufenlassen. Der Kommissar druckste ein wenig am Telefon herum, normalerweise kam er direkt zum Punkt. Diesmal schien Frank etwas auf der Seele zu liegen und Edgar konnte sich gut vorstellen, was das war. Immerhin stand der Vorwurf im Raum, dass ein Jude an den Verbrechen beteiligt gewesen war. Allein damit, es auszusprechen, betrat Frank vermintes Gelände. Es nicht zu tun, wurde nicht minder kritisch von der anderen Seite beäugt.

Eigentlich konnte der Kommissar sich nur mit Anlauf in die Nesseln setzen und das unter dem wachsamen Auge von Staatsanwalt von Bernwitz, der ihn lieber heute als morgen wieder in den Streifendienst versetzt hätte. Im Augenblick war Frank alles andere als zu beneiden.

Edgar rutschte mit dem Putzlumpen auf den Knien in den letzten Winkel seiner Praxis. Von draußen näherten sich Schritte. Jemand trat sich lange und umständlich die Füße ab und öffnete die Tür.

Na toll, da kann ich ja gleich wieder von vorne anfangen, dachte Edgar.

Er kam nicht schnell genug auf die Beine und pfefferte den Putzlumpen in den Eimer.

In der Tür stand sein Vater und sah auf ihn herab. »Du putzt deine Praxis selber?«

»Ich kann mir keine Hilfe leisten.«

»Du brauchst eine Frau.«

»Als Putzhilfe? Nein danke, das ist nicht meine Vorstellung von einer Ehe.« Edgar sah, wie die Gesichtszüge seines Vaters knitterten wie zusammengeknülltes Papier.

»Ich bin nicht gekommen, um mit dir über die Ehe zu diskutieren.«

»Sondern?« Edgar stand auf. Augenhöhe war das Geringste, was diese Unterhaltung brauchte.

»Wir müssen darüber reden, was geschehen ist.«

»Meinst du über die vergangenen Tage oder über das, was früher war?«

»Ich fürchte, es hängt alles miteinander zusammen.«

»Schön, dass wir zumindest in diesem Punkt einer Meinung sind.«

»Darf ich mich setzen?« Brix deutete auf den Patientenstuhl vor dem Schreibtisch.

Edgar haderte kurz. Nein, das wäre doch zu seltsam. Er auf dem Platz, der früher seinem Vater gehörte, und umgekehrt. »Lass uns in die Küche gehen. Ist eh gerade Pause. Wenn jemand hier Licht sieht, kommt er womöglich rein. Im Wohnhaus sind wir ungestört.«

Edgar ließ den Eimer samt Putzlumpen stehen und ging vorweg durch den Flur.

In der Küche drückte sich Conrad Brix in die hinterste Ecke am Tisch, als fühle er sich dort besonders sicher.

»Kaffee, Tee?«

»Gerne Kaffee. Bei Herrn Schneider gab es nur die koffeinfreie Variante und ich habe schlecht geschlafen.«

»Albrechts Kirschwein, oder? Furchtbar lecker, aber rächt sich böse.«

Brix lächelte und nickte.

Soso, dachte Edgar. Hatten die beiden alten Männer also eine längere Unterredung gehabt. Da wäre er zu gerne dabei gewesen. Falls sein Vater Albrecht etwas im Vertrauen erzählt hatte, würde der dichthalten. Albrecht hielt sich in aller Regel an sein Wort, und wenn nicht, dann nur, um dem, dem er es gegeben hatte, schlimme Folgen zu ersparen. So wie vor wenigen Wochen, als er das Schweigen darüber gebrochen hatte, warum Roland Helferich in den Unglücksstollen zurückgekehrt war. Aber Conrad Brix war eben nicht Roland Helferich. Dem musste man nicht unter die Arme greifen, um ihn vor der eigenen Dummheit zu bewahren. Edgar war auf sich selber gestellt beim Versuch, herauszufinden, was: ›Es hängt alles miteinander zusammen‹ bedeuten konnte.

Er stellte den Wasserkessel auf den Herd, füllte Pulver in den Filter und setzte ihn auf die Kanne. »Wir müssen ins Präsidium, um unsere Aussage zu machen. Wann wollen wir das hinter uns bringen?«

»Das hat doch sicher bis morgen Zeit. Nachmittags hast du die Praxis geschlossen.«

Edgar kehrte seinem Vater noch immer den Rücken zu, aber er konnte die Kompromisslosigkeit in der Stimme hören: Arztpflicht vor zivilem Gehorsam. Er drehte sich um und fand seine Vermutung bestätigt. Der Vater hatte die Miene aufgelegt, die jede weitere Diskussion unnötig machte.

Auf dem Tisch lag die Haggada. Brix tippte mit dem Finger darauf: »Hast du darin gelesen?«

Edgar ließ sich bereitwillig auf ein anderes Thema lenken. »Ich habe den Reim herausgesucht, den man bei Fuhrmann gefunden hat.«

»Mich wundert, dass du eine Haggada besitzt.«

»Mich, ehrlich gesagt, auch. Ich hab sie ewig nicht mehr aufgeblättert.«

Sein Vater legte die flache Hand auf das Buch, schloss die Augen und hielt still, als würde der Inhalt durch den Deckel zu ihm sprechen. »Nichts hier drin ist schlecht. Niemandem wird ein Leid zugefügt, niemandem Unrecht getan. Und trotzdem dient dieses – so wie viele andere Bücher – immer wieder dazu, den Juden etwas in die Schuhe zu schieben.«

»Es liegt ja nicht an den Büchern, dass die Juden die Sündenböcke sind.«

»Nein, aber die Bücher werden missbraucht, um zu rechtfertigen, was in einem verrückten Gehirn herumgeistert.«

»Hast du eine Ahnung, in wessen Kopf in unserem Fall etwas durcheinandergeraten ist?«

»Der Kreis engt sich ein, wenn wir davon ausgehen, dass die Morde etwas mit der Rückkehr von Johann Veit zu tun haben.«

»Genau. Wir müssen außerdem daran denken, dass es mit der Nacht zu tun haben kann, in der Karl Wagner starb.«

»Von den Beteiligten leben jetzt nur noch Albrecht Schneider und Friedberg Söder.«

»Und du und Pfarrer Hochapfel«, fügte Edgar an.

»Gut, also ich und Hochapfel ebenfalls. Wer von denen kolportiert am ehesten einen Judenkomplott? Da kommt ja wohl nur Friedberg Söder infrage.«

»Niemals!« Edgar war aufgestanden, um die Kanne vom Herd zu nehmen.

»Ich habe schon gehört, dass ihr beide Waffenstillstand geschlossen habt. Der alte Söder lässt nichts auf dich kommen.«

»Oh!« Das überraschte Edgar gleich auf mehrere Art. Zum einen, dass der Söder diese Tatsache so offen und unumwunden zum Besten gab, und zum anderen, dass er das ausgerechnet mit seinem Vater besprechen musste. »Wann seid ihr euch begegnet?«

»Heute Morgen.«

Edgar sah dem Wasser dabei zu, wie es im Kaffeepulver versank. »Die Welt hat sich so sehr verändert. Warum wird immer noch auf den alten Zeiten rumgeritten?«

»Weil die Menschen sich nicht genauso schnell verändern können. Ich glaube, erst vorletzte Nacht haben wir darüber gesprochen. Vielleicht ändern sie sich nie.«

»Gut, also der Söder ist es vermutlich nicht. Was, wenn es tatsächlich zwei Täter gibt. Einen, der den Noll umgebracht hat, und einen, der sich dachte: Prima! Jetzt sind die Juden wieder vollzählig im Ort, begleiche ich eine alte Rechnung mit Fuhrmann und schiebe denen die Schuld in die Schuhe. Glaub mir, es gab genug Menschen, die der

Fuhrmann über den Tisch gezogen hat und die sich Rache geschworen haben.«

»Dann kommt Johann Veit als Tatverdächtiger im Fall Noll trotzdem infrage.«

»Ja, das stimmt schon. Aber ist es wahrscheinlich? Nein!« Edgar trug die Kaffeekanne zum Tisch.

Eine Geste seines Vaters durchschnitt die Luft. »Wir sollten die Arbeit der Polizei überlassen. Wenn auch nur die Hälfte von dem stimmt, was Herr Schneider mir erzählt hat, hast du dir schon sehr viel Ärger eingehandelt. Du musst an deinen Berufsstand denken.«

»Ach ja? Immer zum Nutzen der anderen, nicht wahr? Weißt du, ich wende lieber Schaden von denen ab, die mir am nächsten sind, als von meinem Berufsstand. Und wie hältst du es damit?«

Conrad Brix geriet in Unruhe. Es sah aus, als wolle er aufstehen und gehen. Er blieb sitzen.

Edgar goss Kaffee ein und setzte sich ebenfalls. Er sah ein, dass er mit Provokation nicht weiterkam, auch wenn es ihm noch so sehr in der Magengrube rumorte. Der Alte saß hier und erzählte was von Berufsethos. Wie lächerlich. Wo ausgerechnet er doch all die Jahre den Beruf über alles gestellt hatte – und was hatte er davon? Zwei Söhne, die lieber als Juden in Deutschland lebten statt in seiner Nähe.

»Pah!« Edgar hatte diesen Laut nicht unterdrücken können.

Sein Vater sah ihn durchbohrend an, während er immer noch zu überlegen schien, ob er das Weite suchen sollte. Schließlich sagte er: »Ich habe mich stets bemüht, ehrenhaft zu sein. Mehr nicht. Ist das ein Verbrechen?«

Edgar atmete aus. »Nein, aber Ehrenhaftigkeit beweist sich auch abseits des Schlachtfeldes, weißt du.«

»Das ist *deine* Wahrheit.«

Edgar verstand nicht, was sein Vater damit sagen wollte. »Ja. Ist sie denn falsch?«

»Nein, sie ist genauso gültig wie eine Million anderer Wahrheiten auf dieser Welt auch. Selbst der Mensch, der Noll und Fuhrmann ermordet hat, wird eine Wahrheit haben. Und auch diese ist gültig. Zumindest für den Mörder.«

»Fuhrmann hat vor seinem Tod angedeutet, dass du nicht zufällig an jenem Morgen bei der Leiche von Karl Wagner aufgetaucht bist. Wie sieht deine Wahrheit in diesem Punkt aus?«

Conrad Brix' Stirn kräuselte sich. »Wie hat er das gemeint?«

»Er hat gesagt, dass du wusstest, was du an diesem Morgen in Albrechts Hof vorfinden würdest. Ich habe mir in den letzten Tagen das Hirn zermartert, aber ich kann mich beim besten Willen nicht daran erinnern, dass jemand bei uns war und dich geholt hat. Und das Telefon hatte auch nicht geklingelt.«

»Das stimmt.«

Edgar hätte sich beinahe am Kaffee verschluckt. »Das stimmt?«

»Ja.«

Edgar suchte nach Worten. Als ihm keine einfielen, hielt er hilflos die Arme mit geöffneten Handflächen in die Luft und sah seinen Vater an.

Der nahm die Tasse hoch und nippte daran. Seine Hand zitterte. Er stellte die Tasse ab. »Ich wusste es nicht mit Sicherheit, aber ich habe es geahnt.«

Edgar behielt die fragende Geste bei. Die Antwort genügte ihm noch nicht.

»Erinnerst du dich daran, dass der Pfarrer am Abend bei uns geklingelt hat?«

Edgar nickte. Gutmund und er hatten ihm sogar die Tür geöffnet. Wie ein schwarzer Racheengel hatte der dürre Pfarrer vor der Tür gestanden.

»Ich war unterwegs zu einer Patientin. Ich bin Hochapfel auf der Straße begegnet. Er hat mir erzählt, was zwischen Johann Veit und seinem Schwiegervater vorgefallen war.«

»Und dann?«

»Er hat versprochen, dass er sich der Sache annehmen würde. Und ich hatte eine schlaflose Nacht, weil ich mich habe davon beruhigen lassen. Also dachte ich am Morgen, ich schaue lieber selber nach.«

Das klang zwar plausibel, trotzdem meinte Edgar die Lüge riechen zu können. Sein Vater ließ sich von Hochapfel in einer solchen Angelegenheit daran hindern, einzuschreiten? »Wie war das mit deinem Berufsstand? Konntest du die Sache auf sich beruhen lassen, ohne nachzusehen?«

»Ich habe Hochapfel vertraut.« Er führte die Tasse erneut zitternd zum Mund.

Edgar überlegte, ob er ihm das glauben wollte. Falls der Vater ihn anlog, dann würden Engelszungen nicht ausreichen, um die Wahrheit aus ihm herauszubekommen. *Die Zeit wird kommen und du redest. Jeder redet früher oder später, wenn die Luft dünn wird.* Er goss Kaffee nach. »Ist es in Ordnung für dich, bei Albrecht zu wohnen?«

Der abrupte Themenwechsel ließ Conrad Brix aufhorchen. »Ja, natürlich. Außerdem kann er Hilfe gebrauchen.«

»Seine Tochter und Marie Helferich könnten auch helfen.«

»Seine Tochter und du …?« Brix brach den Satz ab.

»Ja? Was ist mit Fiona und mir?«

»Du … und sie …« Brix wackelte mit dem Kopf.

»Ja. Ich und sie. Passt dir das nicht?«

»Sie ist Christin.«

»Ja und? Mit einer jüdischen Frau hat es ja nicht funktioniert. Vielleicht hab ich mit einer Christin mehr Glück.«

»Nicht wegen ihres Glaubens. Ich habe Sorge, dass sie Probleme bekommen wird.«

»Weil sie mit einem Juden zusammen ist?«

Brix nickte. Er schaute Edgar auf eine Weise an, die ihm neu war. In den Augen seines Vaters schwamm eine Art von zärtlicher Erinnerung, die Gesichtszüge wurden weich.

Während Edgar sich noch fragte, wie viele neue Seiten Conrad Brix wohl entblößen konnte, kehrten die Bilder der Vergangenheit unvermittelt zurück: Gutmund und er hatten Hochapfel die Tür geöffnet. Sie waren zwei Rotzbengel gewesen, viel zu beeindruckt von der schwarzen Gestalt, um dem Pfarrer auf seine Frage antworten zu können. Die Mutter hatte das Gespräch übernommen. »Seine Tasche steht noch hier im Flur, er kann nicht weit weg sein«, hatte sie gesagt.

Edgar wurde erst heiß, dann kalt. Sein Vater war nicht bei einer Patientin gewesen. Edgars Stimme zitterte. »War das der Grund? Eine Christin? Hättest du wegen einer Christin deine Familie verlassen wollen und hast es dir dann anders überlegt? Ihr zuliebe?«

Brix' Augen füllten sich mit Tränen. Er nickte, stürzte den Kaffee hinunter und sagte: »Ich muss jetzt gehen.«

Er schnappte sich den Mantel und ließ Edgar am Tisch sitzen. Der starrte noch eine Weile auf den leeren Platz, an dem gerade der Mann gesessen hatte, über den Edgar alles zu wissen glaubte, was es zu wissen gab. Er hatte sich geirrt.

＊

Albrecht hatte die Regenpause genutzt und sich vor dem Haus auf den Findling gesetzt; die Neugier hatte ihn nach draußen getrieben. Kuno lag in der Sonne und schlief. Er jagte im Traum Hasen.

Albrecht sah Conrad Brix die Gasse hinaufschleichen, als zöge er ein Tonnengewicht hinter sich her. Offensichtlich war die Unterhaltung mit seinem Sohn nicht verlaufen wie erhofft. Durch den gesenkten Kopf bemerkte Brix die Polizeiwagen auf der Gasse erst, als er schon beinahe davorstand. Er verharrte und schien zu überlegen, ob er vorbeigehen sollte, dann sah er Albrecht unbeteiligt vor seinem Haus sitzen und ging auf ihn zu.

»Was ist denn hier los?«

»Hausdurchsuchung beim Söder.«

»Wieso das?«

»Keine Ahnung, ich konnte noch nicht mit dem Kommissar sprechen.«

Brix blieb neben Albrecht stehen und betrachtete die Szene.

»Die tauchten ohne Vorankündigung auf. Vier Mann stürmten ins Haus. Der Kommissar ist hinterhergehumpelt, wollte mir aber nicht verraten, was los ist.«

»Sollen wir besser reingehen?«

»Ich weiß nicht, womöglich verpassen wir Frank dann.«

»Aber hier so rumstehen ist irgendwie nicht angemessen, oder?«

»Wir sind auf dem Dorf. Da darf man so was«, sagte Albrecht lakonisch. Als er den verkniffenen Blick von Conrad Brix bemerkte, fügte er an: »Kommen Sie mit rein. Vom Küchenfenster aus sehen wir genug.« Er wollte Kuno rufen, doch der träumte immer noch wie wild. Der würde von allein reinkommen, wenn der Regen wieder einsetzte.

Brix hatte Brote geschmiert, Albrecht Tee aufgesetzt. Ein Klopfen an der Haustür hielt ihn davon ab, sich zu setzen. Er öffnete die Tür und ließ den Kommissar ein.

Matthias Frank humpelte in die Küche und setzte sich, ohne eine Aufforderung abzuwarten. Er lehnte die Krücken an die Fensterbank und legte das Gipsbein auf einem leeren Stuhl ab.

Albrecht platzierte eine weitere Tasse auf dem Tisch. »Tee?«

»Gerne.«

Bevor Albrecht seiner Pflicht als Gastgeber Genüge tun konnte, stellte Frank sich selber vor. »Matthias Frank. Kommissar.«

»Conrad Brix. Arzt«, lautete die Antwort.

Albrecht sah die Gesichtszüge des Kommissars entgleiten. »Sie sind …?«

»Ja, ich bin der Vater von Edgar Brix.«

Albrecht füllte die Teetassen auf, die ganze Zeit klebten Franks Augen fragend an ihm. »Herr Brix wohnt vorübergehend bei mir.«

»Ach, und es hat niemand für nötig gehalten, mich davon zu unterrichten?«

»Wieso hätten wir das tun sollen?«, fragte Brix.

»Ich hatte Ihren Sohn gebeten, dass Sie gemeinsam Ihre Aussage bei mir machen. Warum sind Sie nicht aufgetaucht?«

»Er ist sehr beschäftigt.«

»Sehr beschäftigt? Na, Hauptsache, ich lass mich mit gebrochenem Bein durch die Gegend kutschieren, weil ich so viel Langeweile habe.«

Albrecht sah die Ader an Franks Hals pumpen. Jetzt hatte es sogar Brix senior geschafft, den Kommissar auf hundertachtzig zu bringen.

»Was denkt der eigentlich, wer er ist. Ich riskiere Kopf und Kragen, ihn – und übrigens auch Sie«, Franks gestreckter Zeigefinger schnellte vor wie ein Bajonett, « – aus der Sache möglichst rauszuhalten, und er hält es nicht mal für nötig, für eine simple Aussage ins Präsidium zu kommen.«

Franks Zeigefinger hatte dicht vor Brix' Nase haltgemacht. Brix sah ihn an wie ein ekliges Insekt. »Ich war schuld, ich habe mich geweigert.«

Franks ließ die Hand sinken. »Ach ja? Na, das erklärt, wo der Apfel hingefallen ist. Warum glauben Sie, berechtigt zu sein, sich einer polizeilichen Anordnung zu widersetzen?«

»Ich bin amerikanischer Staatsbürger.« Brix' Stimme klang winzig im Vergleich zu Franks Brustton.

»Mann, jetzt kommen Sie mir nicht so. Sie haben doch sicher noch einen deutschen Pass, oder?«

Brix nickte. Allmählich schien ihm aufzugehen, dass es möglicherweise unklug war, mit Frank eine Diskussion anzufangen.

Albrecht sprang in die Bresche: »Ich kann Edgar holen und dann nehmen wir die Aussage eben hier auf.«

»Sie bleiben, wo Sie sind. Im Augenblick gibt es Wichtigeres. Können Sie bestätigen, dass Herr Söder in der Nacht von Sonntag auf Montag zu Hause war?«

»Äh, nein. Ich hab geschlafen. Aber wo hätte er denn hingehen sollen?«

»Zum Schäferhof, Fuhrmann töten.«

»Der Söder? Wie kommen Sie darauf?«

»Wir haben einen anonymen Hinweis erhalten. Und sein Sohn lügt. Er hat gesagt, der Vater sei die ganze Nacht zu Hause gewesen. Dabei hatte Lukas Söder ein Schäferstündchen auf dem Waldgrundstück der Familie und ist erst im Morgengrauen heimgekehrt.«

Albrecht sah zur Decke. Lukas und seine Affären! Das würde dem Jungen früher oder später gewaltigen Ärger einbrocken. »Aber selbst wenn Lukas für seinen Vater gelogen hat, der Söder bringt doch keinen um.«

»Wir haben im Keller eine Kiste mit eindeutigen Hinweisen auf seine Gesinnung gefunden.«

Verdammt! Lukas hatte also nicht alles entsorgt. Offenbar gab es Teile, an denen Söders Herz gehangen hatte. »Es ist ja kein Geheimnis, dass Söder ein Nazi war. Natürlich liegt da noch irgendwas rum.«

»Nazi *war*? Mann, sind Sie naiv. Jeder, der abgeschworen hat, hat zugesehen, alles zu vernichten. Wenn man das Zeug aufbewahrt, hat das was zu bedeuten.«

Albrecht hoffte inständig, dass nicht herauskam, dass ein Teil der Sammlung Lukas' Augenstern, den roten 64'er Ford, finanziert hatte. »Sie werden in jedem zweiten Keller solche Sachen finden, wenn Sie nur gründlich genug suchen.«

Brix rutschte unruhig auf dem Stuhl hin und her, der Gedanke schien ihm nicht zu behagen.

»Egal. Außerdem haben wir ein Messer gefunden, das als Tatwaffe infrage kommt. Ein Ausbeinmesser.«

»Himmelherrgott! So eins finden Sie hier in jedem Haushalt. Hier auf'm Dorf wird hausgeschlachtet, da braucht man so was.« Albrecht stand auf, öffnete eine Schublade und zog ein Messer mit einer dünnen Klinge heraus. »Hier, nehmen Sie mich jetzt auch fest?«

»Sie hat man in jener Nacht nicht in der Nähe des Hofes gesehen, Söder schon.«

»Wer behauptet denn so was?«

»Wie gesagt, wir haben einen Hinweis und einen Zeugen.«

»Wen?«

»Das verrate ich Ihnen doch nicht. Womöglich ziehen Sie mit Ihrem verrückten Arzt los und wollen den Fall wieder auf eigene Faust lösen.« Er schaute zu Brix. »Nichts für ungut, aber langsam reicht es mir.«

Brix winkte ab. »Ich kann Ihren Unmut nachvollziehen, aber verstehen Sie bitte auch, dass mein Sohn völlig unschuldig in diese Sachen hineingezogen wurde.«

Wenn Edgar das hören könnte, dachte Albrecht, dass sein Vater für ihn Partei ergriff. Ein leiser Zweifel keimte auf. Nun, in Anbetracht dessen, was er von Brix über die Nacht erfahren hatte, in der Karl Wagner starb, war diese Parteinahme vielleicht das Ergebnis eines furchtbar schlechten Gewissens. Letztlich war es gleichgültig: Es war schade, dass Edgar die Worte seines Vaters nicht hatte hören können.

Frank unterbrach Albrechts Gedanken barsch. »Sie haben keine Ahnung, wie egal mir das ist. Sie sollten mehr für Ihren Sohn tun, als großspurig daherreden. Wo war er in der Nacht von Sonntag auf Montag?«

»Er hat Ihnen bereits gesagt, dass ich bei ihm übernachtet habe. Gegen vier Uhr sind wir beide aufgewacht und haben geredet, dann haben wir uns wieder ins Bett gelegt.«

»Und Sie können bestätigen, dass Ihr Sohn anschließend nicht mehr das Haus verlassen hat?«

»Ich habe jedenfalls nichts bemerkt.«

Frank nickte. »Das müssen Sie trotzdem offiziell zu Protokoll geben. Ist mir egal, ob Sie das für eine Zumutung halten, morgen früh sitzen Sie beide bei mir im Büro, haben wir uns verstanden?«

Albrecht dachte, dass das der richtige Moment sei, um einzulenken, aber er hatte die Sturheit von Conrad Brix unterschätzt.

»Morgen ist Mittwoch. Da haben die Arztpraxen nur vormittags geöffnet. Wir kommen am Nachmittag.«

Albrecht sah in das Gesicht von Frank und bekam eine leise Ahnung von Edgars Problemen mit seinem Vater. Frank pumpte und holte tief Luft. Ein sich wiederholendes Klirren ließ ihn einhalten. Ein Polizist klopfte mit dem Fingerknöchel gegen die Scheibe. Frank kämpfte sich umständlich hoch, öffnete das Fenster und beugte sich hinunter.

»'tschuldigung, der Ahle wird renitent. Wir könnten Ihre Hilfe brauchen.«

»Wie, verdammt noch eins, soll ich mit einem Gipsbein helfen, hä? Haben Sie nichts auf der Polizeischule gelernt, Mann? Kriegen Sie das gefälligst selber in den Griff. Und wenn dabei irgendwelche Beweise vernichtet werden, sind Sie persönlich dran.« Er knallte das Fenster zu, dass die Gardinen bebten. Dann drehte er sich zu Albrecht und Brix um. Albrecht rechnete damit, dass gleich ein Orkan durch seine Küche fegen würde, doch Frank schien den Ärger an dem Kollegen abgearbeitet zu haben. Er fixierte Brix. »Morgen Nachmittag bei mir im Büro. Wenn Sie nicht auftauchen, lasse ich Sie holen, verstanden?«

Gott sei Dank, dachte Albrecht, Brix nickt.

*

Brix hatte sich in das Kinderzimmer zurückgezogen, um Zeitung zu lesen. Er wollte wohl im Augenblick nicht auf Söder treffen und Albrecht hielt das für eine gute Idee.

Er wartete, bis die Polizeiwagen verschwunden waren, und schlich sich an das Grundstück der Söders heran. Er lauschte. So sehr er die Lauscher spitzte, dort blieb alles ruhig. Hatte sich der alte Söder am Ende etwa doch beruhigen können? Soweit Albrecht es mitbekommen hatte, hatte man ihn nicht mitgenommen, sicher war er jedoch nicht. Er klopfte zaghaft an die Haustür.

Er hörte das Schleifen ausgetretener Schlappen auf Linoleum, bevor die Tür geöffnet wurde.

»Ach du«, Lukas' Tolle stand zerzaust in alle Richtungen ab. »Komm rinn, der Vadder kann jemanden brauchen, der ihm gut zusprechen tut.«

»So schlimm?«

Lukas schüttelte den Kopf. »Schlimmer.« Er schlurfte vor Albrecht her, warf aus dem Augenwinkel einen Blick in den Spiegel, erschrak, spuckte sich in eine Hand und legte die Tolle dorthin, wo sie hingehörte.

Söder hing auf dem Sofa. Der Couchtisch quoll über, etliche Flaschen waren auf den Boden gefallen. Direkt vor sich, inmitten des Durcheinanders, hatte Söder je eine Flasche Schnaps und Bier postiert und ließ deren Inhalt abwechselnd in langen Zügen in den Schlund laufen. »Alrecht, dass wennistens du kimmest.«

»Glaubst du nicht, es wäre besser, jetzt einen klaren Kopf zu behalten, statt sich zu betrinken?«

»Genau in so eier Siuation mussde dich betringen. Dafür is der Schnaps doch do!« Er stutzte kurz und setzte ein »Hicks!« nach.

Beim alten Söder war nichts zu holen. Albrecht wandte sich an Lukas. »Was um Himmels willen war denn los?«

»Was frägste mich? Dem Frank muss einer ins Hirn geschissen honn. De ganze Bude honn se uff den Kopf gestellt.«

Es wäre Albrecht gar nicht aufgefallen, das Wohnzimmer sah nicht wesentlich unordentlicher aus als sonst. »Das kenn ich«, seufzte er.

»Willste was trinken? Schnaps? Bier?«

»Ach, ich weiß nicht. Ist noch so früh am Tag. Ne, danke, lass mal.«

»Wieste meinst. Wie de Hornissen sinn die hier ingefallen. Honn uns angebrüllt: Wo wir in der Nacht zum Mondach gewesen sinn?«

»Und? Wo wart ihr?«

»Ich honn dem Frank gesprochen, dass wir beide zu Hause gewesen sinn.«

»Und das war eine Lüge.«

Lukas biss sich auf der Unterlippe herum. »Jo.«

»Und warum lügst du den Kommissar an?«

»Weil ich geglaubt honn, es könnt schlecht für'n Vadder usssehn, wenn hä allein zu Hause war. Ich konnt ja nit wissen, dass das Gewidderaas dem Frank gesprochen hot, dass ich de ganze Nacht mit emme im Baumgrund war.«

»Lukas, Lukas, deine Liebschaften bringen dich noch mal in Teufels Küche.«

»In dem Fall wohl eher den Vadder. 'sAnneliese Wiegand hot geschwätzt.«

»Du warst mit Anneliese Wiegand im Baumgrund?«

Lukas schüttelte sich angewidert. »Doch nit mit der. Die war's, die den Vadder gesehen hot, wie hä nachts die Ringenkuhle ruffgemacht is. Hott'se wenigstens gesprochen.«

»Und warum sollte sie lügen?«

»Ich honn kinne Ahnung.« Lukas guckte ratlos.

Albrecht wandte sich an den alten Söder, doch dem war der Kopf zur Seite gerutscht, Sabber lief an einem dicken Faden aus dem Mund.

»Bist du sicher, dass er zu Hause gewesen ist?«

»Was soll denn der Vadder nachts uff der Gasse rumspazieren? In sinnem Alter.«

»Jetzt mach mal halblang. Könnte doch sein. Wir sind alt, aber noch lange nicht scheintot. Vielleicht konnte er nicht schlafen und ist ein bisschen spazieren gegangen?«

»Wenn hä nit schlofen konn, kippt er 'nen Schnaps mehr als sonst, un gut is.« Er machte eine Kopfbewegung in Richtung des betrunkenen Beweises.

Albrecht kraulte sich das Kinn. »Und haben die was gefunden, was den Verdacht erhärten könnte?«

»Verdacht erhärten?«

»Was dafür spricht, dass dein Vater den Fuhrmann ermordet hat.«

»Ach so. Jo, leider. Die honn ein Ussbeinmesser middegenommen und eine Kiste im Keller gefunden, mit so Zeugs von früher.«

»Zeugs von früher«, Albrecht ließ sich die Formulierung auf der Zunge zergehen. Hakenkreuze und Reichsadler in Hülle und Fülle, vermutete er.

»Nur noch dem Vadder sinn Parteibua un ein paar annere persönliche Sachen, die ich nit wegmachen durfte.«

Albrecht schlug sich die Hand vor die Stirn, dass es laut klatschte. »Der alte Trottel hat sein Parteibuch aufgehoben? Wer soll ihm denn jetzt noch glauben, dass er abgeschworen hat? Das macht ihn zu einem 1-A-Verdächtigen.«

»Versteh ich nit. Wos hot dann das mit dem Fuhrmann zu tun?«

»Die Leiche vom Fuhrmann war so präpariert, dass es aussah, als wolle jemand den Juden die Tat in die Schuhe schieben. Und wer drängt sich da als Tatverdächtiger geradezu auf? Zumal, wenn er gesehen wurde, wie er nachts um die Häuser schleicht.«

»Oh!« Lukas sonst rosige Hautfarbe zeichnete sich weiß vor der vergilbten Wand ab. »Son Schäß!«

»Ich dachte, du hattest dem Doktor versprochen, dass du den gesamten alten Kram verkauft hast.«

»Das dacht ich ja au, aber dann hat der Vadder die Kiste irgendwoher rausgezerrt. Ich hatte kinne Ahnung, dass die noch do war.«

Albrecht presste sein Gesicht in die unverbundene Hand und rieb sich kräftig die Schläfen. »Das ist in der Tat ein ganz großer Schlamassel«, sprach er in die Handfläche. Dann ließ er sie sinken. »Warum haben die ihn nicht gleich mitgenommen?«

»Der Frank hot was von geringer Fluchtgefahr gesprochen.«

Ein lautes Röcheln von Söder schien diese Aussage untermauern zu wollen.

»Und was war mit dem Morgen, an dem der Noll ermordet wurde?«

»Was soll damit sinn?«

»Ja, der Frank hat euch doch bestimmt deswegen auch befragt.«

»Ja, aber da warn wir beide zu Haus. Hä muss ja nit wissen, dass ich lang geschlafen hab. War spät den Abend vorher.« Lukas grinste verschmitzt.

Das war der Grund, warum Frank den alten Söder nicht mitgenommen hatte. »Du hast den Kommissar angelogen?«

»Wie soll der denn russfinden, ob ich geschlafen honn oder nit?«

Also hatte der alte Söder auch für diese Tat nur scheinbar ein Alibi. Albrecht betrachtete den zusammengesunkenen Körper auf dem Sofa. Wie gut musste einer schauspielern können, um sich derart zu verstellen? Früher, ja, da hätte er dem Söder alles zugetraut. Aber jetzt? Der dicke Bauch hob und senkte sich stockend unter den Fettflecken auf Söders Doppelrippunterhemd. Die von Arbeit gegerbten Pranken waren ihm in den Schoß gefallen und lagen dort untätig zuckend. Der Mann brauchte einen Friseur und eine Rasur und – Albrecht schnüffelte – dringend ein Bad. Der – ein Mörder? Mochte sein, dass er sich nie gänzlich von seiner Zeit als Nazi verabschieden konnte. Egal was geschehen ist, egal, welche Fehler man begangen hat, die Vergangenheit war kein Laken, das man auf die Bleiche hängte und blank und ordentlich zusammengelegt wieder im Schrank verstaute.

»Hatte denn dein Vater eine Rechnung mit dem Fuhrmann offen?«

»Wer hot denn kinne Rechnung mit dem offen?«

Diese Gegenfrage war zu erwarten gewesen. Beinahe jeder hatte beim Fuhrmann mindestens eine Fleischlieferung anschreiben lassen. Aber das reichte ja nicht für einen Mord. Der Fuhrmann war bekannt dafür, dubiose Geschäfte anzuleiern, den Bauern eine ordentliche Rendite zu versprechen, um dann am Ende zu erklären, aus der Sache sei nichts geworden. Wo das ganze Geld versackte, erfuhr nie jemand. »Ich meine, was Größeres. Hatten die beiden irgendein Geschäft miteinander laufen?«

»Das hot der Frank den Vadder au gefragt. Aber der Vadder hot gesprochen, dass da nix war.«

Albrecht spürte ein Ziehen im Handgelenk. Zeit für eine Schmerztablette und einen Mittagsschlaf. »Lukas, auch wenn es schwerfällt, aber mach keinen Mist und sieh zu, dass dein Vater hierbleibt. Keinen Fluchtversuch, haben wir uns verstanden?«

»Wo soll denn der Vadder hin? Hä hot doch nix außer den Hof.«

Da sprach der Junge etwas Wahres aus. Ob es das war, was den alten Söder entlastete, oder ihn gerade das verdächtig machte? Bei einer ausgedehnten Mittagspause würde Albrecht sich das durch den Kopf gehen lassen.

*

Albrecht brauchte nicht einmal zu klopfen. Edgar öffnete schweigend die Tür und verschwand in der Küche. Albrecht trat ein und schloss die Haustür hinter sich.

Durch die Küchentür tönte Edgars Stimme: »Ich hab dich durchs Fenster gesehen. Komm rein, ich hab gerade was in der Pfanne.«

Der Duft von etwas, was in viel Fett briet, wehte Albrecht entgegen. Er linste um die Ecke, um erstaunt festzustellen, dass Edgar am Herd stand. Dieser Frühling hatte eine Menge Überraschungen im Körbchen.

»Guck nicht so. Ich brate altes Brot an. Um es so zu essen, ist es zu hart, aber gebraten mit Eiern geht es immer noch. Willst du auch?«

Albrecht schaute kritisch auf die dunkle Kruste in der Pfanne und dachte an seine Zähne. Er winkte ab. »Ein Bier reicht, um mit diesem Tag halbwegs ins Reine zu kommen.«

»Wieso?«

»Die Polizei hat heute das Haus vom Söder durchsucht.«

»Ne! Aber warum?«

»Jemand hat ihn in der Nacht, in der der Fuhrmann starb, auf der Ringenkuhle gesehen.«

»Jemand?«

»Anneliese Wiegand.«

»Oh. Die tritt aber in alle Richtungen aus.«

»Wie meinst du das?«

»Gestern bei mir in der Praxis klang es noch so, als wären mein Vater und ich für sie die Hauptverdächtigen.«

»Das ist seltsam.«

»Und haben die beim Söder was gefunden?« Edgar wendete das Brot, dass das Fett nur so spritzte.

»Leider hat der Trottel *vergessen«,* Albrecht malte Gänsefüßchen in die Luft, »eine Kiste mit Erinnerungsstücken aus der *guten alten Zeit«,* er wiederholte die Geste, »zu entsorgen.«

Edgar drehte den Kopf zu Albrecht und sah ihn an. »Aber Lukas hat doch versprochen … Autsch!« Seine Hand zuckte von der Pfanne weg.

»Du darfst die Hitze nicht so hochdrehen. Geh mal weg, ich mach das.« Albrecht stand auf und drückte sich zwischen Edgar und den Herd.

Ein leises Maulen, dann schaute Edgar zufrieden dabei zu, wie Albrecht die Pfanne mit der gesunden Hand schwenkte.

»Lukas hat sein Versprechen eingelöst. Von der Kiste wusste er wohl selber nichts. Dummerweise waren da nicht solche Lappalien wie Aschenbecher oder Besteck mit Hakenkreuz drin.«

»Lappalien?«, warf Edgar ein.

»Du weißt, wie ich das meine. In der Kiste lagen Fotos vom Söder in eindeutiger Pose und sein Parteibuch.«

»Autsch!« Diese Äußerung hatte mit heißem Fett auf Haut nichts zu tun. »Und was sagt der Söder dazu? Du warst doch bestimmt bei ihm.«

»Als ich ankam, konnte der Söder nicht mehr viel sagen.« Albrecht hob den ausgestreckten Daumen zum Mund. Er nahm das Brot aus der Pfanne, köpfte zwei Eier und ließ deren Inhalt vorsichtig in das Fett gleiten. »Außerdem hat die Polizei ein Ausbeinmesser gefunden. Aber das findest du hier in jedem guten Haushalt.«

»In meinem nicht«, entgegnete Edgar.

»Ich sagte ja auch: in jedem *guten* Haushalt.«

»Sehr witzig. Aber die haben den Söder nicht mitgenommen?«

»Nein. Ich glaube, Frank hatte recht damit, die Fluchtgefahr als äußerst gering einzustufen. Außerdem reicht das als Grundlage für eine Verhaftung nicht aus.«

»Hast du mit ihm gesprochen?«

»Er war kurz bei mir, ja. Er war, gelinde gesagt, wenig darüber amüsiert, dass dein Vater sich dagegen entschieden hat, seine Einladung ins Präsidium anzunehmen.« Albrecht stellte fest, dass wenige Stunden mit Conrad Brix ausgereicht hatten, um eine Vorliebe für wage Umschreibungen zu entwickeln. »Er war stinksauer. Ihr sollt morgen Nachmittag bei ihm auftauchen.« Albrecht schlug zwei weitere Eier in die Pfanne. Der Duft hatte seine Magensäfte in Wallung gebracht. »Du hast nicht zufällig Schweinespeck im Haus?«

»Guck mal im Schrank nach, da hängt noch eine Seite.« Er ließ die Schultern hängen und seufzte. »So, da siehst du, wofür der Alte gut ist.«

Albrecht nahm ein Holzbrettchen und mühte sich mit einem stumpfen Gemüsemesser, der Speckschwarte dicke Streifen abzuringen. »Ach komm, als ob du deinen Vater bräuchtest, um dir Ärger mit Frank einzuhandeln.« Er musste nicht zu Edgar hinsehen, um zu wissen, dass der entrüstet guckte. »Lukas war leider mal wieder in Sachen Dorferweiterung unterwegs. Seine Liebschaft hat ihn in die Pfanne gehauen. Deswegen taugt er nicht als Alibi für seinen Vater.« Die Speckstreifen prasselten neben die Eier.

»Ich hab ihm gesagt, das wird eines Tages böse enden.

Und hat mein Vater wenigstens bestätigt, dass er die Nacht über hier war?«

»Hat er. Trotzdem sollt ihr morgen alles noch mal zu Protokoll geben.« Albrecht holte zwei Teller aus dem Schrank. »Gewendet?«

»Was?«

»Die Eier. Magst du sie gewendet oder auf einer Seite glibbrig?«

»An dir ist eine gute Hausfrau verloren gegangen, glibbrig bitte.«

Albrecht füllte einen Teller mit Brot und Ei, seinen nur mit Ei und Speck.

Ein Motorengeräusch, das Albrecht eher einer Nähmaschine als einem Auto zugeordnet hätte, näherte sich von der Straße. Er kannte das Geräusch. Jeden Samstag wartete er, bis es vor seiner Haustür auftauchte. Fionas Fiat. Edgar musste es auch gehört haben. Er fuhr sich fahrig durch das Haar und guckte sich um wie ein Kaninchen, das in der Falle saß. *Na, keine Zeit zum Aufräumen gehabt, was? Oder ist es dir unangenehm, dass ich hier sitze?* Albrecht merkte, wie sich ihm ein durchtriebenes Lächeln auf die Lippen stahl. »Was ist denn los? War das Brot zu heiß?«

Edgar sah ihn an, als wolle er sagen: Tu doch nicht so scheinheilig.

Draußen klappte eine Wagentür, Schritte klackerten durch den Vorgarten.

Edgar eilte Fiona entgegen.

Albrecht konnte sich lebhaft vorstellen, dass an der Haustür neben einem verhuschten Kuss die geflüsterte Botschaft »Dein Vater ist hier« über die Schwelle wechselte.

Fiona guckte gezwungen erfreut, als sie die Küche betrat. »Papa? Wie schön, dass wir uns hier treffen.«

»Ja, wie schön, nicht?«, säuselte Albrecht. *Was für ein Affentheater.*

»Wo hast du denn Kuno gelassen?« Ihre Augen hatten den Raum vergeblich nach dem Hund abgesucht.

»Der ist mit Edgars Vater unterwegs. Er meinte, er bräuchte Bewegung, und Kuno kann es auf keinen Fall schaden.« Albrecht pustete die Backen auf. »Es gibt Eier mit Speck. Wenn du magst, mach ich dir noch welche.«

»Du? Aber der Verband …?«

»Ich habe die hier hinbekommen, dann werde ich eine weitere Portion auch schaffen.«

»Nein, bleib sitzen und iss. Ich hab gar keinen Hunger, bloß Durst«, sie sah Edgar bittend an.

Der klaubte eine Flasche Wein aus dem Regal und hielt sie ihr fragend hin. Sie nickte.

Soso, jetzt haben wir sogar Wein im Angebot. Albrecht spürte dieses teuflische Lächeln schon wieder in sein Gesicht kriechen.

Edgar hatte es bemerkt, er setzte zum Konter an: »Warum hast du Marie Helferich nicht mitgebracht?«

Das Lächeln versteinerte in Albrechts Gesicht. »Seit dein Vater bei mir ist, lässt sie sich nicht blicken. Hat wahrscheinlich Manschetten vor dem großen Herrn Doktor.«

»Das kenn ich«, seufzte Edgar. »Das geht allen so.«

»So? Ich kann mich ganz ungezwungen mit ihm unterhalten.«

Edgars Blick flog wie ein Pfeil heran. »Ach ja? Dann hat er dir sicher schon verraten, dass er um ein Haar seine Familie wegen einer Frau verlassen hätte und uns allein in die USA schicken wollte.«

Jetzt wieselten Fionas Augen zwischen Edgar und Albrecht hin und her. »Wirklich?«

»Ja, das hat er mir erzählt.« Albrecht überlegte, wie viel er preisgeben durfte. Er entschied, abzuwarten und die Ungewissheit auszuhalten.

»Hat er dir auch verraten, wer es war?« Fionas Neugier kannte derartige Überlegungen nicht.

Albrecht schaute auf seinen Teller und stocherte im Eigelb, um Zeit zu schinden. »Nein«, log er.

Fiona musste wissen, dass das nicht die Wahrheit sein konnte, aber sie schwieg.

Albrecht fühlte sich hundeelend. Er stopfte sich den Mund mit Ei und Schinken voll, als könne ihn das davor bewahren, weitere Antworten geben zu müssen.

Edgar fixierte ihn.

Albrecht brach der Schweiß aus. KRACK! Ein Blitz fuhr durch seinen Kopf, dass ihm die Tränen in die Augen schossen. »So ein Mist!« Albrecht rührte den Speisebrei im Mund um und um, dann spuckte er zwei weiße Teilchen auf den Teller.

Edgar warf einen geübten Blick darauf. »Knorpel und Zahn.«

»Jetzt muss ich auch noch zum Zahnarzt. Allmählich zerfalle ich zu Staub.«

»Ne, Papa«, Fiona tätschelte seine Hand. »Dafür bist du viel zu zäh.«

Immerhin hatte ihn das Malheur mit dem Zahn vor weiteren Nachfragen bewahrt. Er rückte die Kappe gerade, die beim Biss auf den Knorpel ein wenig verrutscht war, und fand, dass es eine gute Gelegenheit sei, um sich zu verabschieden. So wie Fiona ihn ansah, fand sie das auch.

»Ich mach mich dann besser los. Mal sehen, wo ich morgen in der Frühe einen Zahnarzt auftreibe.«

»Morgen ist Mittwoch, das wird nicht leicht. Zur Not muss ich dich behandeln.«

Edgar Stimme klang versöhnlich. Das richtige Gefühl für Albrechts Abgang. Was nützte es dem Jungen, zu wissen, welche Frau es gewesen war? Es würde Edgar weder Erleichterung verschaffen noch seinem Vater die Schuld nehmen, die er um ein Haar auf sich geladen hätte. Aus der Sicht eines Kindes musste es einfach nur grausam sein, zu wissen, dass der eigene Vater einen verlassen wollte.

Albrecht erhob sich, lüpfte die Kappe und meinte: »Denk dran: Morgen ins Präsidium. Sonst könnt ihr zwei ein Köfferchen für's Gewahrsam packen.« Im Augenwinkel fiel sein Blick auf Kunos Näpfe, die in der Ecke standen. »Und bring die bitte morgen mit. Ich kann sie nicht tragen.«

»Eier aufschlagen und Schinken schneiden, aber zwei Stahltöpfe nicht tragen können. Du drehst dir die Welt auch, wie du sie brauchst.«

Ob Edgar ahnte, wie viel Wahrheit in seinen Worten steckte? Albrecht zuckte die Schultern und ging.

Vor der Tür empfing ihn ein Schauer, der dazu getaugt hätte, die Sünden der ganzen Welt wegzuwaschen.

»Ehrlich? Dein Vater hat euch wegen einer anderen Frau verlassen wollen?« Fiona hatte begonnen, das Geschirr in die Spüle zu räumen und Wasser einlaufen zu lassen. Sie drehte Edgar den Rücken zu.

»So sieht es aus.«

»Woher weißt du das?«

»Er hat es indirekt zugegeben.«

»Indirekt?«

»Er hat mich davor gewarnt, mit dir eine Beziehung einzugehen.«

Fiona drehte sich um. Spülschaum tropfte von ihren Händen. »Wie kommt er darauf? Er kann sich doch nicht in unsere Sachen einmischen.« Die Falten um den Mund hatten sich ärgerlich eingegraben.

»Es geht ihm nicht darum, dass ich als Jude etwas mit einer Schickse habe ...«

»Ich, eine Schickse? Das wird ja immer schöner.« Der Spülschaum schlackerte von ihren gestikulierenden Händen.

»Beruhig dich. Das ist der jüdische Ausdruck für eine Christin. Das ist kein Schimpfwort.« Dass »Schickse« dennoch despektierlich verwendet wurde, behielt Edgar besser für sich. »Also noch mal: Es ging ihm nicht darum, dass sich unsere Beziehung für mich nicht ziemt, sondern dass er befürchtete, du würdest Probleme bekommen.«

»Ich? Wieso?«

»Weil das Wort ›Judenhure‹ immer noch unter der Hand geflüstert wird. Weißt du, man hat den Frauen, die sich früher mit Juden einließen, gerne vorgeworfen, dass sie ihren Glauben verraten, um vom unrechtmäßig angeeigneten Reichtum der Juden zu profitieren.«

Fiona stemmte die nassen Hände in die Hüften. »Welcher Reichtum, bitte?«

Edgar wiegte den Kopf.

»Und ich verrate doch meinen Glauben nicht.«

»Ich fürchte, das müssen wir meinem Vater noch erklären. In seiner Welt ist es selbstverständlich, dass eine Frau zur Religion ihres Mannes konvertiert.«

»Hast du mir gerade einen Heiratsantrag gemacht?« Sie schlenderte lächelnd zu ihm rüber, drückte sich auf Edgars Schoß und umarmte ihn.

Der Spülschaum an ihren Händen kitzelte ihn in der Nase. Er küsste sie, um einer Antwort zu entkommen.

Sie sprang auf. »Ich hab dich schon verstanden, keine

Bange.« Sie drehte sich wieder um und klapperte im Abwasch.

»Aber dann ist es doch eigentlich ganz lieb von ihm, dass er sich Sorgen um mich macht.«

Genauso lieb wie die Sorge um eine Frau, wegen der er die Familie verlassen wollte. »Ja, das ist schon irgendwie nett«, quetschte Edgar durch die Zähne. Zeit, das Thema zu wechseln. »Die Polizei hat heute das Haus vom Söder durchsucht. Der hat leider vergessen, sich von ein paar geliebten Erinnerungsstücken zu trennen, und außerdem wurde er in der Nacht, in der der Fuhrmann starb, auf der Straße gesehen.«

»Hat man ihn verhaftet?«

»Nein. Geringe Fluchtgefahr.«

»Gott sei Dank. Stell dir nur vor, Lukas müsste ohne seinen alten Herrn klarkommen. Der würde sich vor Kummer gleich in die Arme der Nächsten werfen.«

Das war Edgars Stichwort. Er war es leid, die Tagesereignisse durchzukauen. Er ging zum Spülbecken, umarmte Fiona von hinten und drückte seine Nase tief in das weiche Fleisch in ihrem Nacken. Er spürte das gleichmäßige Pumpen der Schlagader, er roch hautwarmes Maiglöckchenparfum. Sie nahm die Hände aus dem Wasser und schlang sie hinter ihren Kopf, bis sie seinen Hals berührten. Ihre Haut war aufgeweicht vom Spülwasser und warm wie feuchte Tücher. »Lass das liegen, das ist nicht wichtig«, flüsterte er ihr ins Ohr.

Sie drehte sich um. »Was ist denn wichtig?« Sie legte den Kopf schief.

»Du«, antwortete er leise, umfasste mit beiden Händen ihren Nacken und küsste sie.

MITTWOCH, DER 14. APRIL

Fiona war vor Sonnenaufgang aufgestanden und zurück nach Kassel gefahren, um pünktlich an der Arbeit zu sein.

Edgar hatte erst einen Kaffee getrunken und war dem Schlaf noch nicht vollständig aus der Umarmung entflohen, da hatte das Telefon bereits zum zweiten Mal geklingelt. Beide Male hatten Patienten die für den Vormittag geplante Operation mit einer fadenscheinigen Begründung abgesagt. Das Gift, das mit dem Mord an Fuhrmann und mit dem jüdischen Reim in den Ort injiziert worden war, begann zu wirken.

Da es nun in der Praxis nichts vorzubereiten galt, entschied Edgar, zum Bäcker zu gehen und sich ein ausgiebiges Frühstück zu gönnen. Der heutige Tag würde an den Nerven zehren, da konnte eine ordentliche Grundlage nicht schaden.

Er schlenderte durch das verschlafene Dorf. Die Vorgärten sahen grausig aus. Die Frühblüher waren ersoffen und niemand ging in den knöcheltiefen Matsch hinaus, um Büsche und Hecken zu schneiden. Selbst der Gesang der Vögel kam Edgar traurig vor.

Er wechselte an der Hauptstraße die Dorfseite und erschnupperte den Duft frischer Backwaren, lange bevor er die Bäckerei sah.

Er betrat den Verkaufsraum. Die Bäckersgattin war mit dem Sortieren der Auslagen beschäftigt und flötete »Guten Morgen« in Sopran. Sie drehte sich um. »Ach«, sagte sie. Ihre Stimme war mehrere Lagen in den Keller gerutscht.

»Guten Morgen. Ich hätte gerne vier Brötchen.«

Sie packte wortlos die Brötchen in eine Tüte und legte sie auf den Tresen. »Und?«

»Was haben Sie denn für Brot da?«

»Dunkles, helles, Roggen, Weizen.«

So knapp angebunden hatte Edgar sie noch nie erlebt. »Ist etwas nicht in Ordnung? Geht es Ihrem Mann gut?«

»Bei uns ist alles in bester Ordnung!«, schallte es heiser aus der Backstube.

»Seine Stimme ist immer noch angegriffen.«

»Das is ja nun nix Neues. Was für ein Brot soll es denn jetze sinn?«

Eine unangenehme Wärme schwappte in einer Welle über Edgars Körper. Er durfte auf keinen Fall unhöflich werden, obwohl sie ihn geradezu herausforderte. Er ahnte, woher der Wind wehte, aber um diese Uhrzeit fehlte ihm der Schneid, es direkt anzusprechen. Wie ein geprügelter Hund zog er den Schwanz ein. »Nichts weiter, danke, nur die Brötchen.«

Er legte das Geld passend auf den Tresen und eilte aus der Bäckerei. *Jetzt denkt sie, der geizige Jude hat die Pfennige vorher abgezählt.* Edgar war vertraut mit jeder Art von Vorurteilen. Aber dass ein lausiger Kinderreim ausreichen konnte, um ihn an den Pranger zu stellen, war einfach unglaublich. Auf einmal war der Duft aus der Backstube, der über der Straße lag, nicht mehr köstlich. Er war fettig und zuckrig geworden. Edgar wechselte eilig die Straßenseite.

Der Duft verfolgte ihn im feuchten Mantelstoff bis nach Hause. Edgar trug die Brötchen in die Küche und goss sich

Kaffee aus der Thermoskanne ein. Er schaute lange auf die Tüte. Der Appetit war ihm gründlich vergangen.

Er erledigte den Abwasch, der vom Abend liegen geblieben war, und überlegte, ob es sich lohnen würde, sich noch einmal aufs Ohr zu legen und die Nase in die Kissen zu stecken, die nach Fiona rochen, um den unangenehmen Geruch des gerade Erlebten loszuwerden. Die dumpfe, traurige Müdigkeit würde nicht ausreichen, um in einen tiefen Schlaf zu finden, und um gedankenwälzend vor sich hin zu dösen, fehlte ihm die innere Ruhe.

Er trug die Kaffeetasse in die Praxis. Üblicherweise hatte er keine Nase mehr für die Gerüche dort, so sehr hatten sich die Geruchsnerven an Bohnerwachs, Sterilium und Chloroform gewöhnt. An diesem Morgen nahm er sogar die eigenartige Mischung aus dumpfen und scharfen Tönen in der Luft wahr, als ob die Feuchtigkeit die Geruchsmoleküle zu kleinen Klümpchen geformt hatte. Er legte Briketts auf und zündete den Ofen im Behandlungsraum an. Das Wartezimmer durfte heute kalt bleiben. Nach den Absagen gab es nur noch Gunther Jäger, der für 11 Uhr angemeldet war, und der konnte direkt ins Behandlungszimmer durchgehen.

Edgar nutzte die Zeit bis zu dessen Eintreffen, um sich einer Arbeit zu widmen, die sich wie eine Strafe anfühlte. Egal. Wo die unangenehmen Gefühle schon einmal im Raum standen, konnte er ebenso gut Ordnung schaffen und die alten Patientenakten wegarbeiten.

Pünktlich zum elften Glockenschlag der Kirche vernahm Edgar Schritte im Wartezimmer. Er kannte die Angewohnheit einiger Patienten, noch einen Meter vor dem Behandlungszimmer auf dem Absatz umzudrehen, also ging er Gunther Jäger entgegen.

Der guckte wie ein Kaninchen, als er unerwartet Auge in Auge mit dem Doktor stand.

»Kommen Sie rein, es kann sofort losgehen.«

Der Blick von Jäger fiel auf die vorbereiteten Bestecke, die abgedeckt auf einem Stahltablett lagen. Die Enden der Griffe blinkten silbern unter einem Tuch hervor. Er hatte sich eine Kappe, die der von Albrecht sogar bis auf die Farbe ähnelte, vom Kopf genommen und knetete sie zwischen den Fingern. »Vielleicht verschieben wir das um ein paar Wochen, was meinen Sie?«

»Ich bitte Sie, das ist eine Sache von fünf Minuten. Sie werden sich danach viel besser fühlen, versprochen.« Edgar drückte den Mann mit sanftem Druck auf die Liege.

Der Unterschenkel von Jäger sah aus, als habe jemand mit einer Fleischgabel geprüft, ob er gar sei. In einigen Löchern stand der Eiter. Edgar witterte beginnenden Wundbrand. »Und das ist alles das Werk von Erdmann?« Ein feiner Stich Reue pikste Edgar, immerhin hatte er selber die Jägers genötigt, den Dackel vom Möller aufzunehmen. Erdmanns biblisches Alter hatte sie wohl hoffen lassen, es würde nicht für lange sein. Nun war ein dreiviertel Jahr ins Land gegangen und Erdmann schien eine neue Aufgabe gefunden zu haben, die seine Lebensgeister beflügelte.

»Ich hab so oft gedacht: Ich bring das Vieh um! Dann denk ich an den Möller und hoff, dass der Köter mein Bein in Ruhe lässt. Aber wie Se sehen …« Gunther Jäger guckte leidgeplagt.

»Es tut mir leid, dass ausgerechnet ich es war, der Ihnen den Hund aufgenötigt hat. Sie müssen irgendeine Vorkehrung treffen. Hundebisse sind hochinfektiös. Da können Sie sich sonst was holen.«

Jäger nickte. »'s Ilse hat mir schon zu Hause Decken

umgewickelt. Da kann das Vieh sich dran abarbeiten, bis es erschöpft ist. Aber ich kann ja nit immer mit Decken um den Beinen rumlaufen.«

»Das ist leider wahr«, seufzte Edgar. Er betrachtete die Unterschenkel ausgiebig. »Ich betäube das Areal zunächst einmal lokal.« Er reinigte die Haut großzügig mit Sterilium.

Jäger zischte.

»Hört gleich auf zu brennen«, beruhigte ihn Edgar. »Jetzt pikt es mal kurz.«

Wieder zischte Jäger. Er hatte sich auf die Unterarme gestützt und verfolgte Edgars Handgriffe.

»Das wirkt gleich. Vielleicht legen Sie sich besser hin. Das kann schon mal auf den Kreislauf gehen.« In Wahrheit mochte Edgar es nicht, wenn Patienten ihm beim Arbeiten zusahen. So manchem war es schlecht geworden und außerdem machte es ihn nervös.

Widerwillig legte Jäger den Kopf ab. »Sie müssen doch nit viel schneiden, oder?«

Das klang wehleidiger, als Edgar es erwartet hatte. »Nein, ich frische lediglich die Wundränder auf, entferne entzündetes Gewebe und desinfiziere die Wunden.« Er zählte grob die Löcher, die Erdmann mit seinem lückenhaften Gebiss hinterlassen hatte. »Vier oder fünf werde ich nähen, der Rest heilt von alleine zu.«

Jäger gab einen langgezogenen Seufzer von sich.

Edgar kniff ihn in den Unterschenkel. Keine Reaktion. Er zog sich Handschuhe an und griff nach dem Skalpell.

Jägers Kopf schoss hoch. Er fixierte das Skalpell wie eine Klapperschlange. Sein Körper begann zu beben. »Wissen Se, so dringend ist es doch auch wieder nit.« Jäger schwang die Beine von der Liege und hüpfte auf den Boden.

Edgar kam auf seinem Hocker ins Wanken.

Jäger verhedderte sich im OP-Tuch, strauchelte und fing sich am Besteckwagen, woraufhin alles krachend auf dem Boden landete. »'tschuldigung, aber das müssen wir verschieben«, keuchte er, schnappte seine Hose und die Schuhe und verschwand auf wackeligen Beinen aus dem Behandlungszimmer. Die labbrige Unterhose hing auf halb acht.

Edgar hielt immer noch das Skalpell, als die Praxistür zuklappte. Jäger musste in Unterhose bis auf die Straße gerannt sein. Edgar legte das Skalpell weg und stützte sich mit beiden Händen auf die Liege auf. Sein Kopf fühlte sich tonnenschwer an, er ließ ihn hängen. Was für ein erbärmlicher Morgen.

Die Praxistür klapperte und Schritte kamen näher. Es klopfte an der Tür. »Kommen Sie rein, ich beiße nicht!«, rief Edgar.

Das Gesicht seines Vaters tauchte in der Tür auf. »So? Ich fand, die Beine des Mannes, der hier eben rausgestürmt ist, verrieten das Gegenteil.«

Auch das noch. »Hat der sich wenigstens die Hose auf der Straße angezogen?«

Conrad Brix schüttelte den Kopf.

»Ich weiß nicht, was hier los ist. Alle OP's für heute abgesagt und der springt mir mittendrin von der Liege.«

Conrad Brix öffnete den Mantel und legte Hut und Schal ab. »Ich kann dir sagen, was hier los ist. Ich habe es schon einmal erlebt.«

Edgar sah ihn fragend an.

»Hexenjagd. So fängt es immer an.«

»Findest du nicht, dass du übertreibst?«

»Findest du, dass dein Patient gerade übertrieben hat? Ja? Genau so funktioniert es: Säe Zweifel und warte, bis die Saat aufgeht.«

War es so einfach? Zustimmung stieg aus Edgars Magengrube auf. Ja, es war so einfach. So schnell wurde man suspekt beäugt. Und wer machte nicht irgendwann einen Fehler? »Lass uns in die Stube gehen. Heute mag ich kein Arzt mehr sein.«

Sein Vater ließ den Kopf wippen. Ihm musste dieser Gedanke auch schon des Öfteren gekommen sein. Edgar gab es nicht gerne zu, aber in den letzten Tagen hatte er mehr Parallelen zwischen sich und seinem Vater entdeckt als in all den Jahren zuvor. Wie oft hatte er darüber gegrübelt, ob er klug gehandelt hatte, ausgerechnet hierher zurückzukehren, um dem langen Arm von Conrad Brix zu entfliehen. Nun stand der hier und Edgar kamen Zweifel, ob das wirklich das Ziel gewesen war. Möglicherweise hatte das Leben etwas anderes mit ihm vor. Und das Leben traf oft genug Entscheidungen, ohne die Menschen über seine Ziele einzuweihen.

Er schlurfte Richtung Küche, die präzisen Schritte des Vaters folgten ihm. »Du bist zu früh«, gab Edgar zu bedenken, ohne sich umzudrehen.

»Ich wollte es hinter mich bringen«, hörte er die Stimme des Vaters im Rücken. Sie klang älter und matter, als Edgar es gewohnt war.

»Hast du Lukas gefragt, ob er uns nach Kassel fährt?« Edgar hatte sich umgedreht.

»Ich …« Sein Vater sah zu Boden. »Ich konnte doch nicht. Nicht, nachdem die Polizei dort gewesen ist.«

In diesem Moment verstand Edgar vollends, was der Begriff »Hexenjagd« bedeutete. Er bedeutete, dass jedes Vertrauen, das man sich mühsam erarbeitet hatte, ins Wanken geriet. »Aber der Söder hat doch den Fuhrmann nicht ermordet.«

»Aber er und sein Sohn könnten glauben, dass wir ihn angeschwärzt haben. So läuft es doch üblicherweise.«

»Niemals glaubt der Söder, dass ich dahinterstecke. Genauso wenig wie ich glaube, dass *er* schuldig ist. Das ist alles fingiert. Außerdem wissen wir, dass die Wiegand ihn bei der Polizei verpfiffen hat.«

»Ob er das auch weiß?« Die Stirn des Vaters lag in Wellen.

Edgar steuerte zielsicher auf den Wasserkessel zu. »Kaffee?«

»Gerne«, antwortete sein Vater. Er legte Hut, Mantel und Schal auf einem Stuhl ab und nahm Platz.

»Und wie kommen wir jetzt nach Kassel?«, fragte Edgar.

»Es kann für dich als Arzt keine Dauerlösung sein, Lukas Söder als Chauffeur zu beschäftigen.«

Edgar hätte am liebsten mit der Hand auf die Spüle geschlagen. Stattdessen landete der Wasserkessel lautstark auf der Herdplatte. »Das ist keine Antwort auf meine Frage.«

»Ich rufe uns ein Taxi.«

»Hast du eine Ahnung, was das kostet bis Kassel?«

»Bist du Arzt und kannst uns einen Transportschein ausfüllen? Dann bin ich halt ein Patient und brauche deine Begleitung.«

Edgar biss die Zähne aufeinander. »Ist gut. Aber ich muss noch etwas essen. Willst du auch?« Er deutete auf die Brötchentüte, die vom Morgen auf dem Tisch lag.

»Sauerteig? Vor Pessach?«

»Als ob dich das je gekümmert hätte. Was ist passiert, dass du plötzlich so streng bist mit den jüdischen Gepflogenheiten?«

»Wir haben es nicht so eng genommen, als ihr klein wart, Gutmund und du. Aber seit wir alleine leben … es gibt deiner Mutter Halt. Sie ist nie so richtig angekommen in den Staaten, weißt du.«

Vielleicht weil sie ahnte, dass sie nur die zweite Wahl war.

»Habt ihr darüber gesprochen zurückzukehren?«

»Nein, niemals.«

»Weil *du* nicht darüber reden wolltest.«

»Ihre gesamte Familie ist ermordet worden. Glaubst du ernsthaft, sie möchte zurück nach Deutschland?«

»Zwischen all dem jüdischen Geldadel in den Staaten zu hocken wie eine Primel unter Edelrosen kann für sie auch nicht die Erfüllung sein.«

»Was schlägst du vor?«

»Ihr hättet nach Israel auswandern können. Oder nach Südamerika.«

»Wir wollten, dass ihr eine gute Ausbildung bekommt.«

»Und? Bist du jetzt enttäuscht darüber, dass dein Sohn mit einer Eliteuniversitätsausbildung Hundebisse in Wickenrode säubert?«

»Wieso sollte ich enttäuscht sein?«

»Du vermittelst mir stets diesen Eindruck.«

Der Vater zog die Brötchentüte zu sich heran, öffnete sie einen Spalt und schnupperte mit zuckenden Nasenflügeln. »Hast du Marmelade und Butter?«

Er lächelte ein Lächeln, das Edgar beinahe aus der Erinnerung getilgt hatte. »Ich hab sogar Ahle Wurst«, antwortete er.

Der Vater guckte nachdenklich. »Hoffentlich luftgetrocknet.«

»Selbstverständlich«, sagte Edgar.

Hätte irgendjemand Edgar gesagt, dass er beim nächsten Termin in Matthias Franks Büro neben seinem Vater sitzen würde, er hätte ihn für verrückt erklärt.

Conrad Brix hatte die Miene aufgelegt, die sein Gesicht bei Gelegenheiten wie diesen zu Stein werden ließ. Der Mann, mit dem Edgar eben noch Brötchen und Wurst geteilt hatte, saß jetzt wie ein Knochen neben ihm und versprühte Distanziertheit. *Wie ein Chamäleon.* Edgar wünschte sich nur einen Hauch dieser Fähigkeit. Leider kam er diesbezüglich nach der Mutter: Völlig unfähig, sich geschickt zu verstellen.

Die Aussagen waren schnell aufgenommen und unterschrieben. Frank packte die Papiere zusammen. »Sie können Herrn Veit mitnehmen, ich kann ihn nicht länger festhalten. Nicht nach den Beweisen, die sich gegen Söder eröffnet haben.«

»Was für Beweise?«, fragte Edgar.

»Wir haben in den Unterlagen von Herrn Fuhrmann ein Motiv gefunden, aus dem Herr Söder einen guten Grund gehabt hatte, ihn aus dem Weg zu räumen.«

»Ach ja?« Edgar konnte die Verblüffung schwer verbergen.

»Große Teile des söderschen Hofes gehören ihm schon nicht mehr. Er war bei Fuhrmann bis über beide Ohren verschuldet.«

Davon war nie die Rede gewesen. Ob Lukas das wusste? Vermutlich nicht. Jetzt verstand Edgar die Reaktion von Söder, als die Sprache auf Fuhrmann kam. Aber machte ihn das zum Mörder? »Und warum sollte er sich dann die Mühe machen, den Verdacht auf uns zu lenken?«, Edgar deutete auf sich und seinen Vater. »Wäre es nicht geschickter gewesen, jemanden als Sündenbock hinzustellen, der ebenfalls bei Fuhrmann in der Kreide steht?«

»Stimmt, Herr Brix, das wäre geschickter gewesen. Aber vergessen wir bitte nicht, dass wir von Herrn Söder sprechen.«

»Dafür halten Sie ihn für zu simpel gestrickt? Aber dass er ein Lamm an der Scheunenwand drapiert und einen Text aus der Haggada zitiert – das trauen Sie ihm zu.«

»Der Text kursierte in der Nazizeit häufig als Beleg für die menschenverachtenden Riten und den Hang zur Gewalt der Juden. Er hat ihn mit Sicherheit gekannt, wenn er als Nazi aktiv war.«

»Das ist genauso ein Vorurteil wie die, die man uns entgegenbringt.« Edgar gingen allmählich die Argumente aus, und das machte ihn wütend.

»Warum nehmen Sie Herrn Söder in Schutz?« Frank hatte den Brieföffner tief in den Gips geschoben und seufzte.

»Weil ich es mir nicht vorstellen kann, deshalb.«

»Was glauben Sie, wie oft mir Leute gegenübersitzen, die aussehen, als könnten sie kein Wässerchen trüben, und gleichzeitig liegen Fotos vor mir auf dem Tisch, die mich noch wochenlang in den Träumen verfolgen. Wenn man es immer im Gesicht lesen könnte, wie einer ist, hätte ich nicht so viel zu tun.«

Edgar musste an die Gemeindeschwester und ihre Opfer denken. Er hatte Irina Platzek unterschätzt, sonst wären weniger Männer gestorben.

»Wie dem auch sei. Eine Streife ist bereits auf dem Weg nach Wickenrode, um Herrn Söder zur Vernehmung zu holen. Wenn der Staatsanwalt zustimmt, bleibt er erst mal eine Weile hier.«

»Und Herrn Veit können wir mitnehmen?«

»Ja, können Sie. Unter einer Voraussetzung: Sie versprechen mir, dass er in Wickenrode bleibt und sich zur Verfügung hält. Aus diesem Grund behalten wir auch seinen Wagen in der Verwahrstelle, bis wir mit dem Fall weiter sind. Und Sie halten sich aus allen Ermittlungstätigkeiten raus, haben wir uns verstanden?« Franks Ton war scharf geworden.

Die Augen von Conrad Brix waren zu Schlitzen geschrumpft. Der Ton missfiel ihm, das konnte Edgar sehen.

»Mein Sohn wird sich korrekt verhalten wie immer.«

Edgar traute seinen Ohren nicht. War der Vater gerade für ihn in die Bresche gesprungen?

»Ihr Sohn hat uns die Information vorenthalten, dass es Ihre Telefonnummer war, die in den Unterlagen des toten Holländers gefunden wurde. Die Behörden in den Niederlanden sind alles andere als erfreut darüber, dass sie diesen Hinweis erst nach so langer Zeit erhalten haben.«

»Und wie lange hat es gedauert, bis die Informationen von denen hier ankamen? Das waren ja auch Monate.« Edgar konnte sich den bissigen Kommentar nicht verkneifen.

»Es steht Ihnen nicht zu, die Arbeit der Behörden zu kritisieren, nur um Ihr Fehlverhalten zu entschuldigen«, zischte Frank.

Edgar spürte die Hand des Vaters auf dem Unterarm. »Was mein Sohn sagen will, ist, dass er erst sichergehen wollte, dass es wirklich meine Nummer war. Immerhin fehlten die Länderkennung und die Vorwahl, wenn ich richtig informiert bin.«

Frank seufzte. »Uneinsichtigkeit scheint bei Ihnen erblich zu sein. Tun Sie mir bitte einen Gefallen: Ziehen Sie im Ort die Köpfe ein und veranstalten keinen Wirbel. Ich kann Sie dort nicht schützen, falls die Situation eskaliert.«

Er sah Edgar derart geradeaus in die Augen, dass diesem das erste Mal vollends ins Bewusstsein drang, was Frank damit andeutete. Wenn es so weit kommen würde, wären Patienten, die ihm vom OP-Tisch sprangen, Edgars geringstes Problem.

»Sie haben mein Wort«, kam ihm der Vater zuvor. »Und jetzt haben Sie bitte Verständnis dafür, dass wir Johann Veit so schnell wie möglich von hier fortbringen möchten.«

»Habe ich. Entschuldigen Sie, dass ich sitzen bleibe.« Frank legte die Hand zum Gruß an die Stirn.

Im Hinausgehen fiel Edgar noch etwas ein. Er drehte sich um. »Sagen Sie mal, wer hat denn nun die Polizei benachrichtigt an dem Morgen, an dem Heinrich Noll starb?«

Frank stutzte. Er schien zu überlegen, ob diese Information bei Edgar in guten Händen war. »Es war eine Frau. Eine junge Stimme laut Aussage des Beamten, der das Telefonat entgegengenommen hat. Im Brauborn sei ein Mord geschehen, hat sie gesagt. Mehr nicht.«

»Sie wissen demnach nicht, von wo der Anruf kam?«

Frank schüttelte den Kopf. »Sicher ist nur, dass in Wickenrode zu diesem Zeitpunkt alle Telefone tot waren.«

Edgar verabschiedete sich mit einem Nicken und folgte seinem Vater, der vorausgeeilt war.

Die wenigen Tage in U-Haft konnten kaum viel an der bullenartigen Statur von Johann Veit verändert haben und er versicherte, gut versorgt worden zu sein. Dennoch wirkte er eingefallen.

Auf der Heimfahrt mit dem Taxi hatte Edgar noch gehadert, kurz vor Wickenrode fiel die Entscheidung: Er würde Johann Veit bei sich aufnehmen. Jetzt, wo ihn das Dorf ohnehin zur Wurzel allen Übels erklärt hatte, war die Anwesenheit von Veit nur das Sahnehäubchen auf dem bitteren Kaffee. Edgar rechnete ohnehin damit, dass seine Praxis leer bleiben würde. Die Osterfeiertage standen vor der Tür. Die sehr dringenden Fälle würden sich in die Klinik nach Witzenhausen bringen lassen oder nach Großalmerode zum Arzt gehen.

»Morgen statten wir dem Pfarrer einen Besuch ab«, hatte Conrad Brix verkündet. »Vielleicht erinnert er sich, wenn er mich sieht.«

Es war einen Versuch wert, obwohl es sein konnte, dass Käse sie nicht zu Hochapfel vorlassen würde. Edgar hielt jeden weiteren Kommentar zurück. Für einen Tag hatte er genug mit seinem Vater diskutiert. Er war froh, als der sich auf den Rückweg zu Albrecht machte. Er wollte mit Johann Veit allein sein.

»Ist alles in Ordnung? Ist das Zimmer so recht?«

Edgar hatte ihn in seinem Schlafzimmer einquartiert. Allmählich gewöhnte er sich an das Schlafen auf dem Sofa.

»Alles ist besser als die Zelle. Danke für Ihre Gastfreundschaft. Ich habe das Gefühl, dass ich der am wenigsten erwünschte Mensch auf der Welt bin.«

»Da können wir uns die Hände reichen. Wenn ich nur wüsste, was mit den Leuten los ist. Die müssen doch erkennen, dass sie einer Finte aufsitzen.«

»Die sehen nur, was sie sehen wollen. Ich hab lange genug im Zirkus gearbeitet, um das zu wissen. Ist wie mit einem Zaubertrick. Da findet der Betrug direkt vor ihrer Nase statt, aber sie lassen sich allzu bereitwillig ablenken.«

Die Worte hinterließen einen Widerhall in Edgars Kopf. Es war, als würde das Bild vom Zaubertrick einen Gedanken anstupsen, der noch nicht reif war, gedacht zu werden. Auf jeden Fall steckte viel Wahrheit darin. »So ist es leider. Man kann nur hoffen, dass man sich selber nicht täuschen lässt.«

»Haben Sie keine Angst, mir Unterschlupf zu gewähren? Immerhin steht immer noch der Verdacht im Raum, dass ich Heinrich Noll getötet habe.«

»Das Gleiche könnte ich Sie fragen. Heute Vormittag ist mir einer von der Behandlungsliege gesprungen, dabei hatte ich das Skalpell noch nicht mal angesetzt.«

Johann Veit verzog das Gesicht. »Kann ich irgendwie verstehen.«

Er hatte die Hände flach auf den Tisch gelegt. Edgar sah die Schwielen von jahrelanger harter Arbeit und die ungepflegten Fingernägel. Pranken, mit denen man ohne Hammer einen Nagel in die Wand schlagen könnte, mit denen man jemanden erschlagen konnte, wenn sie nicht so furchtbar zittern würden.

»Brauchen Sie etwas zur Beruhigung?«, fragte Edgar. »Zum Schlafen?«

Veit schüttelte den Schädel. »Machen Sie sich um mich keine Sorgen. Müssen Sie denn nit arbeiten gehen?«

»Mittwoch. Da ist die Praxis nachmittags geschlossen.« Edgar hatte das Gefühl, dass Veit allein sein wollte. »Bedienen Sie sich bitte. Im Kühlschrank ist Butter. Brot ist in der Lade und Bier ist auch genug im Haus. Hinter Ihnen hängt Ahle Wurst und im Schrank ist noch ein Glas Gurken von Albrecht. Ich gehe ein wenig fernsehen. Wenn Sie mögen, kommen Sie gerne dazu.«

Veit schenkte ihm einen dankbaren Blick. Er presste die Lippen aufeinander und verschränkte die Hände ineinander, damit das Zittern aufhörte.

Im Nachmittagsprogramm lief nichts Interessantes, dennoch ließ Edgar den Fernseher laufen. Er hatte das schwarze Büchlein aus der Manteltasche genommen und schaute in die Aufzeichnungen. Zwei Morde, die bis auf die Art der Tötung kaum Parallelen aufwiesen. Er stutzte. Er sprang auf, hastete zum Telefon und wählte die Nummer des Stadtkrankenhauses. Er ließ sich mit Doktor Bohmke verbinden.

»Nu, da is die Familie Brix ja fast widder vollständig im Land, nit wahr?«

Edgar hatte keine Lust auf Geplänkel. »Jaja«, wiegelte er ab. »Sagen Sie mal, verlief der Schnittkanal der Wunde bei Georg Fuhrmann genauso wie der von Heinrich Noll?«

Bohmke schien den plötzlichen Themenwechsel verdauen zu müssen. Am anderen Ende der Leitung herrschte Schweigen. »Moment, da muss ich nachschauen«, antwortete er nach einer Weile.

Edgar wartete. Aus der Küche hörte er das Klappern von Geschirr. Wenigstens einer, der sich den Appetit nicht verderben lässt, dachte er.

»Genau in de annere Richtung. Einmal von rechts nach links, einmal von links nach rechts.«

Bohmkes Stimme hatte Edgar aus den Gedanken gerissen. »Sind Sie sicher?«

»Bin ich Pathologe? Klar bin ich sicher.«

Edgar bedankte sich und legte auf. Er kehrte zurück zu seinen Aufzeichnungen und versuchte zu begreifen, was das bedeuten konnte. Er malte es in das Buch. Zwei Hälse mit je einer geschwungenen Linie und einem Pfeil. Unter den einen Hals schrieb er den Namen Heinrich Noll und beendete die Linie mit einem Pfeil nach rechts, unter dem anderen Hals notierte er Georg Fuhrmann und malte einen Pfeil nach links. Zwei unterschiedliche Täter. Wieso war das Kommissar Frank nicht aufgefallen?

Das Telefon rappelte. Edgar stand auf. Diesmal schlenderte er zum Apparat und hob ab. »Brix«, meldete er sich. Am anderen Ende schweres Atmen. »Hallo?«, wiederholte Edgar vorsichtig. Ihm schwante nichts Gutes.

»Wenn Sie daran schuld sind, rate ich Ihnen, die Beine

in die Hand zu nehmen.« Kommissar Frank knurrte wie ein Hund.

»Woran?«

»Fragen Sie doch nicht so scheinheilig.«

»Ich habe keine Ahnung, wovon Sie …«

»Ach nein? Der Söder ist verschwunden. Hat sich der Verhaftung entzogen. Haben Sie den etwa gewarnt?«

Edgar schoss kurz der absurde Gedanke durch den Kopf, dass sein Vater Söder zur Flucht geraten haben könnte. Nein, das war einfach zu unwahrscheinlich. »Ich habe Herrn Söder vorgestern das letzte Mal gesehen.« Edgar bemühte sich, das aufgeregte Zittern in der Stimme zu unterdrücken. »Vielleicht erledigt er nur eine Besorgung.«

»Das will ich für Sie hoffen. Wenn Söder heute Abend nicht hier im Präsidium ist, kassier ich morgen Sie, Ihren Vater … ach was, ich kassier einfach das ganze beschissene Rattennest ein, dann ist endlich Ruhe!«

Klack! Die Leitung war unterbrochen. Edgar spürte seinen Herzschlag wie einen Hammer in der Brust. Johann Veit linste aus der Küchentür. Die Sorge malte einen Schatten auf sein Gesicht.

Edgar überlegte, wie er es ihm erklären sollte. Es klopfte an der Haustür.

»Lukas?« Wenn den jemand vor der Haustür des Dorfarztes gesehen hatte, dann wäre das Gerücht in Windeseile durch den Ort, dass sie alle unter einer Decke steckten. Ach was, dachte Edgar, streich die Möglichkeitsform! Natürlich war Lukas beobachtet worden. Sein Ansehen als Arzt konnte Edgar endgültig begraben. Er zerrte Lukas Söder ruppig über die Schwelle.

Lukas stolperte in den Flur. »Hoste se noch alle?«

»Was suchst *du* denn hier? Weißt du nicht, in was für

Schwierigkeiten du mich bringst?« Edgars Ton war bissiger geworden, als er beabsichtigt hatte, und zeigte Wirkung.

Lukas stand mit hängenden Schultern da. »Der Vadder is mit dem Opel weg«, flüsterte er.

»Hat er das schon öfter gemacht?«

»Ne. Noch nie.«

Edgar überlegte. Auf der Flucht mit einem rotglänzenden Opel zu sein, der geradezu nach Aufmerksamkeit schrie, wäre nicht besonders klug. Gut, es ging ja auch um Friedberg Söder.

»Komm erst mal rein.«

Lukas folgte Edgar in die Küche und bremste abrupt, als er Johann Veit erblickte. Er seufzte. Sein Blick wanderte über die Regale, bis er gefunden hatte, wonach er suchte. Er nahm den Obstbrand herunter, zog den Korken und ließ die Flüssigkeit gluckernd in den Rachen fließen.

Edgar zerrte ihm die Flasche aus der Hand. »Sag mal, bist du von allen guten Geistern verlassen? Betrunken hilfst du deinem Vater überhaupt nicht.«

Lukas ließ sich auf einen Stuhl fallen, stützte den Kopf in die Hände und flüsterte: »Und wenn er's wirklich gewesen is?«

Edgar stellte die Flasche zurück in das Regal. Johann Veits Blick folgte ihr sehnsüchtig. Später, dachte Edgar, jetzt brauchen wir alle klaren Verstand.

»Traust du ihm das wirklich zu?«, fragte Edgar.

Lukas' Kopf bewegte sich zwischen den Händen von rechts nach links. »Ne, aber warum is hä dann abgehauen?«, flüsterte er.

»Vielleicht ist er bald wieder da. Möglicherweise musste er nur mal weg, um nachzudenken.«

»Der Vadder? Nachdenken?«

Wenigstens war Edgar nicht der Einzige, der eine geringe Meinung von Friedberg Söders Tiefgang hatte.

»Ich könnte verstehen, wenn er vor der Situation davonlaufen möchte«, warf Johann Veit ein.

Lukas hob den Kopf und sah ihn an. Erst skeptisch, dann dankbar. »Was ist dann nur lose? Das ganze Dorf is wie verrückt geworn.«

Edgar nickte reflexartig; damit sprach er ihm aus der Seele.

»Und ich bin schuld daran.« Selbst Veits ineinanderverschränkte Hände konnten das Zittern nun nicht mehr verbergen.

»Nichts da!«, Edgar war es leid. »Schuld ist der, der das Messer geschwungen hat, und sonst niemand.«

Lukas griff sich unwillkürlich an den Hals. »Der Vadder hot Schulden beim Fuhrmann, honn die von der Polizei gesprochen.«

Edgar nickte. »Sieht so aus, ja.«

»Steht nit gut für unsern Hof, was?«

Edgar schüttelte stumm den Kopf.

»Das wär schon ein Grund, den Fuhrmann ins Jenseits zu befördern«, gab Lukas zu bedenken.

»Ja, aber gleichzeitig wäre es selten dämlich. Es ändert nämlich nichts an den Tatsachen.«

Edgar ertrug es nicht länger: Drei gestandene Mannsbilder und eines jämmerlicher als das andere. »Geh nach Hause, Lukas, und warte da. Vielleicht kommt dein Vater bald wieder heim. Und wenn ja, dann sieh zu, dass er keinen Blödsinn macht und sich den Behörden stellt. Morgen früh sieht die Welt schon ganz anders aus.«

Lukas schaute wenig zuversichtlich. Er erhob sich widerwillig. Edgar musste ihn beinahe zur Haustür rausschieben.

»Wenn er morgen immer noch nicht da ist, sehen wir weiter. In Ordnung?«

»In Ordnung«, knirschte Lukas.

Edgar schloss die Haustür und ging zurück in die Küche. Er nahm die Flasche Schnaps vom Regal und hielt sie Johann Veit vor die Nase.

Der nickte.

GRÜNDONNERSTAG, DER 15. APRIL

Es war elf Uhr durch und das Wartezimmer blieb leer. Von Lukas hatte Edgar bisher nichts gehört und weder Albrecht noch sein Vater hatten sich gerührt. Er wählte Albrechts Nummer.

»Ja?«, meldete der sich zackig.

»Gibt es was Neues vom alten Söder?«

»Wieso?«

»Sag bloß, ihr wisst gar nicht, dass der verschwunden ist?«

»Der Söder ist verschwunden?«

»Ja, mitsamt Lukas' Augenstern.«

»Oha.«

»Wenn ihr nichts gehört habt, ist er vielleicht wieder aufgetaucht. Ich hatte Lukas geraten, eine Nacht abzuwarten.«

»Ich geh gleich mal rüber. Sag mal, kommst du mit ins Altersheim? Dein Vater will gemeinsam mit Johann dem Pfarrer einen Besuch abstatten.«

»Sicher. Kann aber sein, dass der Käse durchdreht, wenn wir mit einer ganzen Kompanie antanzen. Ach, egal. Solange Hochapfel Johanns letzte Chance ist, die Erinnerung wiederzufinden, nehme ich das gerne in Kauf.«

»Wir sollten es zumindest versuchen«, stimmte Albrecht zu.

Edgar verabschiedete sich und legte auf.

Er fand Johann Veit im Wohnzimmer beim Blättern in

der Tageszeitung. »Kein Wort über das, was hier los war«, meinte er.

»Nicht, solange es erst zwei Tote gab. Da muss es noch dicker kommen«, Edgar erinnerte sich daran, wie schwer es gewesen war, die Presse auf das verunreinigte Grundwasser anzusetzen. Und seit der Journalist Eugen Bock sich zurückgezogen hatte, berichtete niemand mehr über Wickenrode. »Wir fahren gleich alle zusammen ins Altersheim. Ist Ihnen das recht?«

Veit ließ den Blick auf der Zeitung ruhen und schien nachzudenken. »Warum eigentlich nit. Hier rumsitzen und Nichtstun bringt mich nit weiter.«

»Vielleicht kann die Anwesenheit meines Vaters etwas bei Hochapfel bewirken.«

»Ich glaub kaum. Dem sein Gehirn scheint sich noch heftiger gegen die Erinnerung zu verweigern als meins.« Veit klopfte mit den Fingerknöcheln an die Schläfe.

»Wir müssen es eben versuchen.«

»Können Sie denn so einfach hier weg?«

»Ich habe das Gefühl, dass die Leute im Moment eher zum Metzger zur Behandlung gehen, als einen Fuß in dieses Haus zu setzen.«

Veit presste die Lippen aufeinander und nickte. »Ja, so sind sie, die Leute.«

Conrad Brix hatte auf ein Taxi bestanden. Er hatte, ohne zu fragen, auf dem Beifahrersitz Platz genommen, während Edgar, Albrecht und Johann Veit auf die Rücksitzbank gequetscht saßen.

»Der alte Söder ist immer noch nicht aufgetaucht«, klärte Albrecht Edgar auf.

»Wie geht es Lukas?«

»Der hat das Kaltblut angeschirrt und sucht die ganze Umgebung ab. Ich habe ihm versprochen, dass ich nachher suchen helfe, wenn wir zurück sind.«

»Gute Idee, ich bin dabei.« Edgar erinnerte sich daran, wie hilfreich Lukas Söder in den letzten Monaten gewesen war. Es war das mindeste, sich bei ihm zu revanchieren.

Nach einigen Minuten hielt das Taxi vor dem Altersheim. Conrad Brix drückte dem Fahrer großzügig Geld in die Hand und bat ihn zu warten. »Eine halbe Stunde«, meinte er, »dann sind wir wieder da.«

Im Gänsemarsch betraten sie das Gebäude.

Sie waren noch nicht im Korridor vor dem Essensraum angekommen, als Ludger Käse um die Ecke schoss. »Das wird ja immer schöner. Vielleicht kommt demnächst das gesamte Dorf auf Besuch.«

»Mein Name ist Conrad Brix. Ich kenne Herrn Hochapfel, seitdem er in Wickenrode die Pfarrstelle übernommen hatte. Ich bin extra aus den USA angereist, um ihn zu sehen.«

Käse schien zu bemerken, dass Brix dick auftrug. »Na gut, aber nur Sie und ein weiterer von Ihnen. Ihr Sohn muss auf jeden Fall draußen warten.«

Edgar signalisierte seufzend sein Einverständnis. Er nickte Johann Veit und seinem Vater zu.

»Eine Schwester wird Herrn Hochapfel in den Speisesaal bringen, ist eh gleich Mittagszeit. Sie haben eine Viertelstunde. Ich muss jetzt leider weg, obwohl ich Sie sehr ungern allein lasse. Aber die Schwestern sind instruiert. Benehmen Sie sich, sonst erteile ich Ihnen allen Hausverbot.«

Käse führte Edgars Vater und Johann Veit in den Speisesaal. Als er zurückkam, warf er Edgar einen Blick zu, der ihm unmissverständlich zu verstehen gab, dass er sich nicht von der Stelle zu rühren habe, dann dampfte Käse ab.

Fünf Minuten später tauchte eine Schwester im Flur auf. Ihr Gesicht leuchtete rot über der weißen Uniform. »Herr Hochapfel ist verschwunden«, keuchte sie.

»Wie meinen Sie das? Verschwunden?«, fragte Edgar.

»Wie ich es sage. Schwester Margot hat überall gesucht. Sogar in der Kapelle und im Keller. Er ist nirgendwo zu finden.«

»Wann hat Schwester Margot ihn denn zum letzten Mal gesehen?«

»Das habe ich sie nicht gefragt.«

Edgar rollte die Augen. »Ja, dann tun Sie das bitte.« Bevor sie lange überlegen konnte, fügte er an: »Können wir im Zimmer von Hochapfel warten?«

Sie sah ihn böse an. »Na, dann los. Ich honn noch annere Sachen zu tun, als Hausführungen zu machen.«

Edgar steckte einen Kopf in den Speisesaal und winkte Veit und seinem Vater zu. Die beiden erhoben sich zögernd von den Stühlen und folgten ihm und Albrecht.

»Was ist denn los?«, Johann Veits Flüstern klang voller Vorahnung.

»Hochapfel ist verschwunden«, flüsterte Edgar zurück.

»Der taucht widder uff«, sagte die Schwester, ohne sich umzusehen. »Das Haus verliert nix.«

Die vier wechselten vielsagende Blicke hinter ihrem Rücken. Conrad Brix schüttelte konsterniert den Kopf. So was hätte sich unter seiner Führung eine Schwester niemals zu sagen getraut.

Die Männer folgten ihr eine Treppe hinauf, einen langen Gang entlang, an dessen Ende sie eine Tür öffnete und wortlos verschwand.

»Fragen Sie bitte nach, wann Hochapfel zum letzten Mal gesehen wurde?«, rief Edgar ihr hinterher.

Sie reagierte nicht und ging weiter.

Hochapfels Zimmer war klein, aber gemütlich. Ein Bett, ein Tisch mit Stuhl, ein Sessel mit Leselampe, eine Kommode, ein Kleiderschrank. Auf dem Tisch lag eine Bibel, an den Rändern bestoßen, am Einband abgegriffen. Edgar schlug sie auf. Auf der ersten Seite stand Hochapfels Name, darunter die Jahreszahl 1902. Er hob die Bibel hoch. Zwischen den Blättern lösten sich Notizen, die dorthin gesteckt worden waren. Edgar hob eine auf. »Pfingstpredigt«, las er auf dem vergilbten Papier. Eine Notiz für eine Predigt, die Hochapfel nie wieder halten würde.

»Was ist denn los?«, fragte sein Vater. Es schien ihm Unbehagen zu bereiten, in die Privatsphäre des Pfarrers eingedrungen zu sein.

»Hochapfel ist nicht aufzufinden. Jetzt warten wir auf Schwester Margot. Sie hat ihn zuletzt gesehen.«

Wie auf das Stichwort tauchte Schwester Margot im Türrahmen auf. Sie erkannte Edgar. Hektische rote Flecken zogen sich vom Gesicht über den Hals hinunter. Edgar vermutete, dass sich die Flecken unterhalb des steifen Kragens über den gesamten Oberkörper ausgebreitet hatten. Sie zitterte. »Ich habe alles abgesucht.«

»Wie kann denn ein Bewohner einfach verschwinden?« Conrad Brix hatte den strengen Arztton aufgelegt, Edgar fasste ihn am Unterarm. Wenn er die Frau gänzlich verschreckte, würden sie womöglich gar nichts mehr erfahren.

Sie sah von einem zum anderen, dann entschied sie sich für das bekannte Gesicht von Edgar. »Die alten Leutchen sind senil. Da fällt es schon mal einem ein, dass er einkaufen wollte in der Früh oder den Bus zur Arbeit nehmen muss.«

»Wann haben Sie Herrn Hochapfel zum letzten Mal gesehen?«

»Ich habe ihn heute Morgen für einen Besucher fertig gemacht, dann hatte ich Pause.«

Albrecht musterte die Schwester mit zusammengekniffenen Augen. »Kennen wir uns?«Er winkte ab. »Ist ja auch egal. Hochapfel hatte Besuch? Von wem?«

»Er sei ein alter Bekannter aus Wickenrode, hat der Mann gesagt. Ich glaube, sein Name war Söder.«

Die Blicke flogen zwischen den Männern hin und her.

»Und seitdem ist der Pfarrer verschwunden?«, fragte Albrecht.

»Da habe ich ihn zum letzten Mal gesehen.«

Albrecht sah Edgar an. »Warum sollte der Söder den Pfarrer mitgenommen haben?«

»Vielleicht verfolgt er irgendeinen wahnsinnigen Plan, den wir nicht verstehen. Er könnte ja auch den Noll auf dem Gewissen haben. Noll, Fuhrmann, Hochapfel. Gibt es da eine Verbindung?«

»Nur jenen unsäglichen Abend, an dem Karl Wagner starb«, warf Conrad Brix ein.

»Das ist die einzige Verbindung, von der wir wissen. Es könnte aber auch alles komplett anders sein, oder?«, gab Edgar zu bedenken.

»Das ist wahr«, Albrecht kratzte sich das Kinn.

Johann Veit hatte die ganze Zeit starr dagestanden. Seine Augen verrieten, dass Panik in seinem Kopf wütete.

Edgar stellte sich neben ihn und legte ihm eine Hand auf die Schulter. »Was auch immer hier los ist, es hat nichts mit Ihnen zu tun.«

Veits Kopf schwenkte in Zeitlupe herum. Der Ausdruck in seinem Gesicht erschreckte Edgar.

»Es hat alles *nur* mit mir zu tun«, sagte Veit leise. Er drehte sich weg. »Ich warte draußen beim Taxi«, sagte er im Hinausgehen.

Edgar schaute zu Albrecht, dann zu seinem Vater. Er war unfähig, eine Entscheidung zu treffen.

»Wir fahren zurück und helfen Lukas bei der Suche. Das ist das Einzige, was wir tun können.«

Conrad Brix nickte.

»Sie verständigen umgehend Kommissar Matthias Frank in Kassel über Hochapfels Verschwinden und den Besuch von Herrn Söder«, sagte Edgar zu Schwester Margot gewandt.

Sie nickte eifrig. »Selbstverständlich.«

Edgar ließ Albrecht und seinen Vater vorausgehen. Er hing einige Schritte nach und versuchte, die Gedanken zu sortieren. Erst Noll und Fuhrmann ermorden und dann Hochapfel entführen? Und das sollten die Taten des alten Söder sein? Unbestreitbar sprachen die Indizien gegen ihn, aber warum sollte er so etwas tun? Es gab so viele Details über jenen unsäglichen Abend vor 27 Jahren, die im Dunklen lagen, vergraben in den Gehirnwindungen von Johann Veit; Edgar hätte sonst was darauf verwettet, dass dort der Schlüssel zu diesem Rätsel lag.

Sie traten aus dem Seniorenstift auf die Straße. Das Taxi war verschwunden. Auch von Johann Veit war weit und breit nichts zu sehen.

»Verdammt! Der macht sich doch hoffentlich nicht auf eigene Faust auf die Suche«, fluchte Albrecht.

»Wir hätten ihn nicht einfach gehen lassen dürfen«, warf Brix ein.

»Ach ja? Warum hast du ihn dann nicht aufgehalten?«, zischte Edgar.

»Keinen Streit jetzt, das bringt uns nicht weiter.« Albrecht schob sich zwischen Edgar und seinen Vater.

»Ich geh uns ein neues Taxi rufen«, Conrad Brix verschwand im Eingang.

»Reiß dich gefälligst zusammen!«, herrschte Albrecht Edgar an. »Die Fehde zwischen dir und deinem Vater muss jetzt mal ruhen. So erwachsen bist du doch, oder?«

»Ich ja, aber ob er …«

Albrecht schnitt ihm das Wort ab. »Dann sei eben der Klügere, der nachgibt.«

Edgar ließ den Kopf hängen. Hatte er nicht zu oft schon nachgegeben und damit das Ganze am Ende nur schlimmer gemacht?

Sein Vater tauchte im Eingang auf. »Das dauert zu lange. Bis dahin sind wir den Weg dreimal zu Fuß gelaufen.«

Zu aufgebracht, um das Ende einer Beschlussfindung abzuwarten, lief Edgar los. Er sah sich nicht um. Ob die beiden ihm folgten oder nicht, war ihm gleichgültig. Er musste sich den Ärger aus dem Leib rennen und legte ein Tempo vor, von dem er wusste, dass die alten Männer es nicht lange durchhalten würden.

Lukas hockte neben dem Kaltblut. Der alte Klepper ließ den Kopf hängen und Lukas tat es ihm gleich.

Er sah Edgar die Gasse hinaufhetzen und stand auf. »Albrecht is nit daheim. Ich honns schon allszus probiert.« Lukas klang, als ob er jeden Moment in Tränen ausbrechen würde.

Edgar wäre am liebsten weitergerannt, so sehr saß ihm die Wut im Nacken, aber er blieb pustend stehen. »Ich … weiß …«, hechelte er.

»Du brauchst nötiger 'ne Pause als der ahle Gaul hier.«

Edgar nickte schwer atmend.

»Ich honn alles abgesucht. Der Vadder is wie vom Erdboden verschlucket.«

»Nicht nur dein Vater.«

»Hä?«

»Johann Veit hat sich aus dem Staub gemacht und Hochapfel ist ebenfalls verschwunden. Und jetzt rate mal, wer den Hochapfel zuletzt besucht hat.«

Lukas guckte ratlos und zuckte die Schultern. »Johann Veit?«

»Mensch, Lukas, dein Vater natürlich.«

»Was soll denn mein Vadder bei dem Popen gewollt honn?«

»Tja, wenn ich das wüsste, wären wir alle schlauer.«

In einiger Entfernung näherte sich schweres Atmen.

Lukas deutete mit einer Kopfbewegung die Gasse hinab. »Der Albrecht. Un dinn Vadder.«

»Ich weiß«, knurrte Edgar.

Albrecht hatte die Hände in die Hüften gestemmt und japste nach Luft. Conrad Brix tat so, als hätte ihm der Gewaltmarsch nichts ausgemacht, aber auch seine Brust hob und senkte sich schwer.

»Stimmet das, dass mein Vadder mit dem Hochapfel verschwunden is?«

Albrecht brachte lediglich ein Nicken zustande.

»Un was hot das zum bedeuten?«

»Vielleicht hat Ihr Vater den Hochapfel aus dem Altenstift entführt, weil es einen Zusammenhang gibt zwischen dem Mord an Fuhrmann und etwas, an das Herr Hochapfel sich erinnern könnte.« Conrad Brix presste die Worte mit heftigen Atemstößen hervor.

»Mal ganz im Ernst, wenn man den alten Knaben aus

dem Weg räumen wollte, hätte man ihm was in den Kaffee gemischt. Dafür muss man sich doch nicht die Mühe machen, ihn zu entführen.« Der Drang, seinem Vater zu widersprechen, war übermächtig in Edgar.

»Mein Vadder hot den Hochapfel entführt?« Lukas guckte völlig verständnislos in die Runde.

»Sieht so aus«, warf Albrecht ein. Aus seinem Haus drang ein jämmerliches Winseln. »Ich lass mal Kuno raus.«

»Ich versteh die Welt nit mehr. Von einem Tag uff den anneren is alles verkehrt.« Lukas raufte sich die blonde Tolle.

»Ich weiß«, pflichtete Edgar bei, »ich hab auch schon längst den Überblick verloren.« Er warf seinem Vater einen Blick zu, der den daran hindern sollte, mit Besserwisserei zu glänzen.

Conrad Brix ignorierte ihn. »Es muss einen Zusammenhang geben, der uns verborgen bleibt.«

»Ach!« Edgar kehrte ihm demonstrativ den Rücken zu und sah Kuno dabei zu, wie der sein Revier markierte. Der Rüde drehte sehr gewissenhaft seine Runde. Es machte den Eindruck, als arbeite er einen Punkt nach dem anderen ab, so als sei es eine tägliche Routine, der er sich zu beugen habe.

Ihm kam eine Idee. »Könnte der Hund uns helfen, Söder und Hochapfel zu finden?«

»Kuno? So was kann der nicht.«

Edgar nahm den Blick von Albrecht hin, der ohne Worte fragte, ob er bei Verstand sei. »War nur so ein Gedanke.«

»Ich kann uff jeden Fall nit länger hier untätig rumsitzen. Ich mach mich widder onne und such weiter.«

»Ich komme mit«, sagte Albrecht.

»Ich auch«, stimmte Edgar zu.

»Aber ist es sinnvoll, dass wir alle gemeinsam unterwegs sind?«, hörte Edgar die Stimme seines Vaters im Rücken. »Wenn wir uns aufteilen, sind wir effektiver. Wo waren Sie denn bereits?«

Edgar gab es nicht gerne zu, aber der Vorschlag, getrennt zu suchen, war vernünftig.

»Ich honn bei der Hütte im Baumgrund gesucht, den halben Hirschberg honn ich durchkämmt un in den Nachbarorten überall gefragt, ob die den Vadder gesehen honn.«

Edgar schaute in die Runde. Allein mit seinem Vater unterwegs sein zu müssen, barg das Risiko, dass das Vorhaben durch ihren Zwist in Gefahr geriet, ebenso wenig konnte er Lukas mit seinem Vater losziehen lassen. Auch wenn es ihm die zweitbeste Lösung schien, war es doch im Moment die einzige, die funktionierte, ohne dass am Ende des Tages alle miteinander zerstritten sein würden. »Ich gehe mit Lukas. Wir treiben irgendwo ein Fahrzeug auf und fragen in den Orten noch einmal nach. Du, Albrecht, kannst mit meinem Vater und dem Pferdefuhrwerk in die Wälder auf der anderen Talseite.«

Albrecht kniff die Augen zu. »Wonach sollen wir suchen? Nach der Nadel im Heuhaufen?«

»Hast du eine bessere Idee?«

Albrecht hatte die Hand unter die Kappe geschoben und rieb sich die hohe Stirn. »Leider nicht.«

»Wir treffen uns bei Einbruch der Dämmerung hier wieder«, sagte Edgar. Er schaute nacheinander in alle Gesichter. Der Plan war beschlossen.

Die jungen Männer waren drauflosgestürmt, wie Albrecht es erwartet hatte. Er hatte eine Thermoskanne mit Tee vorbereitet, Brot geschmiert, die Taschenlampe und den Helm mit Kopfbeleuchtung eingepackt und noch ein paar alte Decken auf die Ladefläche des Pferdefuhrwerks geworfen; all die Dinge, die er in jener Nacht schmerzlich vermisst hatte, in der er mit gebrochenem Arm und einer ausgewachsenen Gehirnerschütterung von Fritz Veit in die Jagdhütte eingesperrt worden war. Sicherheitshalber hatte er noch zwei Aspirin geschluckt und den Rest der Tabletten in die Tasche gesteckt. Außerdem hatte er Conrad Brix einen groben Schal und Gummistiefel geliehen, ihn in eine robuste Jacke gepackt – in dem schnieken Wollmantel konnte der unmöglich neben ihm auf dem Kutschbock hocken – und ihm ein altes Regencape aus Wachstuch in die Hand gedrückt. Zuletzt sprang Kuno auf die Ladefläche und rollte sich in den Decken zusammen.

Das Kaltblut hatte ausgiebig verschnauft und zockelte in einem Tempo, das Albrecht für die ungewöhnliche Zusammensetzung ihres Suchtrupps angemessen fand, Richtung Wald.

Mit dem 14-Uhr-Glockenschlag überquerten sie die Hauptstraße. Das Kaltblut dampfte bereits, als sie die Baumgrenze erreichten. Die Luftfeuchtigkeit lag wie ein Film auf Albrechts Gesicht, kroch unter die Kleidung und machte die Zügel schlüpfrig. Das Handgelenk schmerzte dumpf, die Wirkung der Tabletten setzte allmählich ein.

Conrad Brix schwieg. Das verschaffte Albrecht Zeit, über diese seltsame Situation nachzugrübeln, während der Gaul den Karren gemächlich die ausgewaschenen Wege entlangschunkelte. Im Sommer hatte auf der Ladefläche die verdorrte Leiche des Holländers Peer Fram gelegen. Zu diesem Zeitpunkt hatte Albrecht noch geglaubt, der Tote sei Johann Veit gewesen. Vor wenigen Wochen –

Berge von Schnee hatten die Straßen in rutschige Fahr-rinnen verwandelt – hatte das Kaltblut sie zum furchtba-ren Unglück im Stollen gebracht, das so viele Todesopfer gefordert hatte. Und nun? Obwohl es nicht mehr regnete, rauschten die trockenen Blätter, die im Winter nicht her-untergefallen waren, von Tropfen, die sich ihren Weg nach unten bahnten. War es eine gute Idee gewesen, allein mit Conrad Brix in den Wald zu fahren? Albrecht schielte aus dem Augenwinkel zu ihm rüber. Brix hatte den Kra-gen hochgezogen und starrte geradeaus.

Albrecht überlegte, ob er eine Unterhaltung anfangen wollte, doch ihm fiel nichts Unverfängliches ein. Er kon-zentrierte sich auf die Geräusche, die ihn umgaben: Die Hufe des Kaltbluts, das Rattern der Räder, der Regen, der sich in den Laubbäumen und Tannen gefangen hatte und nun mit seichtem Prasseln allmählich zu Boden fiel, wenn der Wind durch die Bäume strich, eine Amsel, die im Laub wühlte, das Knacken morscher Äste, die die Feuchtigkeit wie ein Schwamm aufgesaugt hatten und aufplatzten.

Brix musste ebenfalls gegrübelt haben, womit er die Stille durchbrechen konnte; die Worte fielen zaghaft. »Wohin fahren wir?«

»Zuerst zum Baumgrund der Söders. Dort haben sie eine kleine Hütte und einen Brunnen. Eine Möglichkeit, mit einer Geisel die Nacht zu verbringen.«

»Hat Lukas dort nicht bereits nachgeschaut?«

»Hat er, vermutlich sogar zu allererst. Sein Vater wird nicht so blöd sein, diese Zeit nicht abgewartet zu haben. Ich glaube kaum, dass er damit rechnet, dass Lukas mehr-mals dort nachschaut.«

»Hm.«

Albrecht wusste nicht, wie er diesen Laut zu deuten hatte. Zustimmung? Zweifel? Er schaute nach links. Die Mimik von Brix ließ nichts durchblicken. Allmählich verstand er, warum Edgar an seinem Vater verzweifelte. Auf dem Kutschbock neben Albrecht saß eine Truhe voller Geheimnisse und einem schweren Hängeschloss und er hatte einen dicken Bund Schlüssel in der Hand, nur der passende war nicht darunter.

Das Kaltblut stapfte in einem Gleichmut den Waldweg entlang, dass Albrecht neidisch dachte, wie gut es doch sein mochte, sich nicht so viele Gedanken zu machen und einfach nur den Weg zu gehen, der gegangen werden musste.

Hinter der nächsten Kehre hielt er das Pferd mit einem Ruck an den Zügeln an. Lukas' roter Opel hing mit der Schnauze voran im Graben. Tief in den Matsch eingegrabene Reifenspuren deuteten darauf hin, dass der Wagen sich festgefahren hatte, bevor er abgerutscht war. Albrecht atmete auf: Lukas war sicher nicht hier gewesen, seit der Opel festhing. Eher wäre sein Vater zum Teufel gegangen, als dass er seinen Augenstern so zurückgelassen hätte.

»Wir sind richtig«, sagte er und trieb das Pferd an. Mit jedem Hufschlag Richtung Waldgrundstück der Söders verdoppelte sich sein Pulsschlag. Zwei alte Männer, die im Wald Sherlock Holmes und Watson spielten, bewaffnet mit nichts außer einem gutmütigen Schäferhund und einer Thermoskanne voll Tee, dachte er. Wenn Lukas' Wagen sich festgefahren hatte, würde auch die Polizei ihre Schwierigkeiten bekommen, ihnen zu folgen. Für den Bruchteil einer Sekunde kam der Gedanke: Kehr um!

Conrad Brix schaute grimmig geradeaus. Seine Miene strahlte Entschlossenheit aus.

Albrecht trieb das Kaltblut voran, bis die Hütte der Söders durch den dichten Baumbestand junger, staksiger Birken durchschien. Der alte Klepper hätte freiwillig keinen weiteren Schritt getan, ihn anzubinden war unnötig. Kuno hüpfte von der Ladefläche und schob die Nase wie ein Pflug voran durch den feuchten Waldboden. »Bleibst du wohl hier!«, zischte Albrecht. Der Hund war bereits hinter der Hütte verschwunden. »Mist!«

»Na, der hört ja aufs Wort.« Conrad Brix war ebenfalls vorausgegangen.

»Warten Sie! Wir wissen doch nicht, was uns hier erwartet.« Es bereitete Albrecht Schwierigkeiten, geflüstert den Worten den nötigen Nachdruck zu verleihen.

Conrad Brix kümmerte sich nicht im mindesten um seine Bedenken. Er winkte – immer noch den Rücken zu Albrecht gewandt – ab. »Hier ist keiner mehr.«

»Wie kommen Sie darauf?«

Brix deutet auf den Schornstein. Dort stand eine dünne Säule schwarzen Rauchs in der feuchten Luft. »Der Ofen geht bereits aus. Wir sind zu spät.« Er gab sich keine Mühe, die Stimme zu senken.

Albrecht trottete hinter ihm her.

Brix öffnete die Tür zur Hütte und trat ohne Zögern ein.

Kuno tauchte hechelnd aus dem Unterholz auf. Seine Inspektion schien ergebnislos verlaufen zu sein. »Du wartest draußen«, befahl Albrecht und trat durch die Tür.

Er hatte sich Lukas' Liebesnest gemütlicher vorgestellt, aber darauf kam es wohl nicht an. Eine zweckmäßige Pritsche mit grauen zerwühlten Militärdecken, das musste den Damen genug sein. Er hielt eine Hand vor den Ofen. Das Metall knackte, das letzte Holzscheit glühte bestimmt noch. »Die sind höchstens eine Stunde hier weg.«

Brix sah sich um. Er deutete auf ein Regal mit Konserven. »Sie haben keine Vorräte mitgenommen. Sieht nicht so aus, als hätte Söder eine längere Flucht geplant.«

»Sondern? Wonach sieht es Ihrer Meinung nach aus?«

»Als habe er sich ein wenig ausgeruht, um es dann zu Ende zu bringen.«

»Zu Ende bringen?«

»Warum entführt er den Pfarrer aus dem Altersheim? Um ihm die Schönheit des Waldes näherzubringen?«

In Albrecht sperrte sich alles dagegen, diesen Gedanken zu Ende zu denken. »Wieso sollte Söder einen steinalten Pfarrer töten wollen? Das ist völlig verrückt und unnötig obendrein.«

»Wer weiß schon, wie ein Mörder tickt.«

»Söder ist doch kein …«, Albrecht verstummte.

»Ach nein? Womit hat der im Krieg noch mal sein Geld verdient?«

»Nur weil er als Wachmann Aufsicht über Zwangsarbeiter hatte, heißt das noch lange nicht, dass er getötet hat.«

Brix warf Albrecht einen Blick zu, der ihn als naiven Blödmann dastehen ließ. »Ja sicher. Die Millionen toten Juden haben sich auch alle alleine ins Gas gestürzt.«

Albrecht biss sich auf die Lippen. Wut, Hass und Trauer standen wie eine Wand zwischen ihm und Brix. Er schüttelte sich. Das war nicht der richtige Ort für eine Unterhaltung wie diese. »Wenn die zu Fuß losgezogen sind, gibt es nicht viele Ziele, die sie erreicht haben könnten. Von hier aus führt ein Weg zu den Basaltsteinbrüchen. Sich bei den weichen Böden dort aufzuhalten wäre Selbstmord. Weiter hinten im Wald ist noch die Jagdhütte vom alten Veit.« Während Albrecht das aussprach, kam ihm ein Gedanke. »Wenn ich Johann wäre, wäre ich dorthin gegangen.«

»Das kann er unmöglich mit dem Taxi erreicht haben.«

»Vielleicht ist er zu Fuß unterwegs? Er hat genug Vorsprung.«

»Wie weit ist das?«

»Ein, zwei Kilometer bergauf.«

»Dann los. Es ist unser einziger Anhaltspunkt.«

Brix stapfte aus der Hütte. Albrechts Gummistiefel waren ihm ein paar Nummern zu groß, dennoch war er zackig unterwegs.

Kuno schloss sich ihnen an und sprang auf die Ladefläche. Das Kaltblut zog an, die Räder des Karrens rutschten mit jeder Umdrehung tiefer in den Matsch, schließlich steckte der Wagen fest.

Brix deutete auf den Weg vor ihnen: Eine zerfranste Wunde, die sich durch den Wald schnitt, die Ränder ausgewaschen, der Lehmboden eine braune, glänzende Schicht, auf der kein sicherer Tritt zu fassen sein würde. »Wir müssen zu Fuß weiter. Es sei denn, Sie wollen dem Tier zumuten, ebenfalls im Graben zu landen.«

Albrecht warf einen kritischen Blick auf die Ladefläche. »Wir nehmen das Nötigste mit. Die Beleuchtung und den Tee.«

Jeder von ihnen packte sich eine Lampe, Albrecht stopfte die Thermoskanne unter die Hosenträger und schloss die Jacke darüber. Kaum hatte er alles verstaut, zerrte Kuno ihn durch den Matsch. Brix mühte sich, keuchend und fluchend in den schlackernden Gummistiefeln, an seiner Seite ab. Es würde eine Ewigkeit dauern, bis sie die Strecke zu Veits Jagdhütte zurückgelegt hatten. Keiner käme hier heute schneller voran, tröstete sich Albrecht und lenkte die Konzentration auf den nächsten Schritt.

Elsbeth Brand hatte, ohne zu zögern, den Wagen ihres Mannes zur Verfügung gestellt. Seit der nach der Amputation der Zehen die Kupplung nicht mehr treten konnte, stand der klapprige Borgward Lloyd abgemeldet ohne Nummernschild in der Garage. Das war Edgar egal. Sollte die Polizei sie doch anhalten, dann hätte er wenigstens eine Möglichkeit, seinen Unmut darüber loszuwerden, warum immer noch weit und breit kein Streifenwagen aufgetaucht war, um sich an ihrer Suche zu beteiligen.

In Großalmerode hatte niemand Lukas' roten Opel gesehen und der wäre mit Sicherheit aufgefallen. In Friedrichsbrück und Helsa verlief die Suche genauso ergebnislos.

Zwei Stunden später kehrten sie nach Wickenrode zurück. Wie vereinbart fuhren sie zu Albrechts Haus, um dort auf ein Lebenszeichen der beiden Männer und vor allem auf die Polizei zu warten.

Edgar eilte zum Telefon. Er wählte die Nummer des Polizeipräsidiums. Ein verschlafen klingender Beamter teilte ihm mit, dass Kommissar Frank sich vor einigen Stunden in das lange Osterwochenende verabschiedet habe. Er sei erreichbar, falls im Fall Söder etwas geschehe.

Edgar kämpfte mit dem Impuls, in den Hörer zu schreien. »Und dass Herr Söder eine Geisel genommen hat, ist keine Neuigkeit?«

»Doch. Schon.«

»Und wo sind die Kollegen, die uns suchen helfen?«

»Ich habe keine Weiterbildung im Gedankenlesen absolviert«, lautete die patzige Antwort. »Von einer Geiselnahme wusste ich bis eben nichts. Ich werde Kommissar Frank benachrichtigen. Wo sind Sie zu erreichen?«

Edgar gab die Nummer von Albrechts Anschluss durch und legte auf. »Die Krankenschwester hat die Polizei nicht benachrichtigt.« Er schaute Lukas an, der sich auf die Treppenstufen gehockt hatte.

»Vielleicht hot es das vergessen.«

»Sie hat vergessen zu melden, dass ein Bewohner entführt wurde?«

Lukas zuckte die Schultern. »Es hotte bestimmt ville zu tun.«

»Schwester Margot schien mir eher eine von der gewissenhaften Sorte zu sein.«

»Margot?« Lukas Augen waren rund geworden.

»Ja, Margot.«

»Au weia.«

»Wieso?«

»Das is das Menscher, mit der ich de Nacht im Baumgrund verbracht honn, als der Vadder angeblich den Fuhrmann hoppsgenommen hot.«

»Wie bitte?« Edgar spürte förmlich, wie blöd er dreinschaute.

»Ich hätt mir ja was Bequemeres vorstellen können bei dem Sauwetter, aber es hot unbedingt wo hingewollt, wo uns niemand hätte sehen können.«

Edgar ließ sich auf den Stuhl fallen. Und vergrub das Gesicht in den Händen. *Denk nach, Edgar, denk nach. Das ist doch kein Zufall.* »Kann sie irgendetwas mit der Sache zu tun haben?«

Lukas guckte ihn an, als sei er von allen guten Geistern verlassen.

Natürlich, einer Schwester unterstellte man so etwas nicht leichtfertig. Der Gedanke ließ sich trotzdem nicht abschütteln. »Ich fahre hin und rede mit ihr und du wartest hier am Telefon.«

»*Du* willst mit dem Auto fahren?«

Darüber hatte Edgar im Eifer des Gefechts nicht nachgedacht. Nein, er *wollte* es nicht. Wenn er es sich noch einmal durch den Kopf gehen ließ: Er *musste* es tun.

Quälende Minuten vergingen, bevor Edgar den Zündschlüssel drehte. Mit hölzernen Beinen trat er zu fest auf das Gaspedal. Der Motor heulte auf und der Schweiß brach ihm aus. Am liebsten wäre er ins Haus gerannt, hätte Lukas gebeten, doch zu fahren, aber das ging nicht. Jetzt nicht mehr.

Er ließ den Wagen die Gasse hinabrollen. Die Bremsen griffen an der Kreuzung zur Ringenkuhle. Edgar atmete erleichtert aus. Er schaute mehrmals in jede Richtung, bevor er im Schritttempo auf die Straße fuhr. Im Rückspiegel sah er ein Fahrzeug von hinten näher kommen, verwechselte Bremse und Kupplung und würgte den Wagen ab. Der andere überholte und zeigte ihm im Vorbeifahren einen Vogel. Edgar atmete tief durch. *Bleib ruhig. Du fährst ein Auto. Das Normalste von der Welt.* Er startete den Motor und kroch die Straße entlang.

An der Hauptstraße schaffte er es sogar, sich zwischen zwei Fahrzeugen einzufädeln und Richtung Helsa das Tempo zu halten. Die kurvige Landstraße verwandelte sich in die Spur einer Achterbahn. Fünf Minuten später hatte er es geschafft und parkte schief vor dem Altenstift in eine Lücke ein.

Käse war nicht im Haus. Eine Schwester verriet Edgar, wo er Schwester Margot finden könne.

Sie half im Keller, Wäsche zusammenzulegen. Sie erkannte Edgar. Ihr entglitten sämtliche Gesichtszüge.

»Sie haben die Polizei nicht benachrichtigt.« Edgars Ton war bewusst hart gewählt.

»Ich dachte, Herr Käse macht das.«

»Weiß Herr Käse denn, dass Herr Hochapfel verschwunden ist?«

»Er war noch nicht wieder im Haus. Ich habe keine Ahnung.«

»Also wurde die Polizei nicht benachrichtigt?«

»Nicht von mir«, sie guckte schuldbewusst auf den Boden.

Edgar hätte sie am liebsten geschüttelt. Er mahnte sich zur Ruhe. »Ich muss Hochapfels Zimmer noch einmal sehen.«

Sie knetete ein Laken zwischen den Händen. »Ich weiß nicht, ob ich das darf.«

»Vorhin waren wir bereits dort. Warum sollte das jetzt plötzlich verboten sein?«

»Na gut.« Sie legte das Laken in einen Wäschekorb und drückte sich mit viel Abstand an Edgar vorbei.

Er folgte ihr. Betont beiläufig sagte er zu ihrem Rücken: »Dass Sie in der Nacht, in der Herr Fuhrmann starb, mit Lukas Söder zusammen waren, haben Sie vorhin nicht erwähnt.«

Sie blieb abrupt stehen, drehte sich aber nicht um. »Ich wüsste nicht, warum ich das hätte erwähnen sollen.« Sie zog fahrig die Hände vor den Körper. Edgar hatte das Detail, das sie zu verbergen versuchte, bereits entdeckt: Ein Ehering blitzte an ihrem rechten Ringfinger. Kein Wunder, dass sie das Schäferstündchen mit Lukas nicht an die große Glocke hängen wollte.

Sie öffnete ihm die Tür zum Zimmer von Pfarrer Hochapfel. Kaum etwas hatte sich verändert. Jemand hatte die Vorhänge zugezogen und die Heizung heruntergedreht, als ob er nicht mehr damit rechnete, dass Hochapfel wieder zurückkehrte. Es war kühl im Raum und Edgar fröstelte.

Er betrat die wenigen Quadratmeter und schaute sich um. Er knipste die Schreibleuchte auf dem Tisch an, sie verbreitete ein schummriges Licht. Er griff zu der Bibel, die er vorhin schon aufgeblättert hatte. Dort steckten an anderen Stellen neben den älteren Notizen weitere neueren Datums, weißes Papier, ordentlich geschnitten. Er nahm eines heraus. Die Handschrift war krakeliger als die früheren Einträge, wackeliger, weniger präzise. Der Verfasser schien mit der Alterskurzsichtigkeit gekämpft zu haben. Edgar verglich den Zettel mit den älteren Notizen. Die Schrift war immer noch raumgreifend und kippte nach rechts.

Die Schrift eines Linkshänders.

Edgar schlug sich die Hand vor die Stirn. Die Stimme von Johann Veit hallte durch seinen Schädel. »Da findet der Betrug direkt vor ihrer Nase statt, aber sie lassen sich allzu bereitwillig ablenken«, hörte er ihn sagen. Das hatte er gesagt, als er über die Zaubertricks im Zirkus gesprochen hatte. »Die sehen nur, was sie sehen wollen«, hatte er hinzugefügt.

Edgar schüttelte sich. Was hatte er nicht sehen wollen? Er kniff die Augen zu, lauschte seinem Atem und ließ die Bilder im Kopf geschehen.

Er sah einen Schatten an Heinrich Noll herantreten. Der alte Mann schlief selig und schnarchte laut. Der Mörder stand hinter dem Sessel von Noll. Ein präziser Griff über die Rückenlehne um die Brust, eine Hand bewegt sich von links nach rechts. Schnitt. Die Szene in Edgars Kopf wechselte in die Scheune. Georg Fuhrmann stand seinem Mörder gegenüber, ohne auch nur das Geringste davon zu ahnen, was ihm in einer Sekunde bevorstand. Er musste ihm viel Vertrauen entgegengebracht haben, dass er ihn so nahe kommen ließ. Vielleicht hatte der Mörder geflüstert, er wolle ihm ein Geheimnis verraten, und Fuhrmann war dicht an ihn herangerückt. So konnte er die Klinge unmöglich sehen, die sich von vorne seinem Hals näherte. Ein schneller Schnitt von rechts nach links.

Edgar schlug die Hände vor das Gesicht, um die Bilder zu vertreiben. »Es ist derselbe Mörder«, murmelte er durch die gespreizten Finger hindurch.

»Wie bitte?«, wisperte Schwester Margot.

Er drehte sich zu ihr um und fixierte sie. »Raus mit der Sprache. Hier stimmt doch etwas nicht.«

»Ich weiß nicht, was Sie meinen.«

Edgar ging auf sie zu, packte sie bei den Schultern und schüttelte sie. »Stellen Sie sich nicht dümmer, als Sie sind. Hier stimmt etwas ganz und gar nicht. Ich kann Ihr schlechtes Gewissen ja förmlich riechen.« Es war ihm egal, ob in einer Sekunde das gesamte Personal samt Polizei im Raum stehen würde. Er brüllte: »Also ein letztes Mal: Was ist hier los?«

Ein Zucken in ihrem Gesicht breitete sich vom Mund aus. Als es bei den Augen ankam, schossen Tränen hervor. Sie bebte innerlich.

Am liebsten hätte Edgar ihr eine Ohrfeige verpasst, aber das brachte er nicht über sich. »Na?«, brüllte er wieder und schüttelte den bebenden Körper erneut. Ihre Arme schlackerten wie die einer schlecht gestopften Gliederpuppe.

Sie wand sich aus seinem Griff, setzte sich auf das Bett und faltete die Hände im Schoß. »Der Pfarrer hat mir versprochen, dass ich von allen Sünden reingewaschen bin, wenn ich ihm helfe.«

»Von allen Sünden? Ihm wobei helfen?«

»Na, die Sache mit Lukas. Er hat gesagt, dass ich nicht in die Hölle komme, wenn ich tue, was er sagt.«

»Und was war das?«

»Erst wollte er nachts hin und wieder spazieren gehen. Ich hab ihm die Tür aufgeschlossen und es niemandem gesagt.«

Dann war das Auftauchen von Hochapfel in Nolls Träumen doch nicht nur Einbildung. »War Herr Hochapfel in der Nacht auf Montag auch spazieren?«

Ihr Blick sprach Bände.

»Warum haben Sie keinen Ton gesagt?«

»Ich hätte niemals gedacht, dass der Herr Pfarrer etwas Übles im Schilde führen könnte. Er ist doch ein Mann Gottes.«

Edgar schlug sich die Hand vor die Stirn. »Wie naiv sind Sie eigentlich?«

»Er ist alt. Wie soll er das gemacht haben, das mit Herrn Noll?«

»Er hat das Überraschungsmoment ausgenutzt. Die Opfer haben ihm vertraut. Und wenn keine Gegenwehr stattfindet, ist ein Kehlschnitt mit einer scharfen Klinge keine Sache von Körperkraft.«

Sie riss die Augen auf, schlug ein Kreuz vor ihrer Brust und flüsterte: »Jesus, Maria und Josef. Das werd ich ewig büßen.«

Edgar ekelte ihr Selbstmitleid an. Er drehte sich weg und schaute sich im Zimmer um. In einem Regal stand, zwischen Büchern schwer zu erkennen, ein schwarzer Koffer. Er zog ihn heraus, stellte ihn auf den Tisch und klappte den Deckel auf. Eine Reiseschreibmaschine. »Haben Sie etwa auch den Drohbrief bei Frau Pfeiffer eingeworfen? Oder war das der Pfarrer selber?«

Sie schlug die Augen nieder und flüsterte: »Das war ich. Ich hab meine Mutter besucht und hab ihn, wie befohlen, bei Frau Pfeiffer in den Kasten getan. Was stand denn drin?«

Edgar ließ die Frage im Raum stehen. Er versuchte, die Informationen zu sortieren. Warum sollte Hochapfel einen derart sinnlosen Drohbrief an Gudrun Pfeiffer verfasst haben? Unzufrieden stellte er den Gedanken zurück und ging zum nächsten über: »Sie haben Ihre Mutter besucht?«

»Anneliese Wiegand«, erwiderte sie.

Edgar sog tief Luft in die Lungen, hielt sie dort fest, zählte bis drei und stieß sie wieder aus. »Ihre Mutter hat Herrn Söder angeblich in der Mordnacht auf der Straße gesehen. Stimmt das etwa gar nicht?«

Der Kopf von Schwester Margot hing derart tief, dass Edgar das winzige Schulterzucken fast nicht sehen konnte.

Die Tür zum Zimmer flog auf und Ludger Käse stand da und schaute von Edgar zu Schwester Margot und zurück. »Was ist denn hier los?«

»Das fragen Sie besser Ihr Personal. Herr Hochapfel ist verschwunden. Wohl schon seit dem Mittag. Und was seinen Geisteszustand angeht, kann Ihnen Schwester Margot einiges berichten, was Sie bisher nicht wussten.«

Käses Kopf fuhr herum, er starrte Schwester Margot herausfordernd an.

»Er hat gesagt, ich werd in die Hölle kommen«, wimmerte sie.

»Da hat er recht gehabt«, zischte Käse. Er wandte sich an Edgar: »Wie konnte er denn einfach so verschwinden?«

»Zunächst sah es so aus, als ob er entführt wurde. Aber nach den neuesten Informationen habe ich eher den Verdacht, dass er sich hat abholen lassen, um seinen Plan zu vollenden. Wie auch immer der aussieht.«

Käse schüttelte ungläubig den Kopf. »Er kann das unmöglich gespielt haben. Der Mann war zutiefst verwirrt, dafür hätte ich meine Hand ins Feuer gelegt.«

Edgar erinnerte diesen Moment bei seinem ersten Besuch mit Johann Veit und Albrecht, in dem Hochapfel ihm in die Augen geschaut hatte. Sein Blick war klar gewesen und durchdringend. Dennoch hatte er keinen Verdacht geschöpft. »Nun, Herr Käse, wenn man an etwas glauben möchte, bemerkt man die Zeichen möglicherweise nicht.«

Käse sah aus, als sei das ein schwacher Trost.

»Die Polizei ist bereits über das Verschwinden von Hochapfel informiert. Allerdings sollten Sie Schwester Margot am besten gleich im nächsten Revier abliefern. Immerhin handelt es sich um Beihilfe zum Mord.«

»Um Himmels willen!«

»Sie hat Hochapfel mehrere Gelegenheiten verschafft, unbemerkt das Altenstift zu verlassen. Ich würde sonst was darauf wetten, dass die beiden Morde in Wickenrode auf sein Konto gehen.«

»Das wird ja immer schauriger«, Käse schüttelte sich.

»Ich fürchte, Herr Käse, wir haben den Höhepunkt der Schaurigkeit noch nicht erreicht. Jetzt müssen wir Hochapfel und Söder erst mal finden.«

»Wenn ich etwas tun kann, dann lassen Sie es mich wissen.« Reue schwamm dick in Käses Stimme.

»Benachrichtigen Sie die Polizei – doppelt hält besser. Und passen Sie auf Schwester Margot auf, damit sie nicht noch mehr Schaden anrichtet.«

Die Schwester saß zusammengefallen auf dem Bett. Tränen tropften auf ihr hellblaues Schwesternkleid und hinterließen dunkle Flecken. Hochapfel hatte ihr versprochen, sie vor dem Fegefeuer zu bewahren, nun würde sie für den Rest ihres Lebens in der Hölle ihrer Selbstvorwürfe schmoren.

Edgar empfand kein Mitleid. »Ich muss los. Wenn es etwas Neues gibt, lasse ich es Sie wissen.«

Käse schlug ihm zum Abschied aufmunternd kollegial auf die Schulter.

Edgar beeilte sich, den Raum zu verlassen.

Bis zur Autotür hatte er erfolgreich verdrängt, dass ihm die Rückfahrt noch bevorstand. Er setzte sich hinter das Steuer, betätigte den Zündschlüssel, umfasste das Lenkrad mit beiden Händen wie einen Stier bei den Hörnern und gab Gas. In der Tat kam er sich ein wenig wie ein Torero vor, als er den Wagen nach Wickenrode lenkte. Er trat das Pedal tiefer und dachte: Das unberechenbare Tier sitzt nicht unter der Motorhaube, sondern vor dem Steuer.

*

Wenn es nach Kuno gegangen wäre, wären sie schnurstracks auf die Jagdhütte von Fritz Veit zugestürmt. Mit aller Kraft hielt Albrecht mit links das Leinenende und mit der verstauchten Hand packte er Conrad Brix am Ärmel und zerrte ihn hinter ein Gebüsch. Die Wirkung der Schmerztabletten ließ nach und er biss die Zähne aufeinander. Das dichte Buschwerk verschaffte ihnen die Möglichkeit, sich einen Überblick zu verschaffen, bevor sie womöglich in eine unüberschaubare Situation hineinstürmten.

An genau dieser Stelle hatte Albrecht letzten Sommer gehockt und die Hütte beobachtet. Fritz Veit hatte hier gehaust, seit er es im Dorf nicht mehr aushielt; fast zwanzig Jahre waren das gewesen. Jetzt sah alles so aus, als ob eine Ewigkeit kein Mensch dieses Fleckchen Erde betreten hätte. Die Läden waren vor die Fenster geklappt und zusätzlich mit Brettern vernagelt. Ein Balken lehnte neben der Tür, die einen Spalt offen stand.

Albrecht schaute Brix an. Der verzog skeptisch die Mundwinkel.

»Wir sollten uns lieber einen Überblick verschaffen, bevor wir hineingehen. Was meinen Sie?«, flüsterte Albrecht.

Brix zog die Nase kraus und wisperte: »Ich weiß nicht. Das gefällt mir nicht.«

Kuno ruckelte an der Leine. Albrecht hielt ihn am Halsband fest. Der Rüde schien großes Interesse für etwas jenseits des Gebüschs zu entwickeln.

Von der anderen Seite der Hütte näherten sich schwere Schritte. Albrecht hielt Kuno den Fang zu, um verräterische Geräusche zu verhindern. Die Männer duckten sich.

Auf der gegenüberliegenden Seite der Lichtung kroch Johann Veit aus einem Gebüsch, blieb auf dem Vorplatz zur Hütte stehen und schaute sich um. Er schien den Boden nach Fußspuren abzusuchen und kratzte sich ratlos den Schopf. Im matschigen Untergrund war jede Spur binnen kürzester Zeit getilgt worden. Er schlich zur geöffneten Tür, verharrte und lauschte.

Kuno bockte unter Albrechts Griff, lange würde er den Rüden nicht mehr halten können.

Veit machte einen unsicheren Schritt nach vorne. Sah sich erneut über die Schulter um, drückte die Hüttentür auf und verschwand darin.

Keine Minute später stand er wieder draußen. Sein Körper bebte. Er öffnete den Mund, wollte etwas sagen, kam aber nicht dazu: Eine Fontäne Erbrochenes schoss heraus. Er wischte mit dem Handrücken über die Lippen und flüsterte: »Scheiße.«

In diesem Moment wand sich Kuno aus Albrechts Griff und stürmte auf Veit zu. Der starrte den Rüden an, als sei er eine Fata Morgana, dann begannen seine Augen das nahe Dickicht abzusuchen. »Hallo? Ist da jemand? Ich brauche Hilfe!«, rief er unsicher. »Schnell!«

Brix stieß Albrecht in die Seite. »Jetzt ist es eh egal.« Er stand auf.

Albrecht griff nach Brix' Arm, doch der war schneller und bereits einen Schritt vor das Gebüsch getreten.

Veit bemerkte ihn. Er tänzelte auf der Stelle, als wolle er gleichzeitig davonlaufen und stehenbleiben. Kuno vergrub seine Nase tief in das Erbrochene.

Albrecht erhob sich und folgte Brix. Jetzt war es wirklich egal. Als Veit ihn sah, hörte das Tänzeln auf. »In der Hütte.« Er zeigte in die offene Tür. »Bitte!«

Albrecht erschrak, Veits Miene schien in Panik festgefroren zu sein. Brix ging an ihnen vorbei zur Tür. Bevor Albrecht irgendetwas sagen konnte, um ihn aufzuhalten, war er in der Hütte verschwunden. »Was ist denn dort?«, fragte er Veit.

Der öffnete den Mund und produzierte kleine Bläschen aus Spucke, aber keinen Ton. Er deutete nur mit ausgestrecktem Arm zur Tür.

Albrecht hielt den Kopf in den Türspalt und linste in das Innere der Hütte. Zappenduster da drin, lediglich ein feiner Strahl zog sich auf dem Boden von der Tür bis in den Raum.

Aus dem Dunkel brüllte Brix: »Ich brauche mehr Licht!«

Albrecht trippelte einen Moment auf der Stelle, zog die Taschenlampe aus dem Rucksack. Er knipste sie an und folgte ihrem Lichtkegel. Einen Schritt hinter sich spürte er Veit folgen.

Ein fieser Gestank raubte Albrecht den Atem. Er blieb stehen, Veit lief auf ihn auf. In diesem Augenblick wanderte der Lichtkegel der Taschenlampe über einen Anblick, den

Albrecht schon hundertmal beim Schlachten gesehen hatte. Nasse, glänzende Gedärme. Albrecht führte den Schein der Lampe über die Szene, obwohl er gar nicht hinsehen wollte.

Auf einem Stuhl hing ein Körper. Er war dort mit groben Stricken festgezurrt. Der Bauch sah aus, als sei er aufgeplatzt, der Kopf war mit einem Laken abgedeckt.

Brix stand davor und starrte auf das Blutbad, das sich im Schein der Taschenlampe offenbarte.

In Albrechts Rücken flüsterte Johann Veit: »Lieber Gott, sei uns gnädig.«

Wir sitzen allesamt in der Falle.

Die Tür klappte zu. Ein Rumpeln ließ vermuten, dass der Holzbalken, der neben der Tür gestanden hatte, in die Halterung fiel.

Albrecht fuhr herum und zielte mit der Taschenlampe auf die Tür. Eine schwere Kette wurde von außen am Holz entlanggezogen.

Veit schrie wie ein Irrer und rammte sein gesamtes Körpergewicht dagegen. Die Tür zitterte nicht mal unter seinem Ansturm. Er sank vor ihr auf dem Boden zusammen und wimmerte.

In einem Wust aus Gedanken löste sich einer heraus, den Albrecht bewusst wahrnahm. *Wir werden alle sterben.*

»Ich brauche Licht, verdammt!«, fluchte Brix aus der Dunkelheit. »Der Mann hier lebt noch.«

*

Der Regen setzte zeitgleich mit der Dämmerung ein. Edgar bog in Albrechts Einfahrt ein und stellte den geliehenen Borgward neben einem Polizeifahrzeug ab, das dort parkte. Ein Beamter saß hinter dem Steuer und hielt ein Nickerchen.

Edgar betrat die Küche. Matthias Frank hatte das Gipsbein auf einem Stuhl abgelegt, Lukas schaute Edgar erwartungsvoll entgegen.

Edgar ließ sich auf die Eckbank fallen. Wo sollte er bloß anfangen?

»Ich bin ziemlich sicher, dass Söder den Hochapfel nicht entführt hat, sondern umgekehrt.«

Frank nahm das Bein vom Stuhl, um sich weiter vorbeugen zu können. »Wie bitte? Ich habe mich ja wohl verhört.«

»Nein, haben Sie nicht. Anneliese Wiegand, die Söder gesehen haben will, ist die Mutter von Margot Kuhn«, Edgar nickte in Richtung Lukas. »Margot Kuhn, geborene Wiegand, ist die betreuende Schwester von Hochapfel im Altenstift. Sie hat zugegeben, den Pfarrer regelmäßig unbemerkt aus dem Stift gemogelt zu haben.«

Lukas riss die Augen auf und sog die Lippen in den Mund.

»Sie wurde von Hochapfel erpresst.« Edgar schaute zu Lukas. »Wusstest du, dass sie verheiratet ist?«

»Ja, schon. Aber das hat es ja nit davon abgehalten, mich in die Waldhütte zu locken.«

Edgar schüttelte den Kopf. Wann würde der Kerl endlich einsehen, dass er erwachsen werden musste. Zu Frank sagte er: »Wir müssen unbedingt nach den beiden suchen. Hochapfel ist zu allem fähig.«

»Und wo kann er sein?«

»Sie sind sicher immer noch mit Lukas' Auto unterwegs. Wir haben die Nachbarorte abgegrast, dort wurde der rote Opel nirgendwo gesichtet. Albrecht und mein Vater sind in die Wälder und klappern die üblichen Orte ab.«

»Ja, Himmelherrgott noch einmal!« Frank schlug mit der Hand auf den Tisch. »Sie lassen zwei alte Männer bei Einbruch der Dunkelheit durch den Forst streifen, wenn

Sie vermuten, dass dort ein Mörder unterwegs ist?« Frank funkelte Edgar an. Mann, werden *Sie* doch endlich erwachsen, schien er sagen zu wollen. »Wie lange sind die beiden schon weg?«, bohrte er.

»Seit dem Mittag.« Edgar überging den Impuls, die folgende Information für sich zu behalten. »Johann Veit ist ebenfalls verschwunden. Hat sich nach unserem Besuch in Helsa abgesetzt.«

Frank atmete tief ein und pumpte seinen Oberkörper auf, als wolle er platzen. Er ließ die Luft geräuschvoll entweichen, sein Blick glitt in die einsetzende Dunkelheit jenseits der Fensterscheibe. Er sprach leise, umso bedrohlicher klang es. »Ich lasse mich jetzt in das Altenstift bringen, rede mit Herrn Käse und dieser Schwester und wenn ich zurückkomme und die beiden älteren Herren sind nicht zurück, haben Sie beide ein ernsthaftes Problem. Und falls das Verschwinden von Herrn Veit irgendwelche Folgen haben wird, wandern Sie gemeinsam mit ihm in eine Zelle.« Frank kämpfte sich an den Krücken hoch und stakste aus der Küche, ohne sich noch einmal umzudrehen.

Im Raum kehrte eine unheimliche Stille ein. Edgar sah Lukas eine Weile an. »Wir haben ziemlichen Mist gebaut.«

»Da könnste recht honn.« Lukas knabberte an seinem Daumennagel. »Was machen wir denn, wenn de beiden nit zurückkommen?«

»Ich hab keine Ahnung.« Edgars Puls beschleunigte. Die Erkenntnis, dass Albrecht und sein Vater in ernsthaften Schwierigkeiten stecken könnten, quälte sich durch seinen Verstand. Er bemühte sich, ruhig zu bleiben, um klar denken zu können. Die beiden konnten gut auf sich selber aufpassen. *Aber es sind zwei alte Männer.* Zwei, die schon schwierigere Situationen gemeistert hatten. *Sie wis-*

sen nicht, was du weißt. Sie haben keine Ahnung, in was für eine Gefahr sie gerannt sind. Aber die zwei nahmen es doch locker mit einem Gegner wie Hochapfel auf. *Hochapfel hat zwei Männer ermordet.* Aber die waren nicht auf der Hut vor dem Pfarrer. *Sind die beiden anderen auch nicht.*

Edgar sprang auf. So ging das nicht weiter. Diese endlose Gedankenspirale führte nirgendwohin.

In der Einfahrt tauchte ein Motorengeräusch auf. Die Bremse quietschte, der Wagen blieb kurz stehen, dann wurde ein Gang eingelegt und Scheinwerfer strichen durch die Küchenfenster.

Eine halbe Minute später stand Fiona in der Tür. Sie knipste das Licht an. »Warum sitzt ihr beiden denn hier in der Dunkelheit?« Ihre Augen fahndeten im Raum umher und verfingen sich mit Edgars Blick. »Was ist los? Wo ist mein Vater?«

Edgar ging auf sie zu, sie wich zurück und hielt abwehrend die Hände hoch. »Wo ist mein Vater?«

»Wir warten auf ihn. Er kommt ganz sicher bald heim.« Edgar glaubte sich selber keine Silbe.

*

Mit Mühe hatten Albrecht und Conrad Brix den schwerverletzten Friedberg Söder behutsam auf den Boden gelegt. Mit Johann Veit war nichts anzufangen, er hockte vor der Tür und wimmerte. Brix hatte, ohne auch nur eine Sekunde zu zögern, sein Hemd in Streifen gerissen und die klaffende Bauchwunde notdürftig verbunden. Mittlerweile hatte Albrecht den Helm mit der Grubenbeleuchtung auf ein Regal gelegt, so dass er den Raum in ein schummriges Licht tauchte. In Brix' Gesicht mischten sich zwei Ausdrücke. Die besorgten Augen eines Arztes, dem die Hände gebunden waren, und eine Mimik, die Abscheu über diese kaltblütige Tat verriet.

Albrecht las jedes Zucken in Brix' Gesicht, als sei es sein eigenes. Seit Söder auf dem Boden lag, hatte Albrecht geschwiegen. Dafür gab es keine Worte. Niemand, der auch nur einen Funken Menschlichkeit in sich trug, schnitt einen anderen bei lebendigem Leibe auf und ließ ihn so sitzen. Er wollte nicht darüber nachdenken, ob es eine Gnade oder ein Fluch war, dass Söder noch lebte.

Veits Wimmern war das einzige Geräusch im Raum. Albrecht hatte immer wieder sein Ohr an die Fenster gedrückt. Draußen war es, als habe die Welt sie vergessen. Er hatte gehofft, einen Laut von Kuno zu vernehmen, aber der schien ebenfalls wie vom Erdboden verschluckt.

Albrecht löschte die Taschenlampe, um Batterien zu sparen. Die Grubenlampe malte schwarze Schatten in den Raum. Jemand hatte alle Gegenstände aus der Hütte entfernt bis auf einen Tisch und vier Stühle. Das Ofenrohr stak aus der Wand, selbst der Ofen war verschwunden. Hier gab es nichts mehr, was ihnen Dienste leisten konnte. Albrecht ärgerte es, dass er nicht wenigstens eine Decke mitgenommen hatte. Du hättest es besser wissen müssen, schalt er sich in Gedanken. Das Handgelenk schmerzte. Ihm fielen die Tabletten in der Tasche ein. Er warf sich eine in den Mund. Der Speichel war klebrig, er konnte sie nicht schlucken. Er überlegte, mit Tee nachzuspülen, entschied dann, dass der zu wertvoll dafür war, und hielt den bitteren Geschmack in seinem Mund aus.

Er hockte sich neben Brix, der mit seiner wechselvollen Mimik auf Söder starrte, und hielt ihm die Tabletten hin. Der sah ihn an, als sei dieses Angebot ein schlechter Scherz. »Atmet er noch? Ich kann gar nichts sehen«, fragte Albrecht.

»Noch. Noch atmet er. Sein Puls wird minütlich schwächer. Zwar hat er Glück gehabt, dass keine großen Blutgefäße verletzt wurden, sonst wäre er sofort verblutet. Aber selbst wenn er das hier überlebt, wird ihn eine Infektion des Bauchraums töten.«

»Wie lange hält er das durch?«

»Ein paar Stunden, vielleicht kürzer.«

»Was denken Sie, wer uns hier eingesperrt hat?«

»Alle bis auf Hochapfel sind hier im Raum. Schwer vorzustellen, aber er ist der Einzige, der infrage kommt.«

Albrecht schaute zu Söder. »Ich kann nicht glauben, dass der Pfarrer zu so etwas fähig wäre.«

»Menschen sind zu allem fähig«, sagte Brix bitter. »Wenn er uns hier vorsätzlich eingesperrt hat, dann sollten wir anfangen, Gebete zu sprechen.«

Albrecht fand diesen Vorschlag aus Brix' Mund seltsam. »Beten wird uns kaum hier rausbringen.«

»Haben Sie eine bessere Idee? Nur Edgar und Lukas können uns noch helfen. Wer sonst weiß denn, wo wir sind?«

»Ich hoffe doch, dass die Polizei mittlerweile nach uns sucht.«

»Pft«, machte Brix. »Die Polizei.«

Offensichtlich hatte er eine ebenso gute Meinung von den Gesetzeshütern wie sein Sohn.

Brix tupfte Söder die Stirn.

»Hat er Schmerzen?«, fragte Albrecht.

»Er ist zum Glück bewusstlos. Und ich hoffe für ihn, dass es so bleibt.« Brix sah ihn hart an. »Haben wir irgendeine Chance, hier rauszukommen?«

»Vor den Fenstern sind die Läden und davor Bretter. Um die Tür einzutreten, bräuchten wir ein Pferd hier drin.«

Brix deutete mit einer Kopfbewegung zu Johann.

»Gucken Sie sich den doch an. Der ist vielleicht stark wie ein Ochse, aber auch genauso weich«, flüsterte Albrecht.

Brix seufzte. »Kann er nicht wenigstens aufhören zu jammern?«

»Ich sehe, was sich tun lässt«, Albrecht schlug sich auf den Oberschenkel und hievte sich mit Hilfe einer Stuhllehne nach oben. Er füllte den Deckel der Thermoskanne mit einigen Schlucken Tee und schlich zu Johann Veit hinüber. Er bewegte sich in Zeitlupe, um ihn nicht zu erschrecken. Nicht auszudenken, wenn der Kerl hier drin durchdrehen würde. Es knackte laut in Albrechts Knien, als er sich neben ihn hockte. »Johann, bitte beruhig dich. Wir brauchen alle einen klaren Kopf, wenn wir hier rauswollen.« Er hielt den Becher vor Veits Nase, bis dieser den warmen Dampf spüren musste.

Veit schüttelte den Kopf. Immerhin hörte das Wimmern auf. »Ich kann nicht.« Seine Stimme war ein raues Flüstern.

Albrecht hüstelte die Beklemmung weg. »Doch, du kannst. Du musst. Du bist der Einzige hier drin, der körperlich dieser Lage etwas entgegensetzen kann. Schau uns zwei Greise an. Wenn wir uns auch noch um dich kümmern müssen, sind wir verloren.«

»Wir sind doch schon tot.« Veit hatte den Kopf gehoben. Im diffusen Schein der Helmbeleuchtung sah sein Schädel wie der eines grobgeschnitzten Golems aus. Er flüsterte: »Ich weiß gar nit, ob ich hier raus will. Ist es nit für alle besser, wenn wir hier drin sterben?« Seine Augen nahmen einen verzweifelten Ausdruck an. »Ich kann mich erinnern. Es ist alles wieder da.«

*

Edgar rang um jedes Wort. Bloß nichts sagen, was Fiona dazu veranlassen würde, vollends die Fassung zu verlieren oder etwas Dummes zu tun. Endlich war er der Meinung, ihr alles erzählt zu haben, was sie von den Ereignissen des Tages wissen musste. »Wenn sie morgen früh nicht …«, ein Blick zu Fiona genügte und Edgar ließ den Satz unbeendet. Er hatte in ihren Augen gelesen, dass »morgen früh« nicht zur Debatte stand. Im vergangenen Sommer hatte er eine Nacht untätig verstreichen lassen und es hatte Albrecht beinahe das Leben gekostet. Es tat ihm leid, aber die Sorge um das Leben von Albrecht lag ihm drängender auf der Seele als um das seines eigenen Vaters. Er sah die Liebe in Fionas Augen und die Verzweiflung und wünschte sich, er könnte dasselbe empfinden.

Die Entscheidung war wortlos gefallen; ein Blickwechsel und ein Nicken hatten gereicht. Was sie vorhatten, war der pure Wahnsinn: In der anbrechenden Nacht ohne die Polizei durch die Wälder zu streifen – niemand außer Lukas Söder würde ihn bei dieser Riesendummheit unterstützen.

Draußen näherte sich ein Motorengeräusch. Edgar schaute aus dem Küchenfenster. »Frank«, sagte er. »Kein Wort über das, was wir vorhaben, sonst nimmt der uns in Schutzhaft.«

Fiona und Lukas nickten wortlos mit zustimmenden Mienen.

Frank klapperte auf Krücken die Treppe hinauf, Edgar öffnete ihm die Tür. Gemeinsam betraten sie die Küche.

»Ach, Fräulein Schneider.« Frank schaute zu Edgar.

Der schürzte die Lippen, um zu signalisieren, dass sie bereits über die Ereignisse informiert war.

»Das ist ja eine vertrackte Situation. Schwester Margot hat alles zugegeben. Sie hat sich von Hochapfel unter Druck setzen lassen und ihm tatsächlich ermöglicht, unbemerkt im Altenstift ein und aus zu gehen. Und sie war es auch, die vom Telefon des Heims aus die Polizei in den Brauborn gelotst hat. Spätestens zu diesem Zeitpunkt musste sie zumindest ahnen, dass sie sich auf ein Spiel mit dem Teufel eingelassen hat.« Frank guckte zufrieden, so als fände er dieses Wortspiel irgendwie besonders treffend.

»Wie konnte ein alter Greis derart viel Druck auf sie ausüben?« Fiona sah aus, als würde ihr so etwas niemals passieren können.

»Margot Kuhn, geborene Wiegand. Spätaussiedler aus Polen. Erzkatholisch. Da reicht die pure Androhung der Hölle und dann auch noch von einem Geistlichen. Zumal, wenn das schlechte Gewissen beißt, nicht wahr, Herr Söder?«

Lukas schaute trotzig. »Ich hab es ja zu nix gezwungen.«

»Jaja.« Frank winkte ab, als habe er das schon tausendmal gehört.

»Ob Frau Kuhns Mutter Herrn Söder in der Nacht wirklich auf der Straße gesehen hat oder ob diese Aussage auch auf den Druck des Pfarrers zurückzuführen ist, kann ich noch nicht sagen.«

Fiona hatte ihre kampflustige Miene aufgesetzt, die Edgar innehalten ließ. »Und was gedenken Sie nun zu tun?« Ihre Stimme war rau geworden und rechts und links des Mundes hatten sich diese Falten eingegraben, die stets auftauchten, wenn Fiona etwas bitterernst meinte.

»Heute Nacht machen wir gar nichts. Die Herren sind ja noch keine vierundzwanzig Stunden vermisst.«

Fiona holte Luft, Frank kam ihr zuvor. »Ja, ich weiß, es handelt sich hier nicht um eine alltägliche Vermisstenmeldung. Und glauben Sie mir, ich nehme die Sache sehr ernst, aber um eine Sucheinheit zu bekommen, muss ich schon einen guten Grund vorweisen können.«

»Und da reichen fünf verschwundene Männer, von denen mindestens einer ein Mörder ist, nicht aus?« Fionas Stimme schrillte durch die Küche.

»Wir haben es mit drei unterschiedlichen Fällen zu tun. Das Verschwinden von Hochapfel und Söder halte ich für die dringlichste Angelegenheit. Ihr Vater und der Vater von Herrn Brix; das ist ernst, wenn zwei alte Männer durch den Wald irren, aber es ist ja überhaupt nicht gesagt, dass die mittlerweile in die Entführung verwickelt sind. Und ob Herr Veit nicht längst über alle Berge ist, kann ebenfalls keiner wissen. Was also soll ich Ihrer Meinung nach zuerst anordnen?«

Fiona sah aus, als hätte sie eine Rasierklinge verschluckt. »Von mir aus brauchen Sie überhaupt nichts zu tun. Wir erledigen ohnehin die ganze Zeit Ihre Arbeit. Und finden Sie nicht, dass es das mindeste wäre, einen Kommissar zu schicken, der auch einsatzbereit ist?« Sie zeigte auf Franks Gipsbein.

Edgar sah die angespannte Wangenmuskulatur in Franks Gesicht. Er biss fest die Zähne aufeinander. Die Worte mischten sich mit einem Knirschen. »Wenn die Herren sich im Laufe der Nacht wieder einfinden, melden Sie sich bitte. Ansonsten kehre ich im Morgengrauen mit einer Sucheinheit zurück. Und falls Sie auf die Idee kommen sollten, auf eigene Faust etwas zu unternehmen, und jemand zu Schaden kommt, dann werde ich Sie alle persönlich zur Verantwortung ziehen. Haben wir uns verstanden?«

Edgar nickte. Er vergewisserte sich, dass Lukas und Fiona es ihm gleichtaten.

Frank sah nicht so aus, als würde er es ihnen abkaufen.

Er kämpfte sich auf die Krücken und humpelte aus der Küche. Ohne sich umzudrehen, murmelte er: »Bis morgen früh. Und sehen Sie zu, dass Sie dann alle noch am Leben sind.«

Der Satz blieb lange, nachdem Frank zur Tür hinaus war, im Raum hängen. Fiona wischte mit der Hand fahrig durch die Luft, als wolle sie ihn verscheuchen. Der Ausdruck auf ihrem Gesicht wurde weicher. »Vielleicht hat er recht. Es ist keinem geholfen, wenn ihr auch noch euer Leben aufs Spiel setzt.«

Lukas sprang auf. »Ich konn hier nit untätig Mullaffen feilhalten. Is mir gleich, ob du mitkommst, ich mach mich onne.«

Edgar fasste ihn am Ärmel. »Ich bin ja bei dir, Lukas. Nur lass uns erst mal überlegen. Wo wollen wir suchen? Und vor allem: Wie? Mit dem Auto kommen wir bei den Verhältnissen nicht weit.«

»Der Albrecht und dinn Vadder sinn nach Norden. Ich würd minnen Arsch druff verwetten, dass se bi unserer Hütte waren. Vielleicht gibbets do Spuren oder Hinweise.«

»Stimmt. Wir sollten dort auf jeden Fall nachsehen. Wir werden wohl zu Fuß gehen müssen.«

»So siehts uss.«

Edgar rang sich ein Seufzen ab. »Wir brauchen Ausrüstung. Taschenlampen, Decken, etwas Warmes zu trinken.«

»Das wird aber kinn Picknick nit.«

»Doch nicht für uns, Lukas. Vielleicht ist einer der anderen unterkühlt oder verletzt. Ich geh nach Hause und packe aus meiner Arzttasche das Nötigste in einen Rucksack und du kümmerst dich um Licht und Decken.«

»Ich mache euch Tee zum Mitnehmen fertig«, warf Fiona ein.

Edgar nahm ihre Hand und sah ihr fest in die Augen. »Ich weiß, was ich von dir verlange, aber du musst hierbleiben. Es besteht immerhin noch die Chance, dass die beiden vor uns zurückkommen, und es ist möglich, dass Frank einen Kontrollanruf macht.«

Sie presste die Lippen zusammen und brachte sie nur mühsam auseinander. »Bring ihn mir heil zurück. Versprichst du mir das?«

Tod und Teufel. Auf einmal schienen sich die beiden hinter Edgars Rücken die Hände zu schütteln. Ein eisiger Strom rann ihm die Wirbelsäule hinab. Was konnte er versprechen, was nicht eine glasklare Lüge war? »Ich gebe dir mein Wort, dass wir Ostersonntag mit unseren Vätern Kaffee trinken.« Er beeilte sich, sie zu sich heranzuziehen und ihren Kopf an die Brust zu drücken, damit sie seinen Gesichtsausdruck nicht sehen konnte. Er hielt sie umklammert und spürte ein Flattern unter ihrer Haut. Hoffentlich behielt sie die Nerven.

✳

Albrecht ließ sich neben Johann Veit auf den Boden rutschen. Er nippte am Tee und wartete ab.

Nach einer Weile begann Veit leise zu reden: »In dem Moment, als die Tür zuschlug, hab ich den Lufthauch der Axt gespürt, wie sie neben meinem Ohr zu Boden saust. Und den Ruck, mit dem ich von den Füßen geholt wurde.«

Vor Albrecht stand dieser Augenblick aus der Erinnerung auf, als sei es gerade eben erst geschehen. Wie er die Tür geöffnet hatte, ohne zu ahnen, was ihn davor erwartete. Wie er Johann Veit am Schlafittchen in den Flur gezerrt hatte. Er hatte das Blitzen der Axtschneide gesehen und gehandelt. Wie oft hatte er sich seither gewünscht, er hätte die Tür nicht geöffnet. Hätte mit dieser Handlung nicht in das Schicksal so vieler Menschen eingegriffen. Albrecht seufzte. Das Was-Wäre-Wenn-Spiel kaute er nun schon seit endlosen Jahren durch, und immer kam er zum selben Ergebnis: Die Dinge waren so, wie sie waren, und keine Grübelei änderte daran auch nur das Geringste.

Veits Stimme holte Albrecht aus den Gedanken: »Ich erinnere mich an den Morgen. An meine Flucht im Morgengrauen. Es war ein Sommertag nach einem Gewitter. Die Luft war dick zum Schneiden. Trotzdem habe ich gefroren. Ich habe beim Wasserhäuschen auf meinen Vater gewartet, wie du es mir befohlen hast. Ich musste lange warten. Ich dachte, er kommt nicht mehr, und wollte schon wieder ins Dorf zurückkehren, aber dann tauchte er auf. Er hat mir nit erzählt, was er getan hatte. Ich konnte es mir denken. Ich hatte den Wagner ja gesehen, wie er in deinem Hof lag. Ich hab ihn angebettelt, dass er mich hier in der Hütte verstecken soll. Er hat mich gefragt, ob ich will, dass die ganze Familie zum Teufel geht. Ob ich will, dass wir beide ins Gefängnis wandern und die Magda ihr Kind alleine aufziehen muss. Er hat mir erzählt, dass es Zeugen gab. Den Pfarrer, den Fuhrmann, den Söder. Und dass die alle nur dichthalten, wenn endlich Frieden in den Ort einkehrt.« Er schaute Albrecht fest in die Augen. »Er hat gesagt: Du musst verschwinden!« Also bin ich verschwunden und mit mir die Erinnerung. Verstehst du? Ich bin doch schon tot. Für was soll ich mich denn zusammenreißen? Dann sterben wir eben jetzt und hier. Ist es nit für alle das Beste?«

Vielleicht hatte Veit recht. Dann würde ein für alle Mal Ruhe einkehren. Keine Selbstzweifel, keine Vorwürfe mehr.

Diese Vorstellung kam Albrecht geradezu lächerlich ver-
lockend vor. »Dass wir heute hier drin sterben, hilft niemandem. Das Leid endet nur, wenn die Wahrheit ans Licht
kommt. Was glaubst du denn, was den Hochapfel treibt?
Der ist doch von allen guten Geistern verlassen. Auf einem
Kreuzzug muss der regelrecht sein, dass er so etwas tut.
Der hört nicht auf, bloß weil wir uns unserem Schicksal
ergeben.«

Veit setzte sich aufrecht. »Selbst wenn du recht hast, sitzen wir hier rum, zur Tatenlosigkeit verdammt, während
Söder stirbt.«

»Du hast gerade gesagt, der Söder war Zeuge?«

»Das hat mein Vater zumindest behauptet.«

Albrechts Gedanken überschlugen sich. »Dann wusste
er, dass du nicht der Täter warst. Warum ist er dir dann so
hartnäckig gefolgt?«

»Ist er nicht. Mein Vater hat Fuhrmann hinter der Truppe
hergeschickt, um Söder zu verraten, wo ich warte. Nicht,
um mich zu finden; die sollten auf jeden Fall weiter in die
andere Richtung laufen.«

»Dann hat Söder die Verfolgergruppe mit Absicht in die
Irre geführt?« Albrecht wurde der Hals eng. Mehr zu sich
selber als zu Johann Veit flüsterte er: »Der wollte dich gar
nicht finden. Und er hat das all die Jahre für sich behalten.« Er kroch auf allen vieren über den Boden, scherte sich
nicht um die Schmerzen im Handgelenk und in den Knien.
Er schmiegte sich dicht an den Körper von Söder und griff
nach dessen Hand. Er wollte etwas sagen, aber er wusste
gar nicht, was. Er spürte Tränen das Gesicht hinabrollen.
Ein heftiger Stich brannte wie Feuer in seinem Brustkorb
und raubte ihm den Atem. Er japste, drückte Söders Hand
und legte sie an seine Wange. Er beugte sich dicht neben

das Ohr von Söder. Er spürte die Kälte der Haut, die Kälte des Todes. »Tut mir leid«, flüsterte er ihm zu. »Es tut mir so furchtbar leid.«

Vom Dach der Hütte drangen dumpfe Geräusche ins Innere. Albrecht richtete sich auf. Gedämpft durch die Zwischendecke aus Holzbalken, klang es, als ob etwas über die Ziegel geschleift wurde. Dann polterte es laut.

Albrecht legte Söders Hand behutsam neben dessen Körper ab und wischte sich die Tränen aus dem Gesicht. Das Gefühl wechselte in einem Tempo, dass ihm schwindelig wurde. Hitze kroch vom Magen her auf. Die enge Luftröhre gab die Worte noch nicht frei, doch die Wut produzierte den nötigen Druck. »HOCHAPFEL?«, brüllte Albrecht gepresst. »Bist du da oben? Rede gefälligst mit uns!«

Vom Dach drang erneut ein Poltern, auf das ein anhaltendes Glucksen folgte. Das Geräusch schwoll in Wellen an. Die drei Männer starrten zur Decke.

Albrecht holte tief Luft. »HOCHAPFEL! Verdammt! Was soll das? Bist du von allen guten Geistern verlassen? Damit kommst du doch niemals durch.« Ihm tropfte eine Flüssigkeit auf die Stirn. Von überall aus der Decke schienen Tropfen zu fallen.

Johann Veit wischte sich etwas aus dem Gesicht. Er hielt die Finger an die Nase und schnupperte.

»Benzin«, sagte er.

*

Edgar hatte Not, an Lukas dranzubleiben. Der hatte den gesamten Weg in leichtem Trab zurückgelegt, ungeachtet des Rucksacks auf seinen Schultern und des stetig steiler werdenden Geländes. Der Kegel der Taschenlampe wieselte vor ihm auf dem Boden hin und her, doch Lukas schien überhaupt nicht nach unten zu sehen. Er hatte den Blick stur geradeaus gerichtet und zog das Tempo eher noch an als nachzulassen.

Edgar keuchte. Scitenstechen machte ihm das Atmen schwer. Er drückte eine Faust fest unterhalb des schmerzenden Zwerchfells und atmete flach. Er konnte unmöglich mit Lukas mithalten. Auf halber Strecke den steilen Waldweg zum Grundstück der Söders hinauf musste Edgar abreißen lassen. Er wollte Lukas hinterherrufen, dass er keine Dummheiten machen solle, aber der war längst außer Hörweite.

Beide Hände in die Seiten gepresst, japsend und pfeifend kam Edgar auf einem Plateau an. In einigen Metern Entfernung hing Lukas' roter Opel im Graben und an einem Zaun stand das Kaltblut mitsamt Karren und schnaubte. Edgar kämpfte sich bis zu dem Gaul vor und lehnte sich an dessen Seite, bis die Sterne vor seinen Augen aufhörten zu tanzen. Er spürte die Wärme des Pferdekörpers und den würzigen, vertrauten Geruch. »Du musst noch ein bisschen hier aushalten, alter Kerl«, flüsterte er dem Gaul zu.

Lukas rannte wie ein kopfloses Huhn herum. »Hier war jemand. Aber jetze is kinner mehr do.«

Edgar rang nach Atem. Für lange Reden reichte er nicht aus. »Veits Jagdhütte?«

Lukas blieb unvermittelt stehen, drehte sich um und nickte. »Veits Jadghütte«, bestätigte er. »Los, komm!«

Edgar hätte sich ohrfeigen können, nicht etwas mehr Zeit geschunden zu haben. Lukas war bereits auf und davon. Edgar klopfte dem Pferd ein letztes Mal aufmunternd auf die Flanke und machte sich an Lukas' Verfolgung.

*

»Wir müssen hier raus!« Veits Stimme klang ungewöhnlich schrill.

»Wir müssen zuerst mal einen klaren Kopf behalten.« Albrecht hatte Johann Veit bei den Schultern gepackt und flüsterte beschwörend auf ihn ein. Die Worte schienen auf dem Weg in Veits Ohr im Nirgendwo zu versacken.

Veit starrte die Wand an, als könnte sie sich auftun, wenn er sich nur genug anstrengte.

Der Gestank nach Benzin brannte in Albrechts Kehle.

Brix war neben Söder aufgestanden, reckte den Kopf Richtung Decke und rief: »Ihr Gott wird nicht gutheißen, was Sie vorhaben, Hochapfel.«

»Was soll das bringen?«, zischte Albrecht.

»Haben Sie eine bessere Idee?«, zischte Brix zurück.

Hatte er nicht. Er ließ Brix gewähren.

»Ihr Gott ist ein Gott der Gnade. Nicht wie meiner: Auge um Auge, Zahn um Zahn. Das ist nicht das Gebot eines Christen.« Er hielt inne, lauschte. Draußen blieb alles still.

»Glauben Sie, er hat seinen Sohn geopfert, damit Sie hier in seinem Namen Gott spielen?«

Albrecht bemerkte mit Grausen, wie viel Wahrheit in diesen Worten steckte. Sehr bald würde die Kirchturmuhr zwölfmal schlagen und damit den Karfreitag einläuten. Den Tag, an dem Jesus durch seinen Tod alle Sünden getilgt hatte. Hochapfel schien auf einer ähnlichen Mission zu sein: Die Vergangenheit zu tilgen, sie auszulöschen mit Mann und Maus. Albrecht sah den weggetretenen Greis vor sich, mit dem sie vor kurzem Kaffee getrunken hatten. War das möglich? Hatte er sich derart geschickt verstellen können? Aber wer außer Hochapfel blieb noch übrig, der sie hier eingesperrt und die Hütte mit Benzin übergossen haben konnte?

»Sie sollten das Urteil dem obersten Richter überlassen. Der hat für Amtsanmaßung noch nie viel übrig gehabt«, rief Brix nach oben.

Es polterte dumpf auf dem Dach. Eine brüchige Stimme drang durch die Deckenbalken: »Fangt an zu beten!«

✳

Obwohl sich einiges verändert hatte, erkannte Edgar den Ort sofort wieder. Im Schein der Taschenlampen lag die Hütte genauso still und verlassen da wie bei seinem letzten Besuch – und da hatte Fritz Veit noch hier gehaust. Es mochte an der Dunkelheit liegen, dass die Lichtung wirkte, als sei der Wald der Hütte im Verlauf des Jahres näher gekommen.

Edgar schlug sich durch die Büsche auf die freie Fläche vor der Hütte. Geräusche, die unmöglich menschlichen Ursprungs sein konnten, ließen ihn innehalten. Ein Quietschen und Jammern, Freude und Kummer zu gleichen Teilen. Hinter einem Gebüsch entdeckte er Lukas, dem die Taschenlampe aus der Hand gefallen war, über ihm hing Kuno. Er gab seinem Glücksgefühl hörbar Ausdruck; ihre Ankunft war im Umkreis eines Kilometers kein Geheimnis mehr.

»Gehst du von mir runner, du Drecksköter.«

»Komm her, Kuno!«, Edgar lockte den Rüden zu sich. Der wechselte das Objekt der Begierde und sprang mit seiner gesamten Körpermasse an Edgar hoch, der landete rücklings im Matsch. »Ach, Mist. Geh runter.« Er kämpfte sich unter dem Rüden hervor. »Na, wo ist dein Herrchen?«, flüsterte er ihm zu. Kuno sah ihn an, als sei das alles ein feines Spiel.

»Der hilft dir nit die Bohne weiter. Ich bind ihn an, sonst macht der uns als zwischen den Füßen rum.«

Lukas fummelte einen Strick aus dem Rucksack und band Kuno an einem Baum fest. Er hielt inne, schnüffelte und flüsterte: »Sprech moh, riechste das au?«

Edgar hielt die Nase in die Luft. Die Nacht roch nach Waldboden und Feuchtigkeit. In Wellen mischte sich ein Geruch darunter, der hier nichts zu suchen hatte. »Ich riech es auch. Was ist das?«

»Benzin«, stellte Lukas fest und leuchtete mit der Taschenlampe in Edgars Gesicht. »Ich denke, wir sinn hier richtig.«

»Wie kommst du darauf?«

Der Taschenlampenstrahl wanderte aus Edgars Blickfeld hinaus auf den Vorplatz des Hauses, tastete sich über die mit einer schweren Kette und einem Balken verrammelte Tür, am Holz der Hütte empor Richtung Dach und blieb dort auf einem Schatten hängen, der wie ein zu groß geratener Waschbär auf den Schindeln kauerte. In seiner Hand blitzte ein Gegenstand im Lichtkegel auf.

»Hochapfel«, sagte Lukas.

Edgar hob die Taschenlampe ebenfalls und richtete sie auf die Gestalt auf dem Dach. Hochapfel hing dort auf den schlüpfrigen Schindeln. Im Taschenlampenlicht blitzte es erneut. Edgar kniff die Augen zusammen. Ein Sturmfeuerzeug. *Tod und Teufel. Benzin und Feuer.* Und wenn ihn nicht alles täuschte, dann saßen die Männer, nach denen sie suchten, dort in der Hütte fest.

»Ich hol den ahlen Sack da runner«, Lukas wollte gerade einen Schritt hinaus auf die Lichtung tun.

»Nichts dergleichen wirst du tun! Wenn der das Feuerzeug anmacht und fallen lässt, dann geht hier alles in Flammen auf!«

»Ist viel zu nass, hier brennt doch nichts.« Der junge Söder tat einen Schritt nach vorne.

Edgar schnappte Lukas' Jackenstoff im Genick. »Hast du die Kette an der Tür gesehen? Die können da nicht raus. Wenn Hochapfel Benzin über das Dach gegossen hat, dann wird es zumindest eine Menge Qualm geben. Schau dir die verrammelten Fenster an, die ersticken jämmerlich da drin, bevor wir sie rausgeholt haben«, beschwor er Lukas.

Der sah ihn an, als würde er zur Not sogar Edgar umhauen, wenn der ihn länger davon abhielt, zu tun, was getan werden musste.

Edgar hielt dem Blick stand. *Tod und Teufel.* Diese Lektion würde Lukas heute lernen müssen. »Du sollst ihn dir ja holen, aber mit Bedacht. Ich verwickele ihn in ein Gespräch und du schleichst dich von hinten ran. Erst wenn der seine Konzentration auf mich gelenkt hat, gehst du aufs Dach. Sieh zu, dass du dir das Feuerzeug schnappst, okay?«

»Verstanden.« Lukas' Augen blieben bei ihrem beinharten Blick, dahinter flackerte Einverständnis.

Edgar hätte sich besonneneren Beistand gewünscht, aber nun hatte ihm das Schicksal eben Lukas zugelost. Er musste das Beste daraus machen. Er atmete ein paarmal tief durch und trat hinaus auf die Lichtung, so dass Hochapfel ihn von seinem Sitz auf dem Dach aus zumindest gegen den Schein der Taschenlampe erahnen konnte.

»Hochapfel!«, rief Edgar. Laut genug, damit die Männer, die er in der Hütte vermutete, ihn hören konnten und im besten Fall ein Lebenszeichen von sich geben würden.

✳

»Edgar.« Brix stöhnte den Namen seines Sohnes mehr, als dass er ihn aussprach. »Guter Junge.«

Seine Miene veränderte sich und Albrecht wünschte,

Edgar hätte diesen Ausdruck der Erleichterung im Gesicht seines Vaters sehen können.

»Wir müssen uns bemerkbar machen«, sagte Brix.

»Ja, aber verhalten. Nicht dass Hochapfel die Nerven durchgehen«, mahnte Albrecht.

»Wenn ich das Rezept dafür hätte, wie man fehlerfrei durchs Leben geht, säße ich jetzt nicht hier mit Ihnen in der Tinte«, fauchte Brix.

Albrecht ging einen Schritt zurück und erhob abwehrend die Hände. Bloß keinen Streit.

»Edgar!«, rief Brix. »Wir sind hier drin. Es geht uns allen gut.«

Sehr geschickt, dachte Albrecht. Hätte Edgar gewusst, dass es einen Schwerverletzten gab, wäre womöglich Panik ausgebrochen. Außerdem durfte Hochapfel nicht merken, dass ihnen die Luft allmählich dünn wurde.

Von draußen drang Edgars Stimme dumpf durch die Holzfassade.

*

Die Stimme seines Vaters aus dem Innern der Hütte hatte Edgar Mut gemacht. Ob er ihm glauben durfte, dass dort drin alles in Ordnung war? Er konnte nur ahnen, dass der Vater klug genug war, Hochapfel in Sicherheit zu wiegen.

»Kommen Sie da runter, Herr Hochapfel, dann können wir uns in Ruhe unterhalten. Wenn Sie vom Dach stürzen, brechen Sie sich alle Knochen.«

»Netter Versuch«, knarzte Hochapfel. »Aber machen Sie sich keine Hoffnungen. Ich werde hier oben sterben, genau wie Ihr Vater und die anderen dort drinnen in der Hütte.«

Der Greis stützte sich mühsam ab und hob den Oberkörper zitternd an. Er hob die Arme in die Luft, reckte den alten Hals und rief in den Nachthimmel:

»Und ich sah: Ein Tier stieg aus der Erde herauf. Es hatte zwei Hörner wie ein Lamm, aber es redete wie ein Drache. Und im Feuer des Drachen sollen sie sterben.«

»Das ist doch Wahnsinn. Warum sollen diese unschuldigen Menschen sterben?«

»Unschuldig?« Der Schemen auf dem Dach stieß ein Lachen aus, das klang, als rieben Backsteine aneinander.

Edgar lief es eiskalt den Rücken herunter.

»An Karfreitag werden die Sünden getilgt, so wie es der Herr befohlen hat. Ich werde die Vergangenheit den reinigenden Flammen übergeben. Dann wird der Herr zufrieden sein und kann seinen Sohn frei von Sünden auferstehen lassen.«

Die Wendung des Gesprächs gefiel Edgar nicht. Hochapfel kam zu schnell auf den Punkt und es gab kein Zeichen, wie dicht Lukas an ihm dran war. Er versuchte es mit einem Ablenkungsmanöver und richtete den Schein der Taschenlampe auf den wackeligen Greis aus. »Und warum der alte Noll? Und Herr Fuhrmann?«

Wieder dieses Lachen. Das reibende Geräusch allein hätte Funken schlagen und das Benzin entzünden können. Der Pfarrer hatte sich auf die Schindeln gehockt. Edgar hörte das Holz unter Hochapfels Füßen bersten. Hoffentlich hielt das Dach Lukas' Gewicht stand, wenn der erst mal oben war.

»Noll war notwendig«, rief Hochapfel, »um Johann Veit ins Gefängnis zu bekommen. Oh ja, das schlechte Gewissen saß derart tief, dass Ihr Vater tatsächlich nicht mal vierundzwanzig Stunden gezögert hat. Unglaublich, nicht wahr? So sehr hat es ihn geplagt, dass er in ein Flugzeug nach Deutschland steigt. Und da fragen Sie, ob das hier nötig ist?«

»Aber mein Vater hat doch Herrn Wagner nicht erschlagen, genauso wenig wie Herr Veit oder Herr Schneider.«

»Das stimmt. Aber sie waren alle in jener Nacht dabei. Jeder Einzelne hätte es verhindern können und keiner hat etwas unternommen.«

»Und Sie?« Edgar wusste, dass dieser Vorstoß gewagt war. Er musste Zeit schinden.

»Ja, und ich. Ich war dort in jener Nacht. Und ich habe es geschehen lassen und deswegen werde auch ich in den Flammen untergehen.«

»Und Herr Fuhrmann?«

»Fuhrmann?« Edgar konnte sich irren, aber im Zwielicht schien Hochapfel breit zu grinsen. »Fuhrmann und Söder standen direkt daneben. Wenige Schritte trennten die beiden von Veit in dem Augenblick, als die Axt niederging. Söder hat sich wenigstens zurückgehalten, aber Fuhrmann hat Veit sogar noch angestachelt.«

»Und Sie? Wo standen Sie, dass Sie das so genau beobachten konnten?«

»Es ist wahr: Ich habe große Schuld auf meine Seele geladen. Ich hatte die Nacht verdrängt. Vergessen wollte ich, genauso wie alle anderen. Aber der Tod von Fritz Veit hat mich eines Besseren belehrt. Warum setzt mich Gott direkt neben Veit? Warum pflanzt er die Worte »Niemals vergessen« unauslöschlich in mein Gedächtnis? Er will, dass ich die Erinnerung auferstehen lasse und alle anderen erinnere. Ich nehme die Strafe auf mich und schmore in der Hölle. Ich werde freiwillig ins Fegefeuer gehen. Der Rest braucht eben meine Unterstützung.«

Edgar reckte den Hals. Wo blieb nur Lukas? Lang würde er den verrückten Pfarrer nicht mehr hinhalten können, und dieser Greis war offensichtlich nicht bei Sinnen. Es ging nicht mehr darum, ihn davon zu überzeugen, vom Dach herunterzusteigen und seinen Plan aufzugeben. Es zählte nur, wer schneller war.

Vom Dorf her waberte das Läuten der Kirchenglocken durch die stille Nacht. Edgar brauchte nicht mitzuzählen, um zu wissen, was die Stunde geschlagen hatte. Mitternacht.

»Es ist so weit«, raunte Hochapfel. Er stützte sich von den Dachschindeln ab, balancierte wackelig auf dem schiefen Dach und hielt das Feuerzeug erhoben in den gichtgekrümmten Fingern. »Karfreitag. Der Tag des Opfers ist gekommen.«

»NEIN!«, brüllte Edgar.

Hinter Hochapfel flog ein Schatten herbei wie ein riesiger dunkler Greifvogel. Bevor Lukas den Pfarrer von den Beinen reißen konnte, hörte Edgar das Zündrad des Feuerzeuges ratschen. Ein Funke sprang über, Hochapfels Körper schien ihn regelrecht aufzusaugen. Eine blaue Flamme kroch seinen Arm entlang, die Brust hinunter und in die Haare. Das Feuerzeug fiel ihm aus der Hand und landete auf dem Dach. Lukas hatte den brennenden Pfarrer gepackt. Sie krachten auf die Schindeln und rutschten auf der abgewandten Seite hinunter. Edgar hörte Ächzen und Stöhnen, dann einen dumpfen Schlag.

Lukas tauchte auf dem Dach auf. Sein Blick wieselte hektisch über die Schindeln. »Das Feuerzeug!«, rief er. »Wo isses hinnegefallen?«

»Da wo du stehst, muss es sein«, Edgar deutete mit der Taschenlampe auf die Stelle.

Lukas starrte auf den Punkt. Aus einer Schindel kringelte sich eine Rauchsäule empor. »Schissdreck! Is in einer Spalte verschwunden.« Er ließ sich auf den Hosenboden fallen und rutschte vom Dach herunter.

Edgar rannte um die Hütte herum. Der Pfarrer lag regungslos im Matsch, seine Hose qualmte. Edgar zog die Jacke aus und warf sie über die Beine des alten Mannes. Das Gesicht von Hochapfel sah aus wie geschmolzen, die Kleidung war mit der Haut des Oberkörpers zu einer stinkenden Masse verbacken. Er hatte die Augen aufgerissen. Sein Geist weilte bereits in einer anderen Welt. Edgar sah, dass der Pfarrer noch atmete, aber längst kamen die Züge nur noch flach und flackernd.

Lukas sprang direkt neben ihm vom Dach auf den Boden. »Wir brauchen was zum Löschen.«

»Da ist doch überall Benzin. Wie willst du denn das löschen. Wir müssen die Männer da rausholen.«

In diesem Augenblick fingen drei Stimmen aus dem Innern der Hütte an zu brüllen wie am Spieß.

»Seht mal, da«, Brix zeigte zur Decke.

Unter dem Holzgebälk breitete sich Rauch aus. Als suche er ebenfalls einen Weg nach draußen, waberte er an der Holzdecke entlang, schlug Wellen und warf sich auf.

»Wir werden ersticken«, jammerte Johann Veit.

Albrecht kratzten die Atemzüge in der Kehle. Er hustete.

»Hier!«, Brix verteilte die restlichen Streifen seines Hemdes. »Haltet euch das vor den Mund.«

Veit schmiss den Stofffetzen beiseite, nahm Anlauf und warf sich mit voller Kraft vor die Tür. Er brüllte wie ein Stier und prallte ab, als sei er nicht gegen Holz, sondern Hartgummi gekracht. Er schrie vor Schmerz, dann ging der Schrei in Verzweiflung über. »Holt uns hier raus! Verdammt, wir ersticken hier drin!«

Albrecht wusste, dass es klüger war, Atem zu sparen, doch er schloss sich, ohne lange nachzudenken, Veits Hilfeschreien an. »Hilfe, holt uns hier raus!«

Durch die Tür drang Edgars Stimme: »Legt euch flach auf den Boden und atmet so wenig wie möglich. Wir lassen uns was einfallen.«

Albrecht fasste Veit am Kragen und zerrte ihn von den Beinen. Aus dem Augenwinkel sah er, wie sich Conrad Brix schützend über den Körper von Friedberg Söder warf. Die Luftröhre zog sich quälend langsam zu. Albrechts Arm lag immer noch auf dem Rücken von Veit, der hektisch, aber flach atmete. Wenn das Schicksal jemals einem Menschen hatte klarmachen wollen, dass er besser nicht zurückgekehrt wäre, dann traf das mit Sicherheit auf Johann Veit zu. Seit seiner Ankunft schien es ihm zuzubrüllen: »Geh weg!« Aber er hatte die Rufe überhört. Wenigstens hatte er seine Erinnerung wiedergefunden. Ob es das aufwog? Wenn irgendeiner ihm vorher verraten hätte, um welchen Preis er sie zurückerlangen würde, er wäre vermutlich bis ans Ende der Welt um sein Leben gerannt und hätte auf eine Lücke im Gedächtnis gepfiffen. Nicht mal 24 verlorene Stunden, was machte das schon aus. Albrecht ließ die Gedanken schweifen. Wie viele Stunden umfasste ein Leben? Er versuchte zu rechnen, konnte sich aber nicht konzentrieren. Viele Tausend, lautete das Ergebnis, Abertausende. Und eine dumme Entscheidung genügte, eine Minute Unbedachtheit, und alles stand auf dem Spiel. Er drehte den Kopf nach rechts und sah den Körper von Conrad Brix, den Arm schützend über Friedberg Söder gelegt. Die Rauchschwaden senkten sich unbarmherzig nieder. Was für eine Ironie des Schicksals, schoss es Albrecht durch den Kopf. Da flieht ein Arzt aus Deutschland, um dem millionenfachen Mord in der Gaskammer zu entgehen, nur um in Friedenszeiten in einer Waldhütte jämmerlich zu ersticken, weil er eine Rolle in dem Racheplan eines irren Pfarrers spielte. Konnte das Schicksal noch gemeiner sein? *Was man so denkt, wenn man gleich sterben wird.* Eine überraschende Ruhe kehrte in Albrechts Körper ein.

Brix drehte den Kopf zur Seite und sah ihm in die Augen. Dort las er Einverständnis. Wenn es vorbei sein sollte, dann war es eben jetzt so weit. Ihm tat Edgar leid. Wie würde er es verkraften, die Rettung gewesen zu sein und schon wieder nichts ausgerichtet zu haben? Das würde ihn endgültig brechen. *Fiona!* Seine Tochter hatte ihr Schicksal in die Hand eines Mannes gelegt, der mit den Folgen dieser Nacht nicht würde leben können. Nein, schoss es Albrecht durch den Kopf, noch ist gar nichts verloren. Aufgegeben wird erst, wenn der letzte Atemzug getan ist. Er tippte Johann Veit auf die Schulter. »Wir zwei schnappen uns den Tisch, nehmen Anlauf und rammen das Ding mit voller Wucht gegen die Tür.«

Veit sah ihn ernst an und nickte.

Wie verirrte Glühwürmchen näherten sich die Strahlen von Taschenlampen durch den Wald. Aus dem Gebüsch drang Stimmengewirr. Männerstimmen. Mittendrin die von Fiona. »Hier entlang!«

Vier Polizeibeamte stürmten auf die Hütte zu. Einer hielt eine Feuerwehraxt in Händen und rannte direkt auf Edgar zu. »Weg da!«, befahl er.

Ohne Zögern ging die Axt krachend auf die Tür nieder. »Das dauert zu lange!«, rief einer. »Zur Seite!«

Der mit der Axt zerrte Edgar aus dem Weg. Der andere Beamte zog eine Pistole und zielte auf das Schloss, das die Kette hielt. Der Bügel sprang mit einem metallenen Klirren auf. Zwei Polizisten hoben den schweren Querbalken weg, der die Tür blockierte.

Aus dem Innern der Hütte quoll weißer Rauch. Zuerst fiel Johann Veit hustend aus der Tür, dahinter folgte Albrecht. »Wir brauchen Hilfe hier drin«, keuchte er und verschwand wieder im Qualm.

»Papa!«, schrie Fiona.

Edgar konnte sie noch am Ärmel greifen und zurückhalten.

Lukas rannte in die Hütte hinein, ein Beamter folgte ihm. Kurz darauf taumelten Albrecht und Edgars Vater hinaus. Conrad Brix sank in den Matsch und hustete sich die Seele aus dem Leib, Albrecht kniete direkt daneben mit geschütteltem Oberkörper. Fiona hockte sich neben ihn und legte einen Arm um seine Schulter. Sie fahndete besorgt im Gesicht ihres Vaters. Der winkte beruhigend ab.

Lukas und der Polizist kamen aus der Tür. Sie trugen den Körper von Friedberg Söder.

»Legt ihn hierher«, ordnete Edgar an und deutete auf eine Stelle, auf der er seine Jacke ausgebreitet hatte. Er erhaschte einen Blick seines Vaters. Das Blut gefror ihm in den Adern.

Söder atmete nicht mehr. Edgar fühlte den Puls. Er spürte kein Pumpen, nur noch das seichte Flattern der Nerven, die ihre letzten Ströme abgaben. Das Leben wich unaufhaltsam aus Söders Körper. Ein kurzer Blick unter den provisorischen Bauchverband genügte, dass Edgar einsah, dass das für Söder das Beste war.

»Vadder«, Lukas war neben seinem Vater in die Knie gegangen und hielt dessen Hand. Er rieb sie und schien zu merken, dass sie nicht mehr warm wurde. Ein Blick zu Edgar ließ ihm die Trauer in einer Welle über das Gesicht schwappen.

»Wo ist der Pfaffe?«, knurrte Albrecht. »Ich bring den Judasknochen um.« Er hatte sich aus Fionas Umarmung gewunden und suchte die Umgebung ab.

Edgar deckte Söders Bauch wieder ab und stand auf. »Komm mit.« Er fasste Albrecht stützend um die Hüfte. Gemeinsam schwankten sie um die Hütte herum zu der Stelle, an der Hochapfel vom Dach gefallen war.

Veit saß auf dem Boden. Er hatte den verbrannten Körper bei den Schultern gepackt und schüttelte ihn. »Wozu?«, brüllte er den leblosen Mann an. »Wozu? Hätte das alles wirklich sein müssen?«

Hochapfel gab keine Antwort mehr.

Edgar ließ sich neben Veit auf die Knie fallen. Er legte ihm eine Hand auf die Schulter. »Hochapfels Plan ist auf verrückte Weise aufgegangen. Mit seinem Tod kehrt endlich Frieden ein.«

Veit ließ den Kopf hängen. »Solange die Erinnerung wach ist, wird es keinen Frieden geben.«

DONNERSTAG, DER 22. APRIL

Die Abschiede ballten sich in diesen Tagen zu einem schmerzhaften Klumpen, der Edgar wie Blei im Magen lag.

Die Kirchenglocken läuteten zum letzten Geleit für Friedberg Söder. Johann Veit hatte angekündigt, tags darauf das Dorf verlassen zu wollen, und Albrecht und Conrad Brix saßen ebenfalls auf gepackten Koffern.

Das gesamte Dorf zollte Söder am Grab seinen Respekt. Es hatte sich herumgesprochen, was er getan hatte. Diese Beerdigung verlief ungewöhnlich still und würdevoll. Edgar meinte, in einigen Mienen Reue lesen zu können. Lukas hielt sich tapfer. Es schien ihm viel zu bedeuten, dass die Ehre seines Vaters zumindest in diesem Punkt wiederhergestellt war.

Edgar grübelte während der gesamten Zeremonie über den letzten Besuch Söders in seiner Praxis. Er hatte ihm geraten, sich bei Johann Veit zu entschuldigen. Nein, er hatte es ihm regelrecht aufgenötigt. Wie dumm, wie einfältig. Eines Tages würde er Lukas beichten müssen, wie falsch er damit gelegen hatte. Noch steckte ihm die Scham zu tief in den Knochen, um aushalten zu können, wie Lukas möglicherweise reagieren würde.

Als Söders Sarg in die Grube sank, schwor Edgar sich, in Zukunft vorsichtiger mit klugen Ratschlägen umzugehen und sie nicht ungefragt zu erteilen, bevor er die ganze Wahrheit kannte. Aber was war schon die Wahrheit? Das sah von jeder Warte anders aus. Für Lukas bedeutete sie, mit einem überschuldeten Hof und einer zutiefst traurigen Geschichte weiterleben zu müssen.

Frank wartete, auf Krücken gestützt, am Friedhofstor. Der Gips war entfernt worden, aber Frank schaute dennoch unglücklich drein. Er ließ die Trauergemeinde passieren und machte einen Schritt auf Lukas Söder zu, der hinter der Menschenmenge herschlich. Er hielt ihm die Hand hin. Lukas schüttelte sie kurz und schleppte sich wortlos weiter.

Edgar ging zu Frank hin. »Stimmt es, dass man Sie suspendiert hat?«

»Ja, so lange, bis die Untersuchung des Falls abgeschlossen ist. Von Bernwitz hat einen Freudentanz aufgeführt. Aber keine Sorge, sobald ich fit bin, jage ich wieder Verbrecher.«

Fiona kam hinzu. »Nett von Ihnen, zur Beerdigung zu kommen.« Sie hatte den versöhnlichen Gesichtsausdruck aufgelegt.

»Das war ja wohl das mindeste. Man hat mir gesagt, dass Söder in der Sache um Veit nur vermeintlich der Böse war.«

»Das stimmt«, sagte Fiona. »Er hat uns alle überrascht. Schade, dass wir ihm das nicht mehr sagen konnten.« Sie schluckte, senkte den Kopf und ging weiter.

»Ich habe gehört, Veit wird das Dorf wieder verlassen?«, fragte Frank.

»Morgen«, antwortete Edgar. »Die Wahrheit hat ihm leider nicht ausgereicht, um hier Frieden zu finden.«

»Nein, oft genug ist die Unwissenheit erträglicher. Ich weiß, wovon ich rede.« Frank streckte seinen Körper. »Ich möchte nicht: ›Auf Wiedersehen, Herr Brix‹ sagen, denn ich hoffe inständig, dass genau das nicht geschehen wird. Deswegen wünsche ich Ihnen einfach nur alles Gute!«

»Das wünsche ich Ihnen ebenfalls.« Edgar nahm Franks Hand und schüttelte sie fest. Er sah Frank hinterher, wie der zu seinem Sportwagen humpelte. An der Ecke wartete Fiona auf Edgar. Er ging zu ihr hin und gemeinsam folgten sie der Gemeinde in den Brauborn zum Leichenschmaus.

FREITAG, DER 23. APRIL

Gudrun Pfeiffer hatte darauf bestanden, Veit vor seiner Abfahrt eine Pfanne Bratkartoffeln zu kredenzen, und er hatte die Einladung sehr gerne angenommen.

Sein BMW parkte vor der alten Mühle. Die beiden traten vor die Tür auf den Hof.

Edgar wartete die Abschiedsszene diskret an den Zaun gelehnt ab. Er erkannte Gudrun Pfeiffer kaum wieder. Johann gehen lassen zu müssen, ließ sie auf ein menschliches Maß schrumpfen. Wenn Edgar ihre glasigen Augen richtig zu deuten wusste, ging es ihr nicht um eine bärenstarke Hilfe in der Mühle, sondern tatsächlich um einen Kerl, der ihr unter all den Männlein das Wasser reichen konnte.

»Schreib mir, wenn du widder daheim bist, ja?« Sie drückte Veit die Hand und schien sie gar nicht mehr loslassen zu wollen.

»Das werde ich bestimmt machen, versprochen.« Er erwiderte ihren Händedruck; vier derbe Pranken hielten einander zärtlich.

»Willstes dir nitte doch nochemah überlegen?«

Es schien ihr nichts auszumachen, dass es wie Betteln klang.

Veit lächelte. »Es wird allen außer dir lieber sein, wenn ich verschwinde. Ich schreibe dir, das verspreche ich.« Er schlang seine Arme um Gudrun Pfeiffer und drückte sie.

Zu schade, dass der einzige Kerl gehen musste, der ihrem Körper die notwendige Masse entgegenzusetzen hatte. Sie guckte tieftraurig, zerrte ein verknülltes Taschentuch aus der Tasche ihrer Kittelschürze und schnäuzte sich geräuschvoll die Nase.

Veit stakste auf Edgar zu. »Ich danke Ihnen, Herr Brix, dass Sie mir geglaubt haben. Und auch wenn es besser gewesen wäre, sich nicht zu erinnern, danke ich Ihnen, dass Sie mir dabei geholfen haben.«

»Ich habe ja kaum etwas getan.«

»Nein, nein. Das ist nit wahr. Sie haben einem wildfremden Menschen vertraut. Ich bin froh, dass ich mit dieser Erfahrung Wickenrode verlassen darf. Das macht vieles gut.«

Edgar lächelte ein trauriges Lächeln. »Ich weiß, dass es Sachen gibt, die nie wieder gut werden. Und die Zeit heilt nicht alle Wunden, aber sie hilft, damit klarzukommen.« Er hielt Veit zum Abschied die Hand hin.

Albrecht kam um die Ecke gehetzt. »Tut mir leid, dass ich so spät bin, ich musste Lukas noch bei den Hühnern helfen.«

Er drückte Veit einen Korb in die Hände. »Hat die Marie für dich gepackt, Kuchen und Plätzchen. Lukas hat frische Eier reingetan.«

Veit stellte den Korb auf die Rücksitzbank. »Danke«, sagte er und sah Albrecht und Edgar lange an. »Danke für alles.«

Albrecht drückte ihm den Oberarm. Edgar erwartete, dass er noch etwas sagen würde, aber er presste die Lippen aufeinander und schwieg. Seine Augen glänzten verräterisch.

Johann Veit stieg in den Wagen ein. Der BMW rollte aus der Einfahrt der Mühle. Gudrun Pfeiffer wedelte mit ihrem Taschentuch. Die Tränen rannen ihr das Gesicht herunter.

Albrecht schlug Edgar auf die Schulter. »Komm, Fiona wartet mit dem Essen.«

Jetzt wünschte Edgar, er hätte das Angebot von Gudrun Pfeiffer auf eine Portion Bratkartoffeln angenommen. Er schlurfte hinter Albrecht her, der schon vorausgegangen war.

Edgar betrat gleich nach Albrecht das Haus. Im Flur stand ein großer Koffer. Fiona hatte Albrecht beim Packen geholfen, sonst hätte er womöglich alles eingepackt, nur nicht das Richtige für drei Wochen Frühling in New England. Edgar schaute auf das Gepäck und spürte in sich hinein. Es tauchte keinerlei Sehnsucht auf, Albrecht auf dieser Reise zu begleiten. Er folgte ihm in die Küche.

Lukas saß neben Edgars Vater und war in eine Unterhaltung verstrickt, die Edgar noch vor wenigen Tagen niemals für möglich gehalten hätte. Fiona stand am Herd und wendete Kartoffelscheiben und Zwiebeln. Edgar nahm an der Seite seines Vater Platz, Albrecht quetschte sich neben Lukas.

»Ihr könnt euch schon Salat auftun«, sagte Fiona.

Sie balancierte die Pfanne zum Tisch und stellte sie dort ab. »Jeder nimmt sich selber.«

Lukas häufte sich Blutwurst und Gurken auf den Teller. Der Tod seines Vaters war ihm möglicherweise auf die Stimmung geschlagen, sein Appetit schien unverändert groß. »Was machst du denn drei Wochen in den USA?«, fragte er. »Du wirst uns vermissen.«

Albrecht lächelte. »Stimmt. Aber es sind doch nur drei Wochen.«

Edgar wusste von Albrecht, dass er gerne länger geblieben wäre, aber mehr als diese kurze Zeit hatte Marie Helferich bei ihrem Sohn nicht herausschlagen können. Edgar hatte sogar versprechen müssen, regelmäßig nach Roland zu sehen, damit der nicht verhungerte.

Edgar vermutete, dass es ein langer Abend und mehr als eine Flasche Kirschwein gewesen waren, die zu dieser gemeinsamen Reise geführt hatten. Edgar hatte seinem Vater angeboten, den Rest seines Aufenthalts bei ihm zu wohnen, doch der hatte abgelehnt. Albrecht und er brauchten Zeit, um sich auszusprechen, die Ereignisse zu verdauen und zu überlegen, wie sie mit ihrer Vergangenheit weiterleben wollten.

Ohne dass Albrecht ein Wort darüber verloren hätte, ahnte Edgar, wie sehr es ihm auf der Seele lag, seinen Nachbarn Friedberg Söder all die Jahre falsch eingeschätzt zu haben. Edgar kannte das Gefühl aus erster Hand. Ständig ging ihm im Kopf herum, was gewesen wäre, wenn Söder an jenem Tag in seiner Praxis die Wahrheit gesagt hätte. Hätte er ihm geglaubt? Er wusste es nicht. Er wusste nur, dass Söder ihm alles erzählt hätte, hätte er ihm nur genug vertraut.

Ohne dass es ausgesprochen worden wäre, schienen alle am Tisch ein Gefühl zu teilen: Sie benahmen sich wie Hunde, die ihre Wunden leckten und sich fragten, ob sie je verheilen würden; eines Tages. In Edgars Grübelei platzte Lukas mit einer Nachricht: »Ich honn den Opel verhökert.«

»Das hast du nicht getan!« Fiona hatte sich gesetzt und schaute ihn fassungslos an.

»Doch. Is doch das mindeste, dass ich den Hof rette. Der Vadder hätt sich nix mehr gewünscht.« Lukas senkte den Blick und stocherte mit der Gabel im Essen herum.

»Wenn die Zeiten besser werden, kaufst du dir einen neuen«, Albrecht schaute drein, als ob er wusste, dass das ein schwacher Trost war.

»Ich darf die ahle Karre vom Brand behalten. Hä hot se mir geschenkt, dafür muss ich ihn ab und zu fahren.«

Edgar musste schmunzeln. Hatte der Brand endlich erreicht, was er wollte. Ihm fiel ein, dass Lukas damit weniger Zeit haben würde, den Dorfarzt durch die Gegend zu kutschieren. Nun ja, das war vielleicht auch gar nicht mehr notwendig.

»Was werdet ihr unternehmen, wenn ihr in den Staaten seid? Meine Güte, ihr verlauft euch in dem riesigen Land.« Fiona lenkte das Thema in weniger sumpfiges Gebiet und Edgar schenkte ihr dafür ein Lächeln.

Conrad Brix hatte die ganze Zeit skeptisch die Blutwurst auf seinem Teller hin und her geschoben. Er nutzte die Ablenkung und antwortete: »Machen Sie sich keine Sorgen, ich passe auf Ihren Vater auf. Er wird heil wieder zurückkehren. Es gibt eine Menge zu sehen, da sind drei Wochen eine viel zu kurze Zeit. Und Helene freut sich so furchtbar, Gäste im Haus zu haben, mit denen sie deutsch sprechen kann, dass sie sie bestimmt gar nicht mehr gehen lassen möchte, Fräulein Schneider.«

Edgar kam sein Vater in den letzten Tagen fast wie ein ganz normaler Mensch vor. Er plauderte, war höflich, sogar beinahe liebenswert. Wenn Edgar irgendetwas von der Rückkehr des Conrad Brix nach Deutschland erwartet hätte, dann alles Mögliche, aber niemals, dass er zu Helene Brix in die Staaten als Ehemann zurückkehren würde, der diese Bezeichnung verdient hatte.

Brix schien Edgars Gedankenwelt nicht verborgen geblieben zu sein. »Ich geh nach oben, die letzten Kleinigkeiten einpacken.« Er schaute auf die Uhr. »In einer halben Stunde müssen wir los.«

»Marie hat versprochen, pünktlich da zu sein«, Albrecht wiegte unsicher den Kopf.

Brix stand auf.

Fiona legte Edgar unter dem Tisch eine Hand auf den Oberschenkel und drückte ihn. Sie machte eine winzige Kopfbewegung hinter Brix her. Sie hatte vollkommen recht, das war die letzte Gelegenheit. Edgar folgte seinem Vater.

Brix stand im Zimmer und betrachtete den Inhalt seines Koffers. Der Zeigefinger wanderte die Gegenstände darin ab, der Mund wiederholte stumm. Er klappte den Deckel zu und schaute zufrieden. Er bemerkte Edgar, der im Türrahmen stand. »Mach dich nützlich und hilf mir, den Koffer zu schließen.«

Edgar ging zu ihm hin und stemmte beide Hände und sein gesamtes Gewicht auf den Deckel, während sein Vater den Reißverschluss Stückchen für Stückchen um den Koffer zwang.

»Ruf deine Mutter an. Sie kann es kaum erwarten.«

»Hast du mit ihr gesprochen?«

»Ich konnte ja schlecht Gäste einladen, ohne sie vorher zu fragen.«

»Kann sein, dass Albrecht Heimweh bekommen wird.«

»Wir werden ihm die Zeit schon angenehm machen.« Conrad Brix rieb sich mit dem Unterarm die Stirn. »Er braucht Abstand. Hier kann er niemals Abschied nehmen von den schlechten Gefühlen, an die er sich all die Jahre gewöhnt hat.«

Edgar fragte sich, wer der Mann war, der aus heiterem Himmel solche Sachen sagte. »Konntest du dich verabschieden?« Er wusste, dass die Frage unpräzise gestellt war, aber er war sich sicher, dass sein Vater ahnte, was er meinte.

Der lächelte. »Ja, das konnte ich. Und ich meine, verstanden zu haben, warum du hier bist. Dennoch: Komm zurück in die USA. Bring Fiona mit, wenn du willst, aber komm zurück.«

»Um in deine Fußstapfen zu treten, für die meine Füße niemals annähernd groß genug sein werden?«

»Um das zu tun, wofür du geschaffen bist: ein guter Arzt zu sein.«

»Das kann ich hier auch. Und außerdem bin ich hier ein besserer Mensch. Und ich hoffe, das wiegt schwerer.«

Conrad Brix nickte. »Überleg es dir. Du musst es nicht heute entscheiden.«

Edgar nahm den Koffer und trug ihn die Stiege hinab. Er spürte die Anwesenheit seines Vaters im Rücken und es fühlte sich so verflucht normal an, dass er bis zum Fuß der Treppe benötigte, um das Gefühl nicht seltsam zu finden.

Er stellte den Koffer neben den von Albrecht. Lukas kam aus der Küche.

»Ich hasse Abschiedsszenen. Ich mach mich lose. Komm, Kuno, sag tschüss.«

Albrecht führte den Rüden in den Flur. Er kraulte ihn zwischen den Ohren. »Pass gut auf ihn auf.« Er ließ offen, wer auf wen aufpassen sollte.

»Wir sehen uns in drei Wochen.« Lukas öffnete die Haustür und wartete, bis Kuno sich entschieden hatte, ihm zu folgen.

Albrecht schaute seinem Hund sehnsüchtig hinterher. Fiona hatte sich neben ihn gestellt und drückte ihm den Arm. »Es wird ihm gutgehen bei Lukas. Und wir sind ja auch noch da und schauen regelmäßig nach den beiden. Und jetzt hilf mir, in der Küche aufzuräumen, damit alles, wenn du zurückkehrst, so aussieht, wie du es gewohnt bist.«

Albrecht folgte ihr willig. Sie drückte ihm ein Geschirrhandtuch in die Hand und reichte ihm das Geschirr, das sie aus der Spüle zog.

»Ich geh mir noch mal die Beine vertreten. Wir werden bald lange genug sitzen«, sagte Edgars Vater.

»Und ich stelle schon mal die Koffer vor die Tür«, Edgar hatte keine Lust, dumm herumzustehen. Er schnappte sich das Gepäck und folgte seinem Vater bis in den Hof.

»Ich geh nur ein paar Schritte die Gasse rauf und wieder zurück.« Conrad Brix machte den Eindruck, als wolle er mit seinen Gedanken allein sein.

Edgar schaute ihm hinterher.

Fiona sprang aus der Haustür und an Edgar vorbei. Sie hüpfte zu ihrem Fiat und nahm etwas vom Beifahrersitz. »Hätte ich beinahe vergessen.« Sie schwenkte ein kleines, längliches Päckchen.

Edgar folgte ihr wieder in die Küche.

»Hier, Papa. Ohne die kannst du unmöglich mit Marie in die Staaten. Du würdest ja nur die Hälfte sehen.« Sie hielt ihm freudestrahlend das Päckchen entgegen.

Albrecht nahm es und klappte es auf. »Eine Brille!«

»Es ist das gleiche Modell wie das, was kaputtgegangen ist. Du hättest dir doch niemals selber eine neue besorgt.«

Albrecht zog die Brille auf, blinzelte und lächelte. Er ging zu ihr hin und nahm sie in den Arm. »Was würde ich nur ohne dich machen«, gurrte er.

»Ach, Papa.« Sie legte die Arme um ihn und drückte ihr Gesicht fest an seine Brust.

Bevor Edgar darüber nachdenken konnte, ob ihm die Situation unangenehm wurde, ließ Fiona ihren Vater schon wieder los. Von draußen näherte sich lautes Klappern.

»Das ist die Marie!« Albrecht guckte erleichtert, als habe er Zweifel daran gehabt, dass sie auftauchen würde.

Sie verließen zu dritt die Küche. Roland Helferich zog einen Handkarren, auf dem ein Lederkoffer stand. Marie Helferich schritt voran wie ein General. Sie schien sich durchgesetzt zu haben. Roland verzog mürrisch das Gesicht und zog den Karren bis zu dem restlichen Gepäck, das bereits auf dem Pflaster stand.

»Danke, Roland«, sagte Albrecht zu ihm. Helferich nickte ihm zu. Er drückte seine Mutter, hievte den Koffer vom Karren, sagte: »Gute Reise«, drehte sich auf dem Absatz um und rumpelte die Gasse hinab.

»Er ist mir böse«, sagte Albrecht zu Marie Helferich.

»Er wird es überleben«, antwortete sie.

Albrecht nahm ihre Hand.

Das Klopfen eines Diesels näherte sich von der Hauptstraße.

»Auf die Minute pünktlich«, konstatierte Conrad Brix, der im selben Moment zurückkehrte.

Das Taxi fuhr rückwärts in Albrechts Einfahrt, Edgar verstaute das Gepäck im Kofferraum.

Er beobachtete, wie Fiona ihren Vater drückte, Marie Helferich umarmte und sich dann mit ausgebreiteten Armen vor Conrad Brix stellte. Brix nahm sie in den Arm, wie er Edgars erste Frau in den Arm genommen hatte am Tag ihrer Hochzeit.

Edgar gab Marie Helferich die Hand, gab Albrecht einen Klaps auf die Schulter und hielt seinem Vater den ausgestreckten Arm hin. Der zog ihn zu sich heran und umarmte ihn fest. »Ich wäre verrückt gewesen, euch zu verlassen«, wisperte er ihm ins Ohr. Er ließ Edgar so plötzlich los, dass beide ein wenig taumelten. So unvermittelt geriet eine Welt ins Wanken.

Edgar legte den Arm um Fiona. Sie schauten zu, wie die drei ins Taxi stiegen und vom Hof fuhren. Sie gingen einige

Schritte hinterher und winkten, bis der Wagen am Fuß der Gasse in die Hauptstraße einbog. Sie standen so da, bis das Motorengeräusch hinter den Häusern verklungen war.

Edgar nahm Fionas Hand und sagte: »Komm, wir gehen nach Hause.«

DANK

Zuerst danke ich meinem Ehemann. Er ist die Quelle der Sicherheit, die es mir erlaubt, in fiktive Welten abzutauchen, während sich draußen die reale Welt weiterdreht. Ohne ihn wäre es nicht gegangen.

Ich danke meiner Lektorin Claudia Senghaas wie immer für das unermüdliche Feilen am Text und dem gesamten Team vom Gmeiner-Verlag für die Unterstützung und die fantastische Arbeit.

Ich wurde oft gefragt, ob die Tatsache, dass mein Arzt Jude ist, irgendwann eine Rolle spielen wird. Ich habe mich dann in bedeutsames Schweigen gehüllt, ohne wirklich eine Antwort auf diese Frage zu haben. Tatsächlich war ich beim Recherchieren selber überrascht, wie viele Parallelen Juden- und Christentum ausmachen, und oft habe ich mich gefragt, woher die hartnäckigen Vorurteile stammen. Erst bei der Recherche habe ich festgestellt, dass im Jahr 1965 Ostern und Pessach auf dieselbe Woche fallen – das ist nämlich eher selten der Fall. Ich habe zwei interessante Quellen angegeben; die Lektüre ist für jedermann interessant und empfehlenswert.

Zu guter Letzt möchte ich mich bei meinen Leserinnen und Lesern bedanken. Ich hatte oft das Gefühl, dass ihnen meine »Jungs vom Dorfe« ans Herz gewachsen sind. Das ist das schönste Lob, das eine Autorin bekommen kann.

Danke!

QUELLEN

Haggada, Andreas Nachama (Hg.), Hentrich&Hentrich, Berlin, 2016.

Jüdische Riten und Symbole, S. Ph. de Vries, Rowohlt Taschenbuch Verlag, Hamburg, 2014, 12. Auflg.

Eiszeit

Nicole Braun
Elendsknochen
Kriminalroman
312 Seiten, 12 x 20 cm
Paperback
ISBN 978-3-8392-2308-6
€ 13,00 [D] / € 13,40 [A]

Wie ein Albtraum beginnt das Jahr 1965 in Wicken-
rode. Kurz nach einem tragischen Grubenunglück
geschieht ein weiterer Unfall im Unglücksstollen.
Zur gleichen Zeit buddelt ein Hund menschliche
Knochen im nahen Hirschhagen aus. Und egal was
Edgar anfängt, er läuft immer wieder dem Journalisten
Eugen Bock in die Arme. Alles nur eine Anhäufung
von Zufällen? Albrecht Schneider weiß es besser.
Aber er hat jemandem versprochen zu schweigen.

GMEINER SPANNUNG

WWW.GMEINER-VERLAG.DE
Wir machen's spannend